万象文库

家国情怀

——王谨散文选

王　谨◎著

人民日报出版社

图书在版编目（CIP）数据

家国情怀／王谨著．—北京：人民日报出版社，
2014.10
ISBN 978 - 7 - 5115 - 2848 - 3

Ⅰ.①家… Ⅱ.①王… Ⅲ.①散文集—中国—当代
Ⅳ.①I267

中国版本图书馆 CIP 数据核字（2014）第 252340 号

书　　名：家国情怀
著　　者：王　谨

出 版 人：董　伟
责任编辑：林　薇
封面设计：中联学林

出版发行：人民日报出版社
社　　址：北京金台西路 2 号
邮政编码：100733
发行热线：（010）65369527　65369846　65369509　65369510
邮购热线：（010）65369530　65363527
编辑热线：（010）65369526
网　　址：www.peopledailypress.com
经　　销：新华书店
印　　刷：北京天正元印务有限公司

开　　本：710mm×1000mm　1/16
字　　数：282 千字
印　　张：19
印　　次：2015 年 1 月第 1 版　　2015 年 1 月第 1 次印刷

书　　号：ISBN 978 - 7 - 5115 - 2848 - 3
定　　价：57.00 元

王谨近影（2014 年春）

王瑾速写（李滨声作）

心灵的律动（代序）

一年前，作家网总编辑、诗人冰峰通过主持人曾对话我，在什么条件下才适宜写散文？我说，感动，才写散文。

散文，是与诗歌、小说、戏剧并称的一种文学形式，一般不要求讲究韵律。散文体裁包括随笔、游记、杂感等，是较自由的文体，没有束缚及限制。由于散文多和着情感来写，以抒情、记叙、论理等方式来表达，这就要求作者本人在动笔时要怦然心动，没有自身的感动，就难写出感动读者的文字。

散文也是中国最早出现的行文体例，比如古代王勃的《滕王阁序》、范仲淹的《岳阳楼记》、王羲之的《兰亭集序》、陶渊明的《桃花源记》等名篇，就是读之令人拍案叫绝的代表作。这些散文最大的特点，文字不长，但文采飞扬，情感洋溢，体现了作者是在怦然心动的情况下一气呵成的。

我国近现代也出现了许多散文名篇，比如叶圣陶的《多收了三五斗》、茅盾的《白杨礼赞》、陶铸的《松树的风格》、袁鹰的《井冈翠竹》等，影响了包括我在内的众多散文爱好者。

一篇成功的散文，不仅要求文字美，更重要的是要求有一定的思想性。这种思想倾向性往往不是外露的，而是寓于字里行间。像《松树的风格》就属此类。试想，没有怦然心动，何能表达自己的思想倾向性？

　　笔者是在从事新闻主业情况下，偶写些散文的。我写的散文作品尽管显得朴拙，比起散文大家们颇觉汗颜，但大凡稍感满意的散文作品均是在怦然心动的情状下写成的。比如散文《好望角咏叹》，是因为我访问南非时被好望角独特的景观震撼了，故一气呵成写出这篇文字；散文《石狮雕像》，是我多次走过福建石狮市入口处那尊石狮巨石雕时产生写作冲动的；散文《这山，这石》，是被湖北黄梅县干部和民众保护生态的觉悟所感动而构思的……怦然心动，才有写作的动力，才能在笔下、键盘下泄出和着情感的文字。

　　这部书的文字，大都是近8年来发表于《人民日报》、《人民日报（海外版）》或《北京日报》等报刊的"作品"副刊，系作者心灵律动的记录。特结集，供文学或新闻同仁及亲朋好友指正。

作者

2014年6月

•••••• 目录

○ 艺海泛舟

○ 国是情怀

○ 社会剪影

壹 亲近泥土

王谨向圣马力诺前总统姜弗兰科·泰伦齐赠送画家陈士奎的
画作（2009 年）

亲近泥土

人类的生存离不开泥土，泥土是大地母亲的肌肤。

常年待在城里，面对的除少量园林外，大都是经水泥拼接或精心装修过的建筑，形象地说是生活在"水泥构建的森林"里，两只脚很难直接地接触到泥土。都市人对有恩于我们的泥土逐渐疏远了。

日前，从电视画面上看到一则有趣的报道，令人眼前一亮：在日本正兴起一种"务农减压热"，即由相关旅行社团组织学校师生或城市白领到乡村体验农耕生活，从诸如插秧等繁重的农活中既享受到别样的乐趣，也达到减压的目的。这种活动很受欢迎，有的白领家庭甚至把蹒跚学步的孩子带到田间，让他（她）们打赤脚亲近泥土。看到荧屏上孩子咿呀学步、脚踩泥巴开心的样子，我也恨不得去踩踩泥巴。

农民是设计和巧用泥土的大师，他们双脚长年踩在泥土上劳作，种粮食、植蔬菜、育水果，维系着人类的生存需要。他们对泥土有着特别的感情，泥土也特别惠顾他们，馈赠他们以丰收，也馈赠以健康，很少听说农民得脚气、脚癣等皮肤病。

我小时候有过和小同伴赤着脚到小镇旁边小河里抓小鱼的经历，在上中学时也曾利用暑假和同学结伴到国营农场插秧薅草，尽管当时觉得干农活辛苦，但也体味到其中的乐趣，赤脚亲近泥土的感觉真好。

工作后，我年复一年地在城里待着，到乡村少了；即使有时去乡间，也很少直接赤脚接触泥土，因而什么脚气呀、脱皮呀等等脚的毛病时而光顾。这是对不亲近泥土的报应啊。

　　有一次夏秋之交，我到南方一个海滨城市开会，晚饭后和朋友散步，我看到从海滩回住地的沙土路干净且平滑，于是倡议大家打赤脚从海滩走回宾馆。我首先脱下鞋袜，赤足走起来，马上有了全身接触到地气的舒服感觉。大家纷纷仿效，赤脚走在小路上，开心极了。50 分钟的路程成为强健腿脚的一次历练。有位朋友事后说，这次赤脚走了一遭，原来的脚气没有了，真神。

　　近些年来，随着我国旅游业的发展，旨在医治"都市病"的亲近大自然的旅游项目多起来，诸如乡村果园采摘、农家菜馆品尝、山林野趣体验等等层出不穷，但真正亲近泥土的活动还不多，至于像上面提到的那种让白领自愿到乡村田间，打赤脚干农活以减压的项目更少。我们的旅游部门何不借鉴外国的做法，开拓思路，把亲近泥土的旅游项目开展得更丰富多彩些？

（载 2009 年 4 月《人民日报（海外版）》）

王谨 2008 年 9 月在圣彼得堡列宁像前

夜色中大院雪景写意

2010 年 3 月 14 日，第十一届全国人大三次会议闭幕，欢送这次会议的是一场瑞雪。

3 月飞雪，在 3 月初并不鲜见，但在 3 月中旬却是不多的。一场瑞雪给华北大地带来清新，大抵也是老天希冀两会后的中国政坛带来更多清新的政治空气吧？

当晚，雪停了，和朋友小聚。集毕，朋友驱车送我回报社大院，在西门处，我主动提前下车，因为今晚我难得不值编辑部夜班，想边散步边赏一番院中雪景。

车道和人行道上的白雪早已被人履的践踏和车轮的碾压，化为片片水渍，信步走在上面倒湿不了鞋。我边迈步边轻轻地做深呼吸、吐气，觉得嗓子中渗进缕缕清凉。我想，此时的腮肺无疑是进行了一次洗礼。

走过北区餐厅，那四棵参天的雪松枝上，涂上了晶莹闪亮的雪粉，猛一看，像三棵闪闪发光的圣诞树，使人恍而重回圣诞节。记得这四棵雪松刚移栽到此时，还不到一人高，没想到十几年就变成了根深叶茂的参天大树，这也正像报社事业的发展，仅几年时间新人就一拨拨成长起来。重新装修过的 5 号楼前，那一片绿地已安静地任由白雪覆盖，从 5 号楼几间办公室透出的几缕白中见黄的灯光，穿过雪地上的松柏大树的枝隙，摇曳着在雪地上绘出斑驳的倩影。

转过弯道，金台园门前披上白雪"头巾"那片竹林，像站在社内公园前的一排少女，增添了几分妖艳。

往南前行，编辑部新大楼三、四层一排排玻璃窗，已被日光灯点亮，报社的"两会"编辑、记者同仁们为编辑好"两会"的最后一块块版，早早冒着春雪从四面八方汇集到夜班平台，正在彻夜挑灯奋战。

笔者漫步中细听，被白雪覆盖的印刷厂前的花圃旁，传出鸟语般的潺潺声响，循声看去原来是融化的雪水渗入花木根须及低凹处的欢快鸣唱。此时我不禁想起唐人的一句诗："雪霜自兹始，草木当迎新"。冬雪尚且如此，何况春雪呢？这场春雪，无疑滋润了草木根须，给万物带来了生机。此时，我眼前映出刚刚在人大闭幕会后举行的总理答中外记者问招待会的画面。会上，总理说的"我将在任内三年力推社会公平正义"的话，还言犹在耳，这不也像春日里的涓涓细流，滋润着希冀真正实现社会公平公正的中国民众的心田吗？

（原载 2010 年 3 月 15 日人民网）

足行人生

人的一生，离不开走路。

时下，在城镇清晨或晚间，经常可以看到以走路方式锻炼的男女身影。

走路，是人类区别于其他动物的主要行为标志之一。人类由猿变成人，除能够制造并使用简单石器工具外，从爬行转而直立行走，是其进化的主要分水岭。

自人类从一般动物脱胎为高级动物以来，走路，就成为人的本能。当婴儿从母胎呱呱坠地起，就试图挣脱襁褓，学会爬行，直至独立行走。每个人的孩提时代，都有一段在大人呵护下蹒跚学步的人生笑谈。

走路，扩大了人的生活圈。幼儿从学会走路那天起，接触社会的半径扩大了，对新奇的人或物，可直接走过去用小手触摸、用眼观察。走路，加快了人对周边社会的认识。

在人类交通工具还不发达的时代，人类只有通过走路，从此地到彼地，或学习或工作，或走亲访友，或与人沟通。

记得少年时代，我生活在南方的一座偏僻小镇。当时我到离镇逾2公里的停前中学住读，周日下午上学，周六下午放学，几乎来回都是走路；三年后我考取了离家近20公里的县城第一中学读高中课程，也是住校，周六放学，周日下午返校。我每月回家一次。尽管那时已开始有少数凭票供应的自行车，但因弄不到票自然享受不了这种"奢侈品"；县城与小镇虽然通了公共汽车，但因开车时刻与放学返校时间不一致，我也大多是开自己的"11 号汽车",靠步行上学或返校。来回路途虽远了些,但毕竟年少,加之有同学随行,一路有说有笑,两腿倒也不觉得多累。

后来,我离开县城到了城市,工作、读书、工作,尽管两腿少不了走路,但为了节省时间,对车的依赖性大了。即使每次离开北京到外地出差,也是乘飞机或是乘火车、汽车,真正靠两条腿行走越来越少。

现代交通工具的便捷,提升了人类相互交往和工作、学习的效率,但也带来不愿走路的惰性。特别是当人类进入以车代步的时代,许多国家、许多城市家庭,户户有汽车,人们对车的依赖性增加了,甚至咫尺之间也要用车。对车过于依赖的结果,影响了人的身体健康,出现了诸多疏于动腿而引起的毛病。

当人类意识到健康的威胁时,才又想起走路的好处。医学专家研究表明,长期徒步走上班的人,心血管疾病、神经衰弱、血栓性疾病和慢性运动系统疾病的发病率都明显低于喜欢乘车的人。而且,每天散步 30 分钟,工作效率会明显提高。美国著名医学博士弗勒先生发现,每天 10 分钟快步行走不但对身体健康有极大的裨益,且更能够使消沉意气一扫而光。所以说,快步行走或舒缓散步,有益身心。

数十年来,因文案工作忙碌,笔者靠两腿走路少了,也缺乏运动和锻炼。直到三年前,发现自己身体素质渐弱,以致小恙不断,我才意识到该有些锻炼了。如何锻炼?我还是想到走路,出门办事,短途的,能不坐车就尽量步行,并选择了晚饭后和同仁们在大院散步 30 分钟的运动方式。至今三年,足行使笔者重拾健康人生。

(载 2010 年 8 月 12 日《人民日报(海外版)》)

这山，这石

石与山为伍，与土相依；有山必有石，有石成其山。石，增添山川的秀美。

诗经云："渐渐之石，维其高矣，山川悠远，维其劳矣"。

长江中部以北的鄂东黄梅县境内有一座秀山——南北山，山上奇石异松引来古往今来众多文人墨客，幽泉从刻有"幽幽南山"字句的巨石上流过，增添了山景的神韵。

早就听说风景秀美的南北山有一处天然巨石壁，成为近年来攀岩爱好者练身手的好去处。

辛卯年新春的一天，黄梅县委宣传部和停前镇委领导邀请我到南北山看看攀岩景点。这个景点因被中国地质大学师生定为野外生存体验训练而知名。

停前镇是千年古驿，位于鄂皖交界，山势趋北高峻，驰南逶迤，自古是南北交通要驿，因人马到此必停留休歇而取名停前。这里风景秀美，石山相依，不乏石刻、石佛、石洞等历史人文景观。唐宋诗词大家李白、苏轼、白居易、柳宗元、欧阳修、王安石等，曾先后观光停前山川，吟咏停前风物，至今存有诗文。

我们乘汽车在古角水库一处滩塗下车，穿过滩塗上筑起的一条土路，上到南北山古道分岔处，穿过一片幽深的楠竹林，眼前豁然开朗起来。举目四望，东面蔚蓝的水库波光粼粼，犹如上天掷下的一面明镜；北面高耸的山峦上，苍松古柏掩隐着石壁怪石，宛如黄山。西面青山逶迤，一眼望不到边，南面石壁参天，挡住了视野。镇党委书记吴爱华指了指地名叫南冲的一处高数十丈、呈斜坡度状的石壁说，这就是南冲攀岩景点。去年接待过 12 批 50人以上的旅游团队。

我定睛细看，这是一块奇崛的白色光滑石壁，呈四五十度斜坡状自上而下；如从远处看，宛如一处瀑布，近看才知它是一块整体的险峻峭崖。

"这么陡，又没有抓手，怎么攀上去啊？"我有些好奇。

"从石壁的高处顶端固定放下安全绳，练习者脚登石壁、手攀绳子一步一步往上攀登。"随同来的镇委殷委员接过话。

我抬头望了望崖壁高处自言自语："攀到顶端那可不容易啊。"

"那当然。下次来欢迎您来出出汗。"一阵笑声荡漾在山谷里。

据介绍，中国地质大学师生自 2007 年实地考察后，他们把停前南冲作为学校野外生存生活体验基地，每个学期都会分批组织学生到南冲来开展体验训练活动。师生们很喜欢这个地方，他们带来帐篷和野营设施，每期练习团队一待就是个把星期，达到"乐不思蜀"的地步。中国地质大学教授、中国登山协会理事董范赞叹道，南冲生态环境优美，地质构造和山水风景独特，非常适合登山、攀岩、定向越野、负重越野、漂流、搭绳过界等野外生存体验项目。

我问吴书记："过去山里人主要靠采石、伐木增加收入。这里的生态保护得这么好是靠禁令吧？"

年轻的吴书记点了点头："停前几乎没有什么像样的镇办企业，财政紧巴，但是按照县委县政府绿色生态的发展思路，坚持禁采石、禁开山。禁是一个方面，也要让山民自觉地意识到劈山采石不仅是一种违法行为，而且对我们的森林资源和生态环境是一种破坏。现在大家逐渐明白了，保护好生态，实际上也是在实现经济潜增长。"

我从小热爱山，热爱石。这处攀岩景点倒引起我对童年的一段回忆。

停前镇铁铺是我在童年时代曾生活过的地方。这里的房舍，面朝一片丘陵地带，背靠大别山支脉的一座山。山势逶迤，林木葱密。山体中的石头多深埋于土，少数裸露的巨石则奇大无比，仿佛一堵天然之手浇铸的石墙或石板。千百年来，祖辈们年复一年地或在山前故土上劳作，或到后山采摘山珍，累了就在山上天然大石板上席地而坐或和衣躺一会儿，但却无人去打山石的主意。即使有乡邻盖新房，也不敢去山上凿石以垒地基，因为他们知道山石不能离开山，凿石将给山体带来破坏，会让人戳脊梁骨。所以，铁铺的房屋尽管临山，却没有一间是用石材垒的，都是用黏土烧制成砖建起的房子。乡亲们说，住这种房子，冬保暖，夏纳凉。

后山有一个叫石洼的地方，以一块高十几米、宽四五十米的巨石景观而得名。一年四季，山泉沿巨石垂体而下，形成瀑布景观（当年这瀑布，我敢说不亚于贵州的黄果树瀑布）；瀑布下方，因水帘的常年冲刷而生成一个方圆三亩多的池塘，长年蓄有一泓清水。有了水，水塘下形成一溜方圆近百亩的梯式水浇地，每年在这里种植的稻子总是谷穗饱满，稳居高产。

雨后到后山石洼去捡蘑菇，是我在孩提时代最喜欢做的一件事。特别是在春夏季雨后，石洼周围山野万木葱茏，生机盎然，在草木间，在石缝里，常常有发现蘑菇的意外惊喜。我和童年的小伙伴们嬉戏着，争先采摘着，不一会每个人就收获颇丰。大家跑累了，就在瀑布附近的石板上找块没水的地方，和衣躺在上面休息，眼望着蔚蓝的天空，听着瀑布有节奏的敲石声，畅谈着各自的梦想；爱下棋的小同伴，则捡来小碎石，在石板上画上简单棋盘，用石子当棋子对弈厮杀一番，好不快活？

没想到，20世纪的50年代末，省里在离铁铺5里外的地方建造一座水利工程，修大坝要采石。勘探队发现了铁铺石洼这块天然巨石，很快派来了采石工人。从此石洼采石的炮声和运石块的汽车马达声，打破了山里的宁静。一年后，这座水库大坝筑成了，但"挖东墙补西墙"的取石方式，也造成石洼这里生态的破坏，壮美的巨石墙消失了，山体变形，一片狼藉；石洼瀑布也随之不再，池塘干涸。因为没有了水，池塘下那溜水浇地变成了旱地，不少地竟逐渐荒芜了。这，成为停前铁铺人永久的痛。

访南冲攀岩，使我重温了童年的梦。

（原载2011年5月7日《人民日报》"作品"副刊）

幽绝扎兰

无法用尺码丈量的硕大自然风景画，被飞驰的汽车轮剪开，向后面抛撒开去；前面还没来得及剪开的无尽的画幅再急速移到视野里，草原、湿地、森林、湖泊、金色的向日葵、悠然的马羊群……这一切似乎给人以错觉，仿佛来到七彩云南的香格里拉。

这是地处大兴安岭东麓森林草原结合地带的扎兰屯柴河风景区。

应邀到内蒙古扎兰屯之前，我对去还是不去犹豫不决，因我曾经多次到过内蒙古，领略过草原的辽阔、敖包的传说、牧马群的浩荡、奶油茶的香甜……我想，隶属于内蒙古的扎兰屯，也许与我到过的草原大同小异吧？

不久前，在北京举行的扎兰屯风光摄影展，使我看到了这个别样城市的剪影，改变了原有的猜想，下定了探寻这块土地的决心。于是在初秋之际，我得以成行。

到扎兰屯的当天，正是周六的上午。下午，还来不及抖落来程的疲劳，热情的主人就邀我们去看市容。从城市的建筑风格和铺面看，这是一个多民族的城市。一问，果然不错，全市40多万人口中，除汉族外，有蒙古、达斡尔、鄂伦春、满、回、朝鲜等23个少数民族。各民族和睦相处，相得益彰，共同促进着这个美丽小城的发展。

参观"中东铁路博物馆"和市历史博物馆，我们从那一件件文物中，看到这座新兴城市的久远历史和发展轨迹。一个县级市有两个博物馆，也足见这座城市的文化底蕴非同一般。据悉，新石器时期这里就有人类活动。一代天骄成吉思汗曾在此屯兵扎寨，女真、契丹、蒙古族的古战场依稀可见，中东铁路通车前后，大批外地农牧民相继迁入，形成各民族大杂居。继而，俄、日列强也对这块宜居且富饶的土地垂涎，相互争夺对铁路的经营权，借机掠夺这里的森林、畜牧资源。俄国人在修建中东铁路东清段时，为有个休闲去处，1905 年在雅鲁河支流上架起一座悬索桥，在桥的两头建有俱乐部和别墅。而今，这里已成为"吊桥公园"，河上的吊桥仍保存良好。我们走在桥上，有意手扶铁索，脚蹬桥板摇晃，但桥体却不见大动静。走过安全的吊桥，只见前面树木葱茏，曲径通幽，市民们三三两两正在这里散步、观景，真是一个修身养性的好去处。

扎兰屯的风景独特，大自然的神奇造化，形成山、水、林交相辉映，声、色、情浑然一体。久远年代曾经发生的火山喷发，在此留下奇异的火山地貌特征。柴河、浩饶山、秀水、断桥、喇嘛山、大小孤山等风景区及雅鲁河漂流等旅游项目，吸引着旅游者在这里逗留些时日。笔者因时间有限，那天仅匆匆看了柴河一两个景点，主人不禁为我惋惜，说："下次一定要多抽出点时间看啊。"我点点头。

扎兰屯为中温带大陆性半湿润气候区，冬季严寒少雪，夏季温润凉爽，大气、水体保持完好。特有的气候和地貌，使扎兰屯成为绿色食品基地。到这里来采购天然绿色食品，也是吸引游客和客商的一个重要因素。和当地人一起用餐，看不到餐桌上生猛海鲜的奢华，但赤红橙绿青蓝紫等各色原生态菜蔬和酥嫩的牛羊肉应有尽有。笔者到扎兰屯的第二天，正值内蒙古（扎兰屯）绿色食品交易会暨绿色产业发展论坛举行。听说当天我要返京，正在与俄罗斯客人洽谈合作项目的该市市委书记、中年汉子任福生特地走过来，和我谈起扎市建绿色食品基地的优势，"正是因为有绿色产业发展优势，加之丰饶的旅游资源，国家农业部、旅游局和自治区对我们这里的发展非常看好。"

风景独特处，名人多青睐。看公园碑林石刻，可欣赏到叶剑英、乌兰夫、翦伯赞、叶圣陶、老舍等名人大家到此留下的墨宝。其中老舍 1961 年9 月写有《辛丑夏访扎兰屯》一诗，我对里面的一句"幽绝扎兰天一方"印象尤为深刻，不妨借用前四字，作为此文标题。

（原载 2009 年 9 月 9 日《人民日报（海外版)》）

王谨访南非（2010 年）

好望角咏叹

位于非洲西南端的好望角，是大西洋和印度洋之间的重要陆地标志。到南非，不可不看好望角。

好望角这个奇特的地名，在学生时代就从课本上读到，探险家狄亚士的故事铭刻在记忆里。从事新闻职业后，到访好望角，一直是我的愿望。

从约翰内斯堡飞行两个小时，我们就到了开普敦。由于是南部海滨城市，气温明显高于约翰内斯堡。到开普敦的第三天，东道主即安排我们到好望角实地踏看。

4月8日那天上午，我们驱车前往好望角自然保护区途中，在临海的高速公路边，看见一个黑人姑娘聚精会神地眺望着大海，我们以为她是在面对大海赏景呢。我们也下车在此稍息。代表团中的李禹龙先生走到黑人姑娘身边要与她合影，黑人姑娘微笑地露出一口整齐的白牙予以配合。我们见姑娘很大方，也走过去与她合影，发现这个黑人姑娘长得很漂亮，长长的睫毛下忽闪着一对大眼睛，身材修长。经交谈，得知她名叫艾克雷丝，是一名海滩安全员，是在监视海上情况，一旦发现有鲨鱼，即以最快速度发出警讯，以保护下海游泳游客的安全。我这才注意到，她身边放有望远镜和传呼机等物。她说，这是她得到的第一份工作，很珍惜。

告别艾克雷丝，我们上车向海边继续前行，好望角渐渐近了。陪同人员告诉我们，好望角位于南纬 $34°21'25''$，东经 $18°28'26''$ 处，北距南非开普敦港 52 千米。好望角半岛南部有 7750 公顷，是规模很大的自然保护区，好望角和开普角都在保护区内。这里除乘观光汽车游览以外，任何汽车禁止入内。自然保护区内，生长着被称为 Fynbos、Protea、Efica（Heath）的花卉等各种植物；生活着南非羚羊、鸵鸟、狒狒等动物。近海里还有海豚、海狗等在游弋，如果运气好的话还能看到鲸鱼、鲨鱼。

我们在被海浪日复一日淘积得愈来愈多的白色砂石的"狄亚士"海滩下车，身后海滩开阔处即是保护得很好的自然保护区，各种野生植物名目繁多，尽管历经潮起潮落的冲刷，但仍然生长良好。再往前走，前面突兀的石质岬角就是世界闻名的好望角了。乱石里立有用英文、南非阿非利加语写着"非洲最南端（真正的最南端在厄加勒斯角）好望角"的标牌。我们在标牌下合影，以记录曾踏上这块不凡之地。

坐在石质岬角旁的礁石上，朝海上远望，视野开阔；朝平坦的自然保护区回望，视角也最佳，"好望角"名副其实。难怪，1488 年，葡萄牙航海探险家狄亚士率领一支船队，从欧洲沿非洲西海岸向南航行，企图找到一条通往"黄金之国"——印度的新航路。行至非洲大陆西南端附近时，忽遇猛烈的风暴，船队处境十分危险，被迫在这个陌生的岬角停留，狄亚士等人死里逃生。据说，狄亚士当年回国受到英雄般的欢迎。国王认为，绕行此处的"风暴角"便可通东方，这一里程碑式的发现是个好兆头，便将狄亚士原来取名的"风暴角"改名为"好望角"。1497 年 7 月 8 日，达伽马奉命探索通往印度的航道，驶过好望角，次年抵达印度，完成了航海史上的一个壮举。从此，随着这条新航线的发现，随着越来越多的船队从这里来来往往，好望角这个神奇的名字，也传遍了世界的许多地方。

从好望角的发现，我不仅感慨前人的探索精神，正是像狄亚士、达伽马这样的勇士以无畏的勇气，通过探索才找到从远海到大陆的最佳路径。人类的进步，何尝能离开不倦的探索呢？

好望角波浪滔天，声闻九皋，这里的海浪有着惊人的力量。我凝视一波又一波的巨大海浪，在击打石质岬角前，往往像蓝色拳击巨人一样先隆起强壮的肌肉，积蓄力量，然后猛然击打，溅起的"血"则是白色的浪花；一次又一次，一年又一年，就这样历经数百年海浪的冲击，石质岬角却仍然作为好望角标志巍然矗立在那里。

为了登高看到更远处，我们离开海滩来到展望台。在展望台能够看到半岛最南端的开普角。与好望角相连的开普点，地势比好望角高，约为海拔244米。我们沿40米高的梯形路拾级而上，攀上了开普点的顶端。这里有一座1857年修建的古老灯塔。我们站在顶端，凭借围墙远眺浩瀚的海角风光，只见大西洋和印度洋交汇处白浪滔滔，时而还可以看到印度洋和大西洋的两股海流交汇形成巨大的旋涡，令人不禁发出"登高壮观天地间"的感叹。

（原载2010年5月3日《人民日报（海外版）》）

石狮雕像

　　每次到石狮，友人总要邀请我到石狮"黄金海岸"看海。这里距市中心仅 10 公里，有沙滩，有望海礁，有度假村，来此看海观潮者不少。傍晚，略带咸味的海风，吹在脸上，爽爽的，让人感到心旷神怡。

　　改革开放的大潮最早从沿海涌来，作为海峡西岸的石狮，也较早经受开放之潮的洗礼。30 年中，我先后多次踏上这片土地，目睹了这座城市的变革和成长。

　　在这座新崛起的小城入口处，一尊仰天长啸的巨大雕像吸引了路人的目光。石狮这座位于我国福建东南沿海的小城，三面环海，居于历史名城泉州和经济特区厦门之间，与台湾岛隔海相望。1987 年 12 月经国务院批准，石狮由原晋江县的一个农村集镇直接升格为省辖县级市。当时石狮给人的印象很开放，有点像深圳的沙头角，但远不及沙头角繁华。

　　1997 年 8 月，我再度来到石狮，亲眼看见，石狮人凭着敢闯和实干的精神，改变着这里的一切：宽阔的柏油马路纵横市区；原来显得杂乱的大地摊不见了，取而代之的是一排排现代化的商厦；繁荣的街道上车水马龙，商店里的物品应有尽有；民营经济在这里发展很快，纺织服装市场已成规模。敢立潮头的石狮人已不满足自己埋头干了，还要走出去，请进来，拓展更大的交流与合作空间。

　　晚饭后，在柔和的街灯下，宣传部李部长把我们一行带到市九二路的人行街上，以几分自豪的口吻说："这是旧街区改造给市民们带来的'文化绿洲'，市民们在这里可以享受到高品位的精神生活。"这条步行街占地面积 8 万平方米，街区环境富有闽南特色。这天晚上，适逢周末，在步行街上散步的人相对多些。循着从圆形水柱广场传来的音乐声走过去，原来在广场的中央圆岛舞台上正在举行周末文艺晚会，吸引了里三层外三层的市民观众。这里举办的"活力步行街，欢乐大舞台"活动，吸引了社区的大批居民；有的外地客商和旅游者，也专门到步行街的酒楼用餐，一边吃饭或品茶，一边观赏文化活动，可谓其乐融融。

夜色中看过巍峨的石狮体育场、大型图书馆、博物馆之后，我们来到鸳鸯池公园。这是个集休闲、娱乐、健身为一体的大公园。这里山水花草、亭台楼阁融为一体，人们三三两两在这里徜徉，尽情地享受着快乐的周末休闲生活。

休闲的背后是勤劳。每天，太阳还没爬出地平线，石狮中年汉子杨志勇就早早开车去码头进皮料或给购料者送货。他每天都在忙，但自有了自家的临街的"诚达鞋材店"小门面，他觉得忙得开心，一家人的生活也有了改善。

从一名打工者成长为小老板，这是许多石狮人有过的经历。在石狮，个人经营的服装鞋帽店比比皆是。石狮市委书记黄源水不隐讳民营经济在全市国民生产总值中已占大头的事实，并说这符合石狮的发展实际。

石狮在发展民营经济方面是较早"吃螃蟹"的试验者。建市之前，石狮在发展社会主义市场经济方面就在全国领先一步，民营经济占有相当的比重。石狮建市后，福建省政府又赋予石狮省辖市一级管理权限，在利用外资、引进技术、土地开发、税收、外汇调剂、金融和人员进出境等方面给予优惠政策，尝试综合性的改革试验。仅仅几年，石狮人黑红的脸膛上多了几分满足感，因为城市经济实力大增，民众的生活水平有了明显提高。2007 年，城镇居民人均年可支配收入 21285 元，农民收入达 10005 元，居全省第一。

石狮人正以自己敢拼敢闯的精神和奋斗成果，鲜活地塑造着矗立在海峡西岸的石狮巨雕。

（原载 2008 年 12 月 2 日《人民日报》"作品"副刊）

紫贝文昌

3月末，从海南岛最南端的三亚市，驱车到接近最东北端的文昌市，气温落差很大。脱下短袖衫改穿长袖衣，并不觉得燥热。加之当晚，淅淅沥沥的小雨把文城的大街小巷洒了个遍，气候更加宜人。

到文昌第一件要做的事，是拜谒国母宋庆龄塑像。昌洒镇古路园村，是已故国家名誉主席宋庆龄的祖居地。在"宋氏祖居"纪念馆，那一张张浸染历史风烟的珍贵照片，那一件件刻下岁月风云的珍贵文物，使我们对宋氏家族有了更全面的了解。瞻仰着门前栩栩如生的国母宋庆龄雕像，我为从此地走出的宋氏家族对中国近现代历史长达半个世纪的影响而感叹。

"著名椰乡"是文昌对外打出的七大名片之一。有言"海南椰子冠全国，文昌椰子半海南"，一点不假。文昌人爱种椰子树，全市乡村及城镇凡有泥土的地方，就有椰子树修长的身影，真可谓椰林三十里，椰风海韵无限。陪同我们的文昌市常务副市长符永丰说："椰林既是经济林、防风林，也是观赏林。按照农业部的规划，本市种植面积将达3万公顷，年产值达3亿元。"

我们在蒙蒙细雨中来到有百年老树的椰林湾。只见海湾一边，是一望无际的大海，另一边则是婀娜多姿的椰林。一个个接待游客的竹楼、亭阁掩隐其间。主人让我们到小亭子里避雨并品尝椰汁。一个脸膛黑红、身材瘦小的赤脚老人，听说我们来自北京，自告奋勇要为我们摘椰子。他让我们选定一棵椰树，即刻把砍刀往背后一插，就麻利地爬上树梢。他拧下两个硕大椰子，又麻利地滑到地上，前后时间不到5分钟。大家纷纷为老人精彩的采摘表演鼓掌。老人用砍刀将其中一个椰子砍开一个洞，插上吸管递给我，我猛吸一口，清甜可口。

沿着海湾，踏着细软的白沙，我们步行来到八门湾临时码头，乘上一艘渔监小艇，去看红树林。小艇启动伊始，海面还开阔，再往前行，视野里逐渐出现狭长的通道，两边则是蓬蓬勃勃的红树林，甚为壮观。

陪同我们的市林业局局长林绍联，向我们介绍说，红树林是一种稀有的木本胎生植物，由红树科的植物组成，物种包括草本、藤本红树。它生长于陆地与海洋交界带的滩涂浅滩，是陆地向海洋过渡的特殊生态系。红树以凋落物的方式，通过食物链转换，为海洋动物提供良好的生长发育的环境，吸引深水区的动物来到红树林区内觅食栖息，生产繁殖。红树林另一重要生态效益是它的防风消浪、促淤保滩、固岸护堤、净化海水和空气的功能。盘根错节的发达根系能有效地滞留陆地来沙，减少近岸海域的含沙量；茂密高大的枝体宛如一道道绿色长城，有效抵御风浪袭击。

我国红树林共有 37 种，主要分布于广西、广东、海南、台湾、福建和浙江南部沿岸。其中海南省文昌市约 6 公里长的沿海岸线上的 67 公顷（1000 多亩）的红树林区，是我国颇具代表性的红树林区。

伴随"嘟嘟"的马达声，我们透过小艇的窗户观赏着海滩红树林奇观，心旷神怡。"为什么树是绿的，却叫红树林呢？"我问林局长。"它属红树科，流出的树汁是红的。"一番话，使大家增长了见识。

"著名侨乡"，是文昌人打出的又一名片。文昌海岸线绵长，港口众多。据说远在宋朝，文昌人就扯起风帆，乘上木船，越过重洋，在异国他乡扎根谋生，继而其后裔不断向世界各地寻求发展。目前，50 多万人口的文昌市，归侨、侨眷就有 19 万多人；在海外，有 120 多万文昌籍华侨华人分布在世界 50 多个国家和地区。

分枝散叶在异乡的文昌人，不管离家乡有多远，在外漂泊多少代，总是把自己的根脉维系在文昌的土地上。文昌籍的华侨华人，每年都要回来探亲访友。他们心怀故土，热心公益，在故乡或投资办厂，或修桥铺路，或兴建学校，或增盖医院。侨资成为推动文昌经济社会发展的重要力量。正因为文昌独特的侨文化背景，华夏文化纽带工程组委会力推在此建立华人华侨文化展示中心等项目，以吸引世界各地更多的华侨华人来此观光。该项目已得到当地政府和中央统战部首肯，目前已进入实质性论证和筹划阶段。

站在文昌的铜鼓岭，远眺月亮湾那金色斑驳的沙滩；站在木兰湾那巨大的海石上，聆听那急流海水拍岸的涛声，文昌市那独一无二的海洋旅游资源也令人羡叹。

文昌是美丽的，人杰地灵，不愧是一块宝地。早在公元前110年，即汉武帝元封元年，就在此设立了紫贝县。自唐太宗贞观元年起叫文昌县。我在想，两千多年前，我们的先辈为文昌起的名字多么好啊。而今的文昌市，不正像闪着紫色之光的紫贝吗？

（原载 2009 年 4 月 23 日《人民日报（海外版)》）

王谨在希腊奥林匹克旧址

那一年， 在天坛公园

过完中秋，又逢国庆。今年几乎相连的两节，使京城的节日气氛延绵日久，街头、公园里秋日的花朵自在地向游人们绽开着笑脸。

国庆逛公园，几乎是共和国成立以来北京人既定的日程。不知从什么时间起，由政府主导的游园活动，成为国庆节庆祝活动的一部分。因工作的关系，我经常带着采访任务，参加北京国庆游园活动，在公园里和国家领导人、北京市民一起欢度节日。

稍有些年头的北京公园，几乎都涂抹有皇家色彩，而今都成为市民们享受休闲生活之地。

记得 1995 年国庆节这一天，我来到天坛公园，采访了胡锦涛等党和国家领导人和群众一起游园的活动新闻。

这一天，中央主要新闻单位记者按分工到各大公园随中央领导活动。我被分配在天坛公园。

天坛公园，位于北京正阳门外，永定门内路东，始建于明永乐十八年（1420 年），是一个以圆丘和祈年殿为主体的精美园林，为明、清两代帝王冬至日祭皇天上帝和正月上辛日行祈谷礼的地方。嘉靖九年（1530 年）听大臣言："古者祀天于圜丘，祀地于方丘。圜丘者，南郊地上之丘，丘圜而高，以像天也。方丘者，北郊泽中之丘，丘方而下，以像地也。"于是决定天地分祭，在大祀殿南建圜丘祭天，在北城安定门外另建方泽坛祭地。嘉靖十三年（1534 年）圜丘改名天坛，方泽改名地坛。

天坛的建筑不仅具有独特的艺术风格，而且有些建筑还巧妙地运用了力学、声学、几何学原理，因此具有重要价值。1900年八国联军曾在天坛斋宫内设立司令部，在圜丘上架炮，文物、祭器被席卷而去，建筑、树木惨遭破坏。新中国成立后，有关部门进行过多次修缮和大规模绿化，使古老的天坛更加壮丽。现在公园占地200公顷，四面各有一门。园内有二百年以上的古柏两千五百多棵。还有百花园种植了大量的花卉。近年又在百花园北新建了别具一格的亭廊连接的庭园，增添了园景。

那一年的国庆，反映各省市自治区成就的展台分布在各大公园。在天坛公园布展的是山东、陕西省。刘华清、胡锦涛、田纪云、李岚清等领导同志先看了陕西展台，后参观山东展台。陕西展出的天然气输送模型、国产运七飞机模型、秦陵及华清池图片，吸引了领导人的目光；在山东展台，地方特产大葱和生姜实物，引起胡锦涛的兴趣，并走到工作人员面前询问大葱和生姜的生产情况。

参观完展台，年轻的中央常委胡锦涛等领导同志穿过公园搭起的花门，来到祈年殿观看节目演出。随着《黄土雄风》的旋律响起，中央领导人和群众代表一起欣赏了一个又一个有陕西、山东特色的节目。坐在第一排看节目的，还有当时北京崇文区体育馆路小学的小朋友们。

根据这天的见闻，我本想写条天坛游园新闻特写，后得到通知，各大公园游园活动只综合起来发条消息。这也难怪，如果一个公园发一篇新闻特写，那要多少版面呢？

（原载2010年10月18日《北京日报》"作品"版）

葫芦岛一日

在中国有岛的城市中，葫芦岛是很有特色的城市之一。据说，明代称此地为"葫芦套"，以状似葫芦而得名。现今的葫芦岛是辽宁省下辖的一个省辖市，原名锦西市，1994 年更名为葫芦岛市，是辽宁省最年轻的城市。

葫芦岛市对于笔者来说并不陌生。上世纪末，全国人民代表大会优秀新闻评选在该市的锦西化工集团招待所举行。笔者作为评选委员和其他同仁在该市小住三天。早晚散步，我们在些许咸味的海风吹拂下，饶有兴趣地看了周边一些地方。特别是该市宜人的气候、悠长的海岸线、不冻的天然良港、大型造船基地，给我留下深刻印象。

时隔十年左右，上周末，我匆匆再度来到葫芦岛市。这次是应市委宣传部之邀，作为参加年度记者节活动之一，利用周末，与该市宣传干部和新闻同行们进行新闻报道业务交流的。

记得十年前我们一行去葫芦岛市，因考虑乘火车时间较长，我们选择乘飞机到沈阳，然后换乘汽车到葫芦岛。这次我仍以"老皇历"看日程，以为乘火车时间不会短，于是让别人代我订一张软卧车票赴葫芦岛。

订票者到售票处一问，售票员笑了，说："从北京乘动车，两个小时二十分钟就到了，短途不设软卧，只有软座。"我为我的孤陋寡闻不觉脸红了好一阵子。

上周五即 11 月 5 日傍晚，我从北京站登上 D23 次列车，坐上舒适的软座，一本书还没看完，风驰电掣般的列车就把我载到现代的葫芦岛站。

在车站出口处，看到前来接站的市宣传部新闻科长侯俊喜，柔和的灯光映照着他那张笑容可掬的脸。

第二天，周六上午，在酒店用过早餐，按照市委宣传部的安排，我在市委党校报告厅作专题讲座的第一讲，我讲的题目是"对内对外新闻报道的特点及要求"。市委常委、宣传部钱福云部长和市委宣传部常务副部长冬梅、葫芦岛日报社长王庆洲、总编辑张贵昌、市广播电视局的领导以及200多位来自全市新闻系统的骨干人员前来捧场，出席首场讲座。该讲座为期两天。在我讲了之后，中国青年政治学院新闻系主任戚鸣、辽宁广播电视台副总编慈立光、《辽宁日报》评论部主任张小龙也分别讲了相关题目。这四场讲座，是市委宣传部在第11个中国记者节来临之际，特地举办全市新闻系统骨干人员培训班，以"充电"和互动的方式，让全市从事新闻报道工作的记者过了一个有意义的记者节。

午餐时，钱福云部长邀请市宣传系统的负责人及省广播电视台的慈副总等与我小聚。性情豁达、快人快语的钱部长仍然不忘在餐桌上推介葫芦岛。她声音洪亮地说："葫芦岛市东邻锦州，西接山海关，南临渤海辽东湾，与大连、营口、锦州、秦皇岛、天津、青岛等城市构成环渤海经济圈。葫芦岛这些年变化不小，环境也优美了，是个宜居城市，我每次到北京，都感觉到北京交通太拥堵，不远的路程常常要走一两个小时。葫芦岛作为沿海中小城市，这里有它的自然优势，现在北京人到这里买房的不少。"

"可不是，从北京坐动车到这儿也就两个多小时；在北京从城区到郊区县，遇到塞车，也得两个小时啊。"我接话道。

"动车的开通，使北京人到葫芦岛方便了，我注意到您上午讲课时用'朝出夕归'来形容葫芦岛人到北京便捷了，用得很贴切。交通确实改变了葫芦岛人的生活方式。"葫芦岛日报总编辑张贵昌接下话茬说。

"到葫芦岛甚至比到山东威海还方便。那些北京人到葫芦岛买房看来有眼光。"我补充道。

"葫芦岛也是个适合度假休闲之地，这里的兴城是集明代古城、温泉、首山、海滨风景和菊花岛为一体的旅游疗养度假区，如不是您匆忙要走，我主张您去看看。希望您再来。"一直说话不多、身材修长的冬梅部长也打开了话匣。

葫芦岛确实是文明起源比较早的地区。据考古发掘证实,今葫芦岛地区早在新石器时代已开始有人类繁衍生息。历经岁月的更迭,先人在此留下不少文明古迹。可惜,我两次来此,均细细参观品味不够。"留点遗憾,下次再来吧。"我回答道。

和大家握手道别,朋友张贵昌仍然一再留我延住一日,到市里多走走看看。无奈,因我回京有别的安排,只能按时返京。赴火车站途中,我从轿车车窗往外贪婪地观赏着市容,从车窗向后闪过的那整洁的街道、宽阔的马路、如锦的花圃、现代的建筑、有序的车流,以及脸上写着悠然或满足表情的市民,使我感受到:那些到此买房的人不是没有道理的。

(原载 2010 年 11 月 9 日人民网)

王谨在塔里木采风

大漠胡杨魂

汽车像甲壳虫一样在塔里木茫茫沙漠中前行，公路两边是一望无际的沙海和时而闪现的胡杨。驱车一个小时，两个小时，三个小时，稍息，再驱车上路三个小时，太阳从越出地平线到升至空中，再从当空沉下地平线，沙海或胡杨始终离不开我们的视野。

我们作家采风团一行走进塔克拉玛干，寻访着中国石油人的创业足迹。

从库尔勒到轮台，驱车近 500 公里。14 时在轮台用完中餐，继续前行，过塔里木河不远，我们被一片原生态的胡杨林所吸引。这里的胡杨，千姿百态、苍劲挺拔，普遍有些年头，据说有的岁数达千年。在这自然古朴、原始如故的胡杨林里，时见倒地的巨大的胡杨树躯体，它们像一个个饱经沧桑的老人，向来人见证并述说着沙漠瀚海的历史。

当日时间 20 时，我们到达塔里木中心地带。在塔中作业区晚餐毕，到下榻地院中走走，发现晚霞还没有从大漠上褪尽，余光把大漠染成煞是好看的金色，像一片波澜起伏金色的海。

一位地质学家说，石油是深藏荒凉地带的太阳，物探人就是探寻这轮太阳的普罗米修斯。是的，中石油人在被称为"死亡之海"的塔克拉玛干大沙漠探油、产油，所付出的艰辛是常人难以想象的。这里长年与风沙为伴，干燥，荒凉，或燥热，或高寒。然而，他们却以惊人的毅力扎根在荒漠，为人类点燃着能源的太阳。

当晚，我们未来得及掸去路上的沙尘，就在塔中与石油人座谈。坐在我们面前穿着工装的每个石油人，几乎都有着扎根大漠的感人故事。塔中作业区经理孔伟，是一个年近四十的高个汉子。他领着平均 32 岁的年轻团队，在塔里木纵深地带克服难以想象的困难，创造了一个个采油的神话，见证了塔中作业区为共和国油气事业所作出的贡献。"你们这里靠什么留住人啊？"我问。"靠事业留人，靠感情留人，靠创造条件留人呗。"他笑着答道，露出一排好看的白牙。

"靠创造条件留人"，此话不假。就从身处塔里木沙漠纵深的塔中作业区来说吧，原来的不毛之地，已变成生活设施齐全的社区。这里不仅有条件很好的公寓、餐厅，还有专供会议和休闲娱乐的多功能厅。工人们每天在荒漠中钻井取油，回到作业区基地可尽情享受生活，很快解除一天的疲劳。

第二天，我们从塔中折回，沿沙漠公路到克拉 2 号气田参观。背靠雄浑的雅丹地貌的克拉 2 号气井是口功勋井。据气井负责人介绍，克拉地区是一个高丰度、高产的整装大气田。仅克拉 2 号气井日产量可供一千万人的城市一日用气。正是因为克拉气田的发现，促成了国家西气东输的战略决策。2004 年 12 月 1 日，西气东输主力气源地克拉 2 号气田，全面完成产能建设，克拉 2 号的天然气正式进入西气东输管道，送往长江三角洲。

在大漠中采油采气，首先得有路。没有路，大批员工难得涉足，机械设备也难得进去。中石油刚挺进塔里木时，建设了一处简易钢板跑道机场，靠小型飞机运送采油设施。后来，考虑租用飞机运送成本太高，于是选择开发油田与建设沙漠公路同步进行。

沙海里建设公路，既需要铲去沙丘，打好路基固化，也要防止沙进路埋。石油人为此动了不少脑筋。开始他们采取埋设芦苇栅栏和芦苇方格以阻挡狂躁的风沙，但五六年之后就失去作用，飞沙照样上路。石油人联合生物防沙专家开展科学技术攻关，进行防沙绿化先导试验研究，初步掌握了塔中油田周围风沙规律和气候特点。他们筛选出抗盐、抗旱、耐高寒、耐沙埋的诸如沙拐枣、红柳、梭梭等沙生植物品种，在 436 公里长的公路两侧种植，并完成 110 口水源井及配套供水和浇灌设施。陪同我们的何晓庆处长介绍说，水井房差不多每隔 4 公里设一间，有专人值守。我们饶有兴趣地停车在 027 号水井房，想看个究竟，发现这里的值守人员是一对夫妇，男的姓王，女的姓魏，带着一个 5 岁半的女儿。他们在这里的工作就是护井和养护公路绿带。"在这里工作，生活枯燥吗?""还好，这里有电视看，一家人在一起倒不怎么觉得枯燥。时间长了，还可倒倒班。"从黑红脸上泛出几分腼腆的魏女士，牵着好动的女儿回答说。

作家采风团在沙海里一去一回，不知不觉中穿行了近两千公里。这是一次沙海时空的穿行，更是一次精神洗礼的穿行。回望那挺立在沙海的胡杨，我们的眼前不觉浮现出石油人那一个个坚守的身影，更体味到塔里木石油人用精神的风骨所铸就的警句的深刻内涵，这就是："只有荒凉的沙漠，没有荒凉的人生。"

（原载 2012 年 11 月 22 日《北京日报》）

雨中看银川

二十多年后再来银川，多了份对岁月沧桑给这座西部城市带来变化的比较。

2012年9月10日下午，新闻界几位朋友邀约到市郊小聚。出门，天下起了中雨，给这座夏季本不炎热的城市浇来了清凉。

雨点有节奏地轻敲车窗。我从车窗贪婪地外望，试图捕捉昔日银川的痕迹，但除了街道名和一些清真寺没有什么变化外，可参照的昔日建筑物不多。街道比昔日宽阔了许多，两侧崛起了包括万达大厦在内的许多新建筑。同车的东道主、毕业于武汉大学新闻系的资深新闻人俞主任说，银川是一个包容的城市，大的投资商、大的公司、大的企业外来的比较多。正是它们，使这座开放的城市每年都有变化。

宁夏，位于中国西北西部，民族自治区域。其首府银川是座宜居城市，人口百万，日照充分，生态环境好。俞先生说，20世纪，一些从北京、上海、广州等大城市移居到这里工作的干部或知识界精英，近些年陆续退休后回到原籍，但在大都市反而生活不习惯，又重回银川居住的例子不少。

汽车掀开一道道无尽的雨帘，驰出银川，前往贺兰县潘昶村。在贺兰县正街再向东继续前行7公里，一座徽派建筑映入眼帘，上书"清水湖农庄"。这座徽派水乡建筑和农家小院，依一泓清水湖而建，集会议、垂钓旅游、养殖等于一体，别有一番情趣。

餐间从玻璃窗外看，湖面深幽，苇巷纵横，荷花开蕾，野鸟成群，一派江南水乡湖色。东道主俞主任见我们对湖景感兴趣，即让服务员拿来雨伞，俞主任和随后赶到的张总引着我们撑伞冒雨踏桥观湖，更是兴趣盎然。

回到餐间，俞、张等东道主用这里的野生生态鱼、野生生态菜招待我们。大家畅谈宁夏的昨天、今天与未来，心情怡然，不觉都年轻了许多。这时，我想起1988年夏，我应邀来到宁夏采访，对银川、吴忠、中卫等市的开放和包容产生意外的惊喜。采访结束后，与时任宁夏回族自治区党委书记的沈达人、区政府主席白立诚座谈、交换意见后，回京后在《人民日报》一版位置发表了通讯《宁夏：大门打开之后》。今次重来银川，尽管看的听的还很有限，但已感受到宁夏这座首府变得更宜居更清丽了。

（原载 2012 年 9 月 11 日人民网）

王谨与梁衡等在川南竹海体验生活（2012年10月）

再到长宁探竹海

　　大自然给长宁人恩赐了这片神奇的竹海。这是一片由翠绿酿造的海，是一片典雅绝美的海。

　　竹，系"梅兰竹菊""四君子"之一，还有人将"梅松竹"称为"岁寒三友"，可见竹是国人喜爱的典雅之物。竹枝挺拔，主杆修长，亭亭玉立，袅娜多姿，四时青翠，凌霜傲雨，古往今来的中国文人骚客无不咏竹示雅。唐代诗人刘禹锡以诗咏竹云："露涤铅粉节，风摇青玉枝。依依似君子，无地不相宜。"据传大画家郑板桥一生爱竹、敬竹，竟无竹不居，并常画竹咏竹以自勉。大诗人苏东坡则留下"宁可食无肉，不可居无竹"的名言。

　　大抵是作家们对竹情有独钟的原因吧，金秋十月，北京日报副刊部特意给京城的作家们精心安排了一场"看长宁笔会"之旅。笔者随作家们游弋了川南大地上的这片竹海，心灵犹如得到一次洗礼。

　　汽车穿过由修修长竹拱身搭起的"翡翠长廊"，进入"七彩飞瀑"，那琼浆玉液般的瀑布，从竹林深处渗出，婉约地垂落山涧，给竹海增添了婉约之美；再往前走，竹海深处有一片湖，乘竹筏舞动竹桨，犁开一泓碧水，湖中观竹海更使人产生一种心灵的律动；从微观到宏观，乘索道自上而下，登高俯瞰，视野立时变得开阔，只见翠竹茂密，郁郁葱葱，涛声阵阵，烟波浩渺，甚为壮观，更体验到这片竹海之雄浑之辽阔之壮美，使人忘忧。

　　在这片土地上，开门见竹，睁眼是竹，合目记忆之帘映出的仍然是竹。竹，成为长宁人生活中的一部分，给长宁人生活注入宁静、休闲和典雅。

我们行走在 120 平方公里的竹海深处，美丽的导游小姐不时给我们讲解竹海的历史与现状，并不时穿插一些故事，增添了我们这些旅者的情趣。据说，北宋诗人黄庭坚曾来此一游，当他登上峰顶，看到如此秀美成片的竹海时，情不自禁地赞道："壮哉！竹波万里，峨眉姊妹耳！"乡人闻讯纷纷前来献酒，诗人在石壁上书写了"万岭箐"三个大字。至今竹海内有两个乡仍名"万岭乡"和"万里乡"。

如今的竹海保护区位于四川长宁、江安两县毗连的南部连天山余脉中，景区内 28 座山岭全是茂密的竹林，竹波荡漾，连片成海，绿透了天府的南端。如此广阔无际的楠竹海洋，实为国内外所罕见。1988 年蜀南竹海被国务院列为中国重点风景名胜区，1991 年荣获"中国旅游胜地四十佳"和"中国自然风景区十佳"的称号。

竹，自拱出地面那天起，就惠及人类。竹笋可以美食；成材的竹子，用途就更加广泛，可刻字，可为书，可为笛，可为箫；可为筏，可载物，可为席，可为榻；可造器皿，可建屋宇，如此等等，不一而足。至于以竹励志的成语，就更不乏其例。既然竹如此惠顾于人类，我们就更应该珍爱它了。

作家采风团临离开长宁时，长宁县委、县政府和北京日报共同组织了一场座谈会，听取作家采风后的意见和建议。在诸文学名家纷纷建言中，笔者也迎着县委书记曾健坦诚的目光，将 21 年前来竹海与这次来做了一个对比。那时的蜀南竹海，完全是一片原生态的、幽静的绿海。沿着一条沙土路穿越竹海，可欣赏到沿路两旁一眼望不到边的翠竹。夜宿全部用竹材料建成的"竹海宾馆"，倾听竹涛声声，是难得的一种原生态的美的享受。自那以后，在我生命的旅程中，就多了一份对这片土地的情思。今天重游竹海，映现在视野里人为开发的景点多了，停车场多了，汽车多了，游人多了，竹制纪念品一条街多了。尽管旅游开发增加了当地市县的旅游收入，但对原生态的蚕食不能不令人担忧。呵护好竹海这一片上天的赐物，既是长宁人的责任，也是所有游人的责任。我们应有保护重于开发的理念。建议景点对汽车和游人有所限制。广泛倡导步行或自行车的游览方式，既环保低碳，又能让游人更亲近大自然。

文末，借用《诗经·小雅》中的一句祝愿长宁："愿竹苞松茂，日月悠长"。

（原载 2011 年 12 月 29 日《北京日报》，2012 年 2 月 4 日《人民日报》发表时，题为《竹海来去》）

走近花腰傣

"到玉溪，就要到花腰傣乡看看。"笔者到云南采风时，有不少朋友建议道。

美丽多彩的云南是中外人士喜欢涉足的梦幻之地。尽管北京已是冬日，但这里仍然是温暖如春。这天，笔者和采风的京城部分作家来到音乐家聂耳的故乡玉溪时，大家兴致极高，我也有了好情绪，因为我过去尽管来过玉溪，但没有走进花腰傣之乡。

缠绕着巍巍哀牢山的悠悠红河水，孕育了花腰傣。据悉，花腰傣是遗留在哀牢山腹地的古滇国皇族后裔；是古代民族迁徙的落伍者，古傣民族原生型文化的传承者。神秘的花腰傣是我国傣族的一个分支，以服饰斑斓、色彩绚丽、银饰琳琅满目，用彩带层层束腰而得名。花腰傣现有7.2万人，有傣雅、傣洒、傣卡、傣仲之分，80%居住在新平县内，其余散居于元江等县。这是一个古老而勤劳的民族。由于地处偏僻，封闭的环境使花腰傣完整地保存着古傣先民古朴原始的自然崇拜、祭祀、巫术、染齿、纹身、服饰和赶花街等习俗。有人说花腰傣的家乡如诗如画，如梦如幻，是人们向往之地。为了这个向往，笔者和作家们一起深入到这个秘境中，开始了一次难忘的采风。

那天一大早，我们在玉溪市区用过早餐，即驱车上路。两小时过后，在离目的地嘎洒镇仅60多公里的地段，也许是大自然对人类呵护不够的报复，公路一边的山峦突然吐出大石块和泥土将公路阻塞，我们的车和其他车辆因多处塌方在路上动弹不得，苦等了一个多小时。后来还好，经过当地路政人员的疏导，车总算通过了险道，来到嘎洒小镇。

嘎洒自古以来就是茶马古道上的重镇，昔日从昆明经玉溪，到嘎洒，翻越哀牢山，过镇沅、澜沧，出缅甸的国际通道，使这里曾经一度繁华。直到80年代末期，嘎洒到镇沅的古道上依然是骡马之声不绝。我们试图寻访这条"残存的古道"，只是多年的失修与毁坏，加之新公路的建设，已无法窥其沧桑的原貌。

花腰傣的住房，与西双版纳的傣家竹楼不一样，是别具一格的土掌房，这种"一楼一底"的平顶房屋，往往是楼上住人，楼下饲养牲畜。这种房子尽管不乏特色，但人畜共住，对人的健康无益。为此，近年该镇引入资金，除建了花腰傣文化广场和花腰傣小商品一条街外，还在一些村进行了改造性新村建设，改路、改厕、改水，实行人畜分开，提高农民居住卫生水准。在主人引导下，我们漫步在花腰傣文化广场和花腰傣小商品一条街，继而穿过阡陌纵横的田野，来到嘎洒镇新村建设试点旋涡村。只见整个村寨百分之八十的户新建了楼房，牲畜圈则由集体择地有规划地另盖在一起。笔者和初小玲、孙郁、刘庆邦、培禹等一行径自走进到一家叫王有平的农户小楼看看。这是一个有祖孙三代的六口之家，新建的三层小楼占地120平方米，居住面积大约200多平方米。房间不少，但花腰傣原有的住房特色却保留得很少。推开几个卧室，地板铺的很讲究，也许是主人忙于农活来不及收拾，什物比较凌乱。户主王有平不在家，只有其老母在做饭，主菜是半小锅炖鸡。笑，绽放在她满是皱纹的脸上。看得出，她对而今的生活是满意的。

出旋涡村，我们应邀到不远的南蚌村看花腰傣歌舞。进场前，好客的花腰傣青年给我们安排了一个别出心裁的迎宾礼。身着艳丽服饰的男女青年敲锣打鼓分列两旁，由一个叫刀翠的花腰傣姑娘手牵客人的手在鼓乐声中跨过三道彩带。当我在刀翠的引导下跨过彩带时，特地近距离地打量了一下这些花腰傣姑娘的艳丽服饰：俏丽的面容下，身着紧身束腰的小衣服，布料上的花纹色彩鲜艳，红绿色相间；后腰部系戴一个小小的竹篓，满身佩戴着精美银质饰品，看着确实漂亮。

演出开始了，青年们以欢快热情的舞蹈节目，反映了花腰傣男女在当地的生产、生活及爱情，诠释了花腰傣这个美丽民族的特色。

太阳渐渐西沉，我们在这儿短暂一天的采风也结束了。我们带走了对花腰傣的好奇及美好印记：他们的身世扑朔迷离，被称为傣族的一个分支，却从不过泼水节；他们的文化还保留着古滇国时代的典型符号，与两千年前的文明历史有着千丝万缕的联系；他们为爱而生，爱成为他们生活的重要部分，男女面对爱情坦荡、挚诚。这就是花腰傣，他们世代居住在高高的哀牢山下，接受着红河水的滋养……

（原载 2009 年 12 月 11 日《人民日报（海外版）》、2010 年 1 月 11 日《人民日报》）

冬日走丹阳

有言去江南最好的时段是春天，因有"烟花三月下扬州"的佐证。近日，在冬日里去了一趟离扬州不远的丹阳市，却感受到冬日丹阳的可爱之处。热情的丹阳人和这里的齐梁文化热，无疑是冬日里投射给来客的缕缕暖阳。

从南京机场驱车到丹阳只需一个小时车程。在车上我问：何有丹阳的名称？答曰：丹阳是现今江苏地域在公元前221年秦朝设置的15个县份之一，当时称曲阿，后改名云阳，唐天宝元年（742年），因当时境内生长着众多的"赤杨树"，"赤"与"丹"同义，"杨"与"阳"谐音，故名"丹阳"，后取"丹凤朝阳"之意，定名丹阳。

据告之，在丹阳这片土地上，有6000年前先祖居住生息的凤凰山遗址；有3000年前古吴的都城遗址；有古吴季札的封邑，古延陵季子庙；有三国吴大帝孙权的祖地；更有南北朝齐梁两代王朝的遗迹。

距今1500多年前，在那硝烟弥漫、帝王更迭的乱世，78年间先后有15位萧氏皇帝轮流登场，缔造了有名的齐梁王朝，有12座帝陵建造于此。到丹阳，不能不看齐梁时期留下的古迹。那天，主人邀请我们一行来到天禄景区。只见这里耸立着当年陵墓雍道留存的石刻麒麟、天禄石柱和辟邪石雕古物。观摩这些齐梁遗物，使我不禁将其与笔者曾参观过的古希腊帕特侬神庙的柱廊和雕塑相比较。尽管1500年前留下的天禄石柱不如帕特侬神庙的石柱那般巍峨，但我们的先人打造的石柱其石质其雕工也有独特之处，不逊色于爱琴海岸的希腊人。

走出天禄景区不远，我们眼前出现一面正在耸起的红墙。市委常委、宣传部长沈岳方告诉我们，这是正在建设的用以展示上下五千年石刻文化的"天地石刻园"。园内将收藏并展出 8000 余件文物。

说起"天地石刻园"的建设创意，还有一个故事：2006 年国庆期间，丹阳市委书记告诉市委宣传部一条信息，上海有一位外商，收藏有一批石刻，想找一个合作者。宣传部主要领导及时挂帅多次赴沪洽谈。精诚所至，金石为开，历经双方两年多的商谈磋商，2008 年 10 月终于达成协议，加拿大籍台商吴杰森先生将其多年精心收藏的 6000 多件石刻悉数捐赠给丹阳市人民政府。11 月份，丹阳市动用了 8 辆大吨位卡车从上海向丹阳运石刻时，仅运输就花费时间整整一个月。2009 年 12 月吴先生再次收集捐赠了近 2000 件大体量的石刻。至此，8000 余件珍宝为开发齐梁文化添了翼。

"今年下半年石刻园建成时，你们一定要来啊。"沈部长向我们发出了邀请。

"一定来。"我和同行的几位作家几乎齐声应道。

走进石刻园的建设工地，只见工人们正在忙碌着，尽管寒气逼人，但不少工人却忙得汗流浃背，脱下外衣亮着胳膊大干。看他们的工作热情，我们几乎忘了时值冬日。园内那些待展的各个朝代的石雕文物，林林总总，目不暇接。

"石刻园建成后，光这 8000 件文物，要看下来恐怕也要几天啊。"诗人荆先生道。"那就在这儿多住几天呗。"另两位作家几乎同时接下话茬，引起我们一阵笑。

弘扬丹阳的古典文化，不仅是市委市政府干部的共识，也是丹阳普通市民的自觉行动。那天，市人民代表大会正在举行。市人大代表荆建一得知我们一行到来，特地在会议间隙向我们讲解齐梁文化对丹阳人的影响，并热情地带我们参观他正在建设的皇塘生态园。我们走进方圆近百亩的园林，只见一片片秀丽的雪杉及其他珍木参天而立，给冬日增添了精气神；

架在河塘上的廊桥古色古香，增添了园林的文化韵味。踏桥观景，我不禁想起齐梁时期诗人何逊当年《酬范记室云诗》中的两句："林密户稍阴，草滋阶欲暗。风光蕊上轻，日色花中乱。"

（原载 2011 年 2 月 16 日《人民日报（海外版)》）

夏日的乌鲁木齐巴扎

近十多年中，我先后三次去过新疆，经停过乌鲁木齐。但老实说，我对这座城市的了解还很有限。这里的民族风情及夏日早晚的清爽，使我着迷。然而，我却很少有机会走进这里的街巷或集市。

上周的一天下午，因事在乌鲁木齐短暂停留。在办完正事之后，应主人之邀在有限的余暇里走进了闻名遐迩的二道桥国际大巴扎。

与我同行的第一次来新疆的一位青年朋友在车里问我："何为巴扎?"我说，据我所知，"巴扎"是阿拉伯语"市场"的意思，类似汉人的集市。据考证，在信仰伊斯兰教的国家和地区，"巴扎"的规模大小和繁荣与否，往往是衡量当地社会经济的晴雨表。据说，此前世界上规模最大的"巴扎"是土耳其共和国的伊斯坦布尔大巴扎，而今乌鲁木齐国际巴扎的规模则居世界第一了。

我们慕名来到国际大巴扎，在门口下车。在新疆工作的戚先生带着我们沿着商铺街漫步。商铺前，时有金发碧眼的俄罗斯人或戴面纱的阿拉伯女顾客从身边走过。放眼望巴扎，建筑风格整体体现了浓郁的伊斯兰风格。最夺人眼球的是那高耸的达 80 米高的观光塔及气势宏伟的清真寺。据介绍，该巴扎建筑面积近 10 万平方米，拥有 3000 个民族手工艺品商铺、3000 平方米的广场、可容纳 1000 人就餐的民族宴会厅及剧院等，购、娱、餐等功能齐全，规模不仅比伊斯坦布尔大巴扎大，硬件设施、文化氛围也大大超过伊斯坦布尔大巴扎，堪称"世界第一大巴扎"。

乌鲁木齐国际大巴扎由系列建筑群组成，有 6 座商厦。这些建筑，采用土黄色为主色调，融合了希腊、古罗马、西亚、中亚建筑因素，集伊斯兰文化、建筑、民族商贸于一体，是新疆旅游产品的汇集地和展示中心。

我们逛了其中的三座楼群，其中不乏铜器、丝绸、衣饰、玉石、瓜果，香料、精油等让人眼花缭乱的特色产品；而其中的维吾尔族绣花小帽、和田地毯、英吉沙小刀、土耳其毛质地毯、巴基斯坦铜制工艺品、俄罗斯的军工制品等最让人倾心。也许非周末，加之前些时南疆分裂分子暴力事件影响，来此的游客不多，在巴扎几座楼的商店里购物交易者也寥寥无几。商店员工多是当地的维吾尔族、哈族人，也有内地来的汉人及少数来自中亚、南亚及阿拉伯国家的商人。他们对来客也不怎么劝购，顺其自然。我们一行，倒对巴扎多少有些贡献，或购丝巾，或购干果；一位姓张的朋友，因今年是他的本命年，在玉市商场左挑右选，总算买了一个纽扣式青玉挂件，尽管价格不菲，但他满意地立时用红绳系在脖子上，据说可增好运。

在巴扎土特产楼，一位来自浙江经营丝绸和茶的年轻商人，在摊前与笔者交谈。他对在这里经商没有安全之忧，认为乌鲁木齐相对南疆比较安全。他只是对目前经营不怎么景气感到担忧，希望进入 8 月旅游旺季，他的生意会好一些。

因时间有限，遗憾的是，没有去巴扎剧院欣赏新疆的多民族歌舞。看来，只有把遗憾留到下次来疆。

这次来新疆前，有亲友对我说："来乌鲁木齐，不去二道桥的国际大巴扎看看，就不算真的来过新疆。"第三次来疆实地体验之旅，证明了朋友的话不无道理。

（原载 2013 年 7 月 31 日人民网）

王谨2009年访罗马

采莓妫川畔

金秋的色彩涂抹在京郊延庆的长城内外，山峦间、妫川畔、古镇边、绿垄上，如画如诗，绚丽多彩。

我们结伴乘车而行，秋的画卷随车窗移动。那成片的紫罗兰、菊花和不知名的花儿，在秋色里怒放。

汽车驰至延庆营城子，沿龙庆峡方向前行，至延庆县城东的滨河南路向永宁古镇方向右转东行约17公里，即在永宁镇南关村村口不远看到一座庄园上赫然标有"红莓庄园"几个方块字。这就是金百瑞生态农业集团所属的东方夏都树莓采摘园。庄园四周是一片片绿色的莓园。

这是一片绿色的海，当阵阵风撩开那片片莓叶，才看见红黄相间的莓果。

10时左右，莓园管理者给我们每人一个盆状轻便小筐，作采摘盛果之用。

走进莓园，近距离采摘莓果，才知道有兰莓、红莓、黄莓之分。兰莓当下已是谢季；而今时至9月，正是采摘红莓和黄莓之季。

正当我们在垄间采摘玛瑙般的红莓和黄莓时，路上驰来多辆轿车。下车者多是穿着休闲装、鬓角带雪的老者，他们携带家人和孩童，乐呵呵地走到大蓬下，放下行装，即走向田园。园主、董事长蔡晓鹏告诉我们，他们主要是新四军的后代。

中国树莓产业的发展并不久远，还只是近十几年的事情。知情人告诉我，在北京延庆及全国一些老区种莓的创意，正是蔡晓鹏和新四军以致八路军、老红军的一些后代在茶余饭后议决的。于是，名为北京东方夏都树莓科技发展有限公司随之于本世纪初成立，那些退下领导岗位的老同志后代也成了公司投资人之一。他们聘请中国林科院树莓专家、国家树莓引进科研组首席专家张清华研究员担任首席技术顾问；并聘请了农业部退下来的有关方面领导担任相关顾问。这些新四军、八路军的后代，把种莓事业之火延绵到他们父辈曾战斗过的地方，已在北京、河北、安徽、四川、辽宁、黑龙江等地发展树莓、黑莓种植基地约万亩。其中，在贫困老区和革命根据地的扩植规模已日益扩大。公司初步形成了科研、种植、加工、出口的产业链，已形成年加工出口5万吨树莓、黑莓产品的速冻、冷储、果汁、果酒、果酱生产能力。产品已进入德国麦德龙、美国沃尔玛、法国家乐福、泰国易初莲花、香港百佳等国际著名超市连锁店。

引进，让国人享受到不同风味的异域美食。蓝莓、红莓、黄莓，是引进栽种的外来小浆果，果实呈蓝、红、黄色，色泽美丽、悦目，果肉细腻，种子极小，可食率为100%，为鲜食佳品。我们边采摘边欣赏，女士们则嘻嘻哈哈地贪吃。我也禁不住放几颗黄莓入舌，甜酸爽口，且香气逼人。

眼看临近午餐，我们走出田垄，每人手里已盛下半小筐红黄相间的可食"玛瑙"。大家欢笑着把筐中的莓果由管理者量重，打包，每个人的脸上多了一分收获的喜悦……

真乃是，古有陶渊明"采菊东篱下，悠然见南山"之句；今有"采莓妫川畔，悠然望长城"之说。

周末延庆"红莓庄园"采摘之旅，很是惬意，既享受舌尖之快感，也收获田园之乐趣。呜呼，美哉！快哉！

（原载2012年10月3日《北京日报》）

佛罗伦萨夜色中的卖纱女

到意大利，不能不去佛罗伦萨。

三年前的秋天，应圣马力诺前总统、中圣友好协会主席泰伦齐的邀请，我率人民日报（海外版）新闻代表团，参加圣马力诺的国庆系列活动，顺访了意大利名城罗马、米兰和佛罗伦萨。

佛罗伦萨是意大利文艺复兴的摇篮，是意大利和世界上最美丽的城市之一，其历史中心被教科文组织宣布为世界文化遗产。城市的魅力大都彰显在中世纪和文艺复兴时期的大型建筑物上，而这些建筑构成 13 至 14 世纪的城市结构，至今仍原样保留着。

那天，我们从威尼斯赶到佛罗伦萨时，已是下午。走上街头观光，已临近黄昏。

10 月的佛罗伦萨，凉风习习，穿着夹衣仍有些寒意。我们首先来到米开朗琪罗广场，看附近的大卫像、老桥、圣母之花大教堂、乔托钟楼，并参观精美的意大利商店，等等。最为著名的佛罗伦萨主教堂（即圣母之花大教堂），雄伟壮丽，远远即可望见的白色凸脊线的红色大圆顶，高大恢弘，成为佛罗伦萨的象征。据悉，佛罗伦萨主教堂是 1296 年阿莫夫．迪甘比奥开始设计的，工作进展了一个半世纪，又有一些大艺术家参与，最终是布鲁内莱斯基在 1420 至 1438 年完成了这个杰作。建筑内部简朴而肃穆，由漂亮的玻璃窗保证充足的光线。保罗．乌切罗和安德列．德卡斯塔尼奥的壁画以及多色拼图的大理石地板，均为建筑增辉添色。

佛罗伦萨是艺术之城、是文艺复兴的发源地，文艺复兴三杰：米开朗琪罗、达·芬奇、拉斐尔都曾生活于此，留有艺术足迹。

到佛罗伦萨前，我曾醉心过一些有关这个城市及艺术家的美丽的传说。据说，创作佛罗伦萨乃至整个意大利的镇国之宝雕塑作品《大卫》的米开朗琪罗，就从小生活于佛罗伦萨的采石场。由此他喜欢石头，并爱上石头雕塑。米开朗琪罗十几岁时，即拜师学画，不久，即显示出超人的艺术天赋和才华，然而米开朗琪罗更喜欢石雕，米开朗琪罗最完美的石雕艺术即《大卫》。米开朗琪罗所雕《大卫》的石头，也来自采石场，当时石头上有些瑕疵，很多人劝米开朗琪罗另选石头，然而艺术家与常人不同的是：旁人只注意石头瑕疵，米开朗琪罗则已透过石头，看到雕塑成功的《大卫》。米开朗琪罗前后共花三年多的时间，才雕成一人多高的《大卫》。当《大卫》运至广场，人们被艺术深深震撼的同时，又无法接受一个裸体的《大卫》，当时人们正受中世纪宗教思想的禁锢，观念陈旧，《大卫》只得暂放于佛罗伦萨美术馆。随着时间的推移，当人们逐渐接受人文思想，再来审视《大卫》时，发觉《大卫》竟是如此完美：那健美的肌肉，似乎蕴含着千钧之力；那深邃的目光，似乎能洞察一切；那优美的站姿，以及显示出对敌人的那种蔑视之情，无不淋漓尽致地被表现出来。有人提出，应将《大卫》陈列于佛罗伦萨的广场，如此，才能显示出这座城市的骄傲。然而人们又太爱《大卫》了，怕天长日久的日晒雨淋，会因此毁坏这件艺术品，于是让复制品《大卫》站于广场，让《大卫》藏于佛罗伦萨美术馆。

佛罗伦萨这座城市，因中国浪漫诗人徐志摩来此游历过而增添了中国情愫。徐志摩曾是在情绪极度低落时，游历欧洲。徐曾与陆小曼热恋，当陆小曼受到家庭，以至来自社会的诸多压力后，给徐志摩写了"分手信"。此时徐志摩又接到泰戈尔邀请其去欧洲会面的信，于是，徐志摩踏上原为"放松情绪"的欧洲之旅。徐志摩还想趁此机会，前去看望与前妻张幼仪所生的儿子小彼得。记忆中的小彼得，聪慧过人，且不乏音乐天分，但最后见之的却是冰冷的墓碑：小彼得死于肋膜炎。此时，与泰戈尔也失之交臂，没能见面。徐志摩情绪不免低落，于是漫无目的地在意大利转悠，随之来到了佛罗伦萨。接连几天，徐志摩徜徉于佛罗伦萨城，在金桥上追寻当年但丁邂逅贝特丽切的踪迹，在达·芬奇的故居，寻找这位文艺复兴时期最完美代表人物的创作源泉，又在那些被认为是薄伽丘《十日谈》中主要场景的地方伫立深思。当他来到美术学院，亲眼见之米开朗琪罗《大卫》时，一时被惊呆了，惊呆于鬼斧神工的技艺，惊呆于人体所蕴含的动人心魄的美；大理石纯白无瑕，由此显示出人体的原始美，自然丰满的人之本质美。眼前的《大卫》，与徐原本追寻的人的自由，人的本质美，已紧连一起，由此产生强烈的共鸣，灵性也因此而生。徐志摩一时似乎忘却了所有烦恼，甚至忘却陆小曼，与艺术相比，爱情似乎显得很渺小。徐志摩似乎重新找到了对人类美、对自由美的执著追求，同时，徐志摩认为此种美是不能与人分享的，而是应该一个人去独自体会。徐志摩随之将这种感受写进了《翡冷翠山居闲话》："这样的玩顶好是不要约伴，我竟想严格地取缔，只许你独身，因为有了伴，多少总得叫你分心……"徐志摩已从内心深处爱上了这个城市，于是，徐志摩又从中国的文化角度，给予佛罗伦萨一个诗一样美的别名：翡冷翠。自然，此又无不给纯净的佛罗伦萨抹上一道靓丽的翡翠色。

因时间关系，我们来不及去一一寻觅当年这些文化名人在佛罗伦萨留下的足迹，只是在佛罗伦萨街头和广场，借物生情，回味着古老的传说。我们近距离地欣赏着佛罗伦萨主教堂的建筑之美，边散步边欣赏着广场夜景，观摩意大利画家现场作画。

当晚近 21 时，广场的风由凉变冷了。我们正准备回停车处，发现广场上有一个衣着单薄的华人青年女子抱着一叠丝巾在叫卖。一打听，她是来自中国浙江的女子，到意大利不足两年。她至今并没有意大利合法身份，只是靠打零工维持生计。看到她在寒风中瑟瑟发抖的样子，我不觉有点同情。我说：江浙并不比意大利差，为什么不回国呢？她低下眼帘说："托人办护照花了不少钱，来意大利不容易，就这样回去心不甘，也难见人。"

这是一种可悲的虚荣心啊。

离开佛罗伦萨古城，卖纱女单薄的身影在我眼前不时浮现，久久挥之不去。实际上，像这位有虚荣心的姑娘一样，在国外混得不好，硬撑着不回国的同胞包括留学生在欧美还有的是。

　　当晚我们在佛罗伦萨市郊的普拉托镇一家酒店下榻。我们走出酒店去一家叫"丽华大酒楼"的饭馆用晚餐。这是一家华人经营的酒楼，来此用餐的基本是居住在佛罗伦萨周边的华人。酒楼供应的蔬菜和海鲜几乎和中国国内差不多。我们访圣马力诺和意大利期间，我们多用的是西餐，偶然吃中餐改善一下，很合胃口。

　　我们边吃边谈。在当地华人媒体任职的一位朋友告诉我们，在意大利的华人有35万，居普拉托的达10万，这里是意大利佛罗伦萨华人主要的居住地之一。由于形成一个华人圈子，许多来意大利多年的华人，仍然走不出这个圈子，混得不怎么好，生活习惯、语言很难融入当地。

　　佛罗伦萨，令人印象深刻的城。

（原载《海内与海外》2014 年第 1 期）

中秋国庆长假纪事

今年的中秋、国庆双节相联，国人特别是工薪族享受到共和国成立以来最长的假期。在为期 8 天的节日里，国人享受到休闲旅游的盛宴。

在过去一些年的长假里，我大多在单位值班中度过，即使出门休闲也只不过和家人或朋友到北京近郊或周边天津、廊坊、涿州走走，最远不超过几百公里。今年，因受邀参加母校黄梅一中百年校庆，才在千余公里之外度过今年不平凡的长假。

9 月 30 日，中秋节

今天，我未出远门。中午和家人到团结湖边的金鼎轩聚餐庆中秋；晚上在家吃便饭，品尝南北方多种特色月饼，其中不腻的茶月饼受我青睐。餐毕，到阳台望月，不觉想起唐朝诗人刘禹锡咏中秋的几句诗："天将今夜月，一遍洗寰瀛。暑退九霄净，秋澄完景清。星辰让光彩，风露发晶英。能变人间世，悠然是玉京。"

10 月 1 日，国庆第一天

凌晨，经一番辗转不眠，挥去犹豫，最终还是决定应邀乘老乡的奥迪车赴鄂参加黄梅一中百年校庆。

晨 6 时 45 分，中国游戏互联网领军人物、湖北老乡李柳军开奥迪车载上我，直上京开高速。也许是出门早的缘故，路上车不多，车速 120 多公里，开得顺畅。

轿车急驰，剪开京郊那多姿多彩的秋色画卷，那楼宇，那田园，那早练的人们，急速地在车的两侧移动。

今次长假，是国家首次实行对 7 座以下轿车免收高速公路费，因而开小车出行者猛增。

我们的车驰过京郊，出河北，到河南路段，路上汽车尽管仍然不见拥堵，但时见路边有事故车在等待责任认定和救援。一辆车速太快的越野车把高速公路护栏冲倒，掉到沟里；一辆看不清牌子的轻便微型小车，因追尾一辆货车，车头被撞烂，车况面目全非。

车过开封市，进"大广高速"。路上的车仍然不多。柳军的车速提升。

中午，我们在河南濮阳高速公路服务站休息、就餐。每人买了 30 元一份的自助餐，说是自助，但几乎没有多少可供选择的饭菜。米饭是冷的，菜也不热，汤也是凉的。要一碗面，得另收费。但大厅旁正面服务区内部职工食堂窗口卖的饭菜，却可口得多，且冒出腾腾热气。一问，却不对外营业。

简单餐毕，柳军有中午眯眼休息一会的习惯，他问我是否可替他开半个小时。我欣然坐上驾驶位置。我尽管有在高速公路上开车的经历，但安全责任使我意识到方向盘的重量，集中精力，速度控制在 100 公里左右。

大约 40 多分钟后，柳军又精力充沛地替下了我。车速加快了。下午 3 时，我们到了河南新县与湖北交界的高速公路服务站，稍息，加油。

半个小时后，我们所乘的车重新上路，轻捷地跨过两省交界的隧道，过麻城、黄冈市，于下午 6 时 30 分到达黄梅县城，入住四星级酒店"世纪锦园"。

10 月 2 日

上午 9 时，出门匆匆到停前镇走亲访友；11 时，在县工作的小弟打电话来，希望到他家里用午餐。考虑多年未进过他的家门，12 时来到他家，与他们一家五口同桌边吃边叙，其乐融融。

当晚，应县委县政府及一中校庆组委会之邀，在黄梅戏大剧院观看了一场原汁原味的黄梅戏《传灯》。湖北省黄梅县是黄梅戏发源地。2004 年 6 月，湖北省黄梅县黄梅戏与安徽省安庆黄梅戏，并列被国务院首批公布为非物质遗产名录。《传灯》讲述了佛教禅宗第五祖弘忍大师，当年在湖北黄梅县修行传教，收有弟子五百，五祖寺香火日盛。弘忍不拘一格选择继任者，最终将禅宗衣钵传予六祖慧能的经典故事，令人耳目一新。

10月3日

晨7时30分，早餐毕，在饭店大厅见到县委常委、政法委书记王秋华。我与他握手，"这么早就来了？""北京和省市来了不少领导和嘉宾，百年校庆活动安全工作责任重啊。"秋华是县委宣传部原部长，干一行爱一行，素以敬业著称，过去我们多有交往。

上午8时30分，参加一中校史展览馆暨杨疾超、何红伉俪书画展开幕式。何红是我早年所熟悉的书法家何勋的女儿。现年88岁高龄的何勋以古藤式书法在中国书法界独树一帜。20世纪90年代，《人民日报》一版曾以《书法之家》的通讯报道过他们全家的书画活动。女承父业，现在高校任教的杨疾超、何红夫妇，其书画造诣也不一般。

上午9时，黄梅一中百年庆祝大会举行，来自北京及省市县领导及各届校友数千人出席。国家教育部和省教育厅领导和各界嘉宾及师生代表的激情发言，放飞空中的百只和平鸽以及百个气球，表明了湖北这所示范中学的百年不平凡历程。

11时，20世纪50年代曾任北京大学副校长，中国伟大的教育家、哲学家汤用彤先生纪念馆奠基仪式在黄梅一中举行，我也受邀与县委领导和各界嘉宾等，为奠基送上几铲土。

下午1时30分，项卫同学开车接我到城关"小港湾"，与当年在一中高中部就读的部分同学见面，叙旧。3时，陶金龙同学送我回酒店，饶有兴致地在我房间接着叙谈，到5时多才离开。留其一起用晚餐，因陶家中有事未允。

当晚，应邀在黄梅一中体育馆看了场题为《百年风华·梅香万里》文艺晚会，晚会以歌舞及情景讲述艺术形式回溯了黄梅一中百年的历史。整场晚会有较强的艺术感染力，比如，云南藏族歌手白玛多吉的歌唱，中央电视台水均益的现场解说，上海祈勇飞的沙画表演，均有不凡的水准。但最能煽情的仍然是费翔的且歌且舞的演唱，《橄榄树》《故乡的云》《冬天里的一把火》把全场情绪调动起来了。看来，费翔尽管已不年轻，但还有票房吸引力。

10月4日

上午，应邀与各界领导和嘉宾及校友一起参观黄梅县城区、工业园区、小池滨江新区的规划与开发。在县委副书记何永红的解说下，我发现黄梅县委县政府的思路很有创新。比如，依河重新规划未来县城的发展，就很有新意。真可谓"走出固有思维定式，未来发展天地宽。"

下午，参加"情驻家乡共谋发展"座谈会。县长马艳舟及县有关部局领导的介绍，以及各位校友的发言，为百年校庆的落幕画上圆满的句号。

晚9时，县委宣传部常务副部长陈健雄和外宣办主任王政代表县委常委、宣传部长漆浩到酒店来看我，叙谈这些年黄梅的变化，希望我多回乡看看。

10月5日

因李总柳军打算迟返几日，我决定返京乘火车。江西友人很不容易为我代购了一张由井冈山经停九江后直达北京的软卧车票，5日晚21时30分从九江站上车。

考虑离上车时间还早，我推掉当日其他应酬，决定到位于九江的章光红豆杉生物工程基地看看。章光先生曾在京多次邀请我去实地参观，但因日程原因，终未成行，这次就近了却心愿。

上午近10时，章光红豆杉生物工程总部赵先生开车将我从黄梅世纪锦园饭店接出，驱车黄小公路，到九江总部已是近11时，稍息，到公司对面一家快餐店就餐。

正值中年的赵先生是赵章光先生堂亲。在长假期间为公司值班。餐毕，我坐上赵先生开的车去红豆杉生物工程基地和养生园参观。车驰出十多公里，拐进一水泥小路，前面闪现出一片郁郁葱葱的红豆杉林，在山林的一侧有一广场，建有两排房子，那座欧式特色的酒店是养生馆，现已出租九江绕城高速公路局居住。另一排房子是红豆杉林管理人员住的。赵先生办公就在这座楼。

下车，沿小路步行欣赏红豆杉，清香扑鼻。赵说，红豆杉主要采叶子加工，制作能降血压、解失眠的药枕。每年农历十月左右，红豆杉果豆红了时开始采摘杉叶，此时满山红豆配绿叶，煞是好看。采叶工由当地农民承担。按量记酬，一天下来有一两百元收入，他们很乐意干。我们正欣赏红豆杉林时，一个年老微胖的女村民走过来问赵："是否明天就采叶？""果子没有红呢，还需等些天。"赵说。

沿着章光先生出资让当地村民修建的 101 级下山道下山，前面公路旁有一小河。赵说，这里的上山路和这条小河也是 101 集团赵总让建的。主要是为了改善环境，营造小桥流水的气氛。

据赵介绍，这一块红豆杉林有 800 亩，是 9 年前租地种的，当时是 200 元一亩，租期 50 年。在九江，集团共有三块红豆杉基地。附近还有一块 1200 亩的第三基地；另一块有近千亩是第二基地，因要翻一座山，太远就不去了。赵说，"我带您去看看附近刚开发不久的那块。"

车行不到 5 分钟，路边闪出一门点，写有章光红豆杉工程公司第三基地。从传达室走出约 60 岁、面色红润的汉子，他姓陈，是专门管理这片红杉林的。汽车颠簸着上山，我们登高仰望，可见庐山的隐约主峰。陈先生介绍，这片山过去大多是荒山，种油茶效果不好，才让出给章光集团种红豆杉的。去年刚承包下来种上红豆杉。有些山头树苗成活有限，还光秃秃的；有的刚种下，被疯长的杂草包围。陈说，过完国庆长假，就组织农工除草了。看来，当地管理者携手章光集团种植红豆杉，不失为治理荒山的有识之举。

赵先生边开车下山边告诉我，章光 101 集团在浙江千岛湖有真正意义的红豆杉养生园，那里有山有水，环境好；另在浙江乐清，也有几千亩红豆杉基地。红豆杉主要健身产品的深加工在乐清完成。

当晚，在车站附近就餐。9 时 30 分，我登上了开往北京的列车。进到软卧车厢 31 铺，发现对面是一对老干部带一个孙女。他们在长假期间游览了九江、景德镇、南昌等地。今从南昌上车回京。

10 月 6 日

凌晨天还没亮，对面老干部一家三口就喋喋不休地谈论家事，特别是他们那个 8 岁孙女嗓音最为清脆响亮。我想提醒一下他们别影响别人休息，但最终没有发声，只是眯眼似睡非睡。车厢内的谈话声，加之列车车轮在铁轨上有节奏的敲击声，使我难以入睡。

一声长鸣，列车于上午 8 时 15 分到达北京西站。上了来接的车，我到家已是 9 时。刚洗完澡，接电话，有亲戚要来。12 时 30 分在附近一家蟹老宋餐饮店与亲友餐叙。

送走亲友，已是下午 3 点多，稍息，补补在列车上未睡好的觉，看看积压多天的报纸和信，一天就过去了。

10 月 7 日

10 月 7 日是国庆长假的最后一天。我开始翻翻这些天的日记，看有哪些收获？综而观之，今年的中秋国庆长假过得还算充实。尽管是国家规定取消高速公路收费的第一个长假，但我们基本没有受到拥堵之累。整个长假生活是丰富多彩的。

在即将结束享受节日休闲旅游盛宴的同时，我也思考到一个问题：工薪族包括公务员和企事业单位人员可以带薪休假，但农民和小个体工商者却享受不到带薪休假的待遇，他们只能是干一天活才有一天的收入。这就彰显了事实的不平等。国家对这方面问题应有所研究。

（原载 2012 年 10 月 8 日海外网）

撒在科尔沁草原的云朵

临近傍晚，飞机降落在乌兰浩特机场。出机场乘车前行，视野变得开阔起来，一轮倚在草原一个小山头的太阳，正冉冉下沉，它的余辉，染红了天际的一缕缕祥云；给以绿为主色调的起伏的草原、公路旁的白杨、时而闪现的片片玉米地，渗入、揉进些许金黄色。

这是在科尔沁草原所见到的一幅天然画。笔者多次来过内蒙古，看到过各自不同的天然画，而在科尔沁草原所见到的这幅天然画，有其独到之处。

科尔沁，蒙语意为著名射手。在元代，是成吉思汗二弟哈布图哈撒尔管辖的游牧区之一，位于内蒙古东部，在松辽平原西北端，包括整个兴安盟和通辽市的一部分地方。科尔沁草原西与锡林郭勒草原相接，北邻呼伦贝尔草原，地域辽阔，风景优美。

我们一行要去的是科尔沁右翼中旗，是科尔沁草原一部分，位于大兴安岭南麓。美丽的霍林郭勒河流经科尔沁右翼中旗，流程 358 公里，流域面积 14113 平方公里，造就了这里肥沃的生态。

当晚，我们下榻在旗内的一家宾馆，宾馆大门边的围墙上有一个马鞍的雕塑，表明了以马背上的民族著称的蒙族特色。

第二天早餐，吃自助餐，正好碰见科尔沁右翼中旗政府副旗长青格乐图。我们边吃边聊。土生土长的青格乐图，对旗里情况如数家珍。他说，科右中旗呈丘陵地貌，全旗二十多万人，蒙古族占大多数，系牧业旗县，马牛羊等畜牧为主业，仅羊年产二百多万只，但也产高粱、谷子、玉米、水稻等农作物；旅游资源丰富，年旅游收入占全旗收入15%。

上午，我们应邀到圣羊公司示范养殖基地去参观。一群在草原自在吃草的白羊，像撒落在草原的朵朵白云，立即引起参观者拍照的兴趣。这块示范养殖基地，位于科尔沁草原。由于干旱少雨，草有些枯黄。但在内蒙古草原曾工作过12年的老知青、现中国兽医协会会长贾幼陵说，这些非圈养的羊爱吃草原上这种半干枯的草，而且吃这样的草长大的羊肉质好。

迎风在科尔沁草原竖起的羊文化美食节的大旗，招来了人们对科尔沁草原这块土地的关注。人们注意到，这里不仅产优质羊，而且也产优质马。中外赛马场上不少矫健如飞的骏马就出自科右中旗。那天正值周六，下午，我们饶有兴趣地观摩了科右中旗图什业图赛马场举行的11场包括走马、纯血马及蒙古马速度大赛，来自美国、新西兰及港澳等地优秀练马师与国内著名冠军骑手同场竞技。骏马飞驰，竞技精彩，扣人心弦，赢得观众阵阵喝采和掌声。

科右中旗图什业图的赛马是科尔沁草原一景。成吉思汗的子孙，延续了他们父辈马上矫健射手的精气神。每周六，按国际标准举行的赛马招来了大批观光游人。有行家预料，只要长期坚持办下去，会成为大陆最有竞争力的赛马地之一。

一个县级旗，其深厚的历史文化底蕴是笔者没有料到的。在科尔沁右翼中旗博物馆，我们从以"元代五体文夜巡牌"等1020件文物中，看到了科右中旗地域民族在这片土地生产、生活的历史场景。他们创造了独有的文化，并丰富了中华文化。

太阳西斜，受主人之邀，我们来到一泓嵌在绿色草原的湖畔，湖面如镜，草原如茵，摄影爱好者又是一番猛拍。据悉，科右中期是湖泊众多的旗，境内除拥有多座水库外，还有大小湖泊（水泡）几十个，镶嵌分布在草原，增加了草原的清爽湿润度。

夜幕降临，我们被请进湖畔巨大的蒙古包，圣羊文化传媒（北京）有限公司和科右中旗乌兰牧骑联袂在这里展示了羊文化饕餮大餐。十一个颇具草原农牧特色和蒙古民族风情的文艺节目，以及以羊为食材的精美菜肴，让人们在视觉、味觉、听觉的震撼中，体味到科右中期与众不同的的民族风情。

　　台上，马头琴在高吟欢唱，台下观众击掌相和。我不禁记起内蒙古民歌《美丽的达古拉》中的几句：

　　　　金色的马背银色的毡房
　　　　达古拉是最美的姑娘
　　　　采一片花瓣做你的衣裳
　　　　美丽的草原我的家乡

　　　　静静的敖包青青的牧场
　　　　达古拉是最美的姑娘
　　　　摘一朵白云做你的翅膀
　　　　飞翔在那人间天堂……

　　　　　　　　　　　　（原载 2014 年 9 月 25 日人民网）

贰 艺海泛舟

王谨和采风作家在云南玉溪聂耳铜像前

想起了毛泽东的一首词

近日上网查一则资料，偶然发现一作者在其发表的题为《算人间知己吾和汝——毛泽东、杨开慧的情感诗词书信》一文中，提到我于 1983 年 5 月 22 日在《解放军报》副刊发表的散文《从〈虞美人〉到〈蝶恋花〉》中，首次披露毛泽东 1920 年写的热恋词篇——《虞美人·枕上》一事。文中写道："毛词的风格主流：沉雄、浑厚的豪放派风格或质朴、刚健的魏晋风格，这首《虞美人·枕上》别具一格。毛生前不愿发表该词，直到 1983 年《解放军报》王谨的文中披露。1994 年 12 月 26 日《人民日报》正式发表。"看到这里，不禁引起了我一段回忆。

正如这位作者所云，青年毛泽东与杨开慧是伴侣，亦是战友，在他们来往的书信或诗词中处处流露"人间知己"的强烈情感。毛泽东与杨开慧从相识、相恋到相知，他们写下的许多诗词和书信，成为最真实的情感记载，亦是研究毛泽东内心世界的重要材料。

我在青少年时期，对毛泽东文学才华的认识，大多是因为读到他所发表的诸如《七律·长征》《浪淘沙·北戴河》《蝶恋花·答李淑一》《水调歌头·重上井冈山》等大气磅礴、才华横溢的诗词。1983 年春，我当时正在人民日报编辑部国内部工作，在一次采访中偶然听说毛泽东在他著名的《蝶恋花·答李淑一》一词中提到的李淑一，已迁居北京沙沟公寓，于是就有了采访她的冲动。

从电话联系到上门采访，一切都很顺利。李淑一是原红二军政治部主任、红六军政委柳直荀烈士的夫人，20 世纪 20 年代与杨开慧同在长沙福湘女中读书，结下莫逆之交。1983 年她已 82 岁，头发全白，步履有些不便，我是在她的儿子帮助下完成这次采访的。

我们的谈话从毛主席当年写下的《蝶恋花·答李淑一》这首著名的词开始。我问李淑一老人："您在一篇文章中曾提到，毛主席当年给杨开慧填过一首《虞美人》，这首词至今没有发表过。您记得主要内容吗？"

李淑一老人上身前倾着对我说："这是一首爱情词。1957 年毛主席给我回信'开慧所述那首不好'，就是指的这首《虞美人》。"

继而李淑一老人述说了这首词的内容："堆来枕上愁何状？江海翻波浪。夜长天色总难明，无奈披衣起坐薄寒中。晓来百念皆灰烬，倦极身无恙。一钩残月向西流，对此不抛眼泪也无由。"

这是有关毛泽东最新诗词的发现，能在《人民日报》发表吗？因为当时对有关毛泽东文稿的发表有着相当严格的规定，我放弃了在《人民日报》发表我拟写的散文《从〈虞美人〉到〈蝶恋花〉》的想法，以试试看的心理，直接把稿寄给《解放军报》社我所熟悉的一位领导同志。没想到很快在该报副刊发表了。不久，国内一些文摘类报纸也有摘发。

就这件事，我当时还向同事感叹："解放军报编辑思想还真解放啊。"

这首被毛主席生前认为"不好"的词，经 1994 年 12 月 26 日《人民日报》正式发表（对原词个别字句有所改动），在中外传播就更广了。有评论家就此评论认为，中年毛泽东写下的三首词：热恋词篇——《虞美人·枕上》，依恋词篇——《贺新郎·别友》，眷恋词篇——《蝶恋花·答李淑一》，共同谱写了革命者爱情的真谛，写出了作者的胸襟气度，是爱情和革命的辩证统一。

（原载 2009 年 7 月 17 日《人民日报（海外版）》）

向毛主席诞辰献歌

传唱不衰的旋律、耳熟能详的歌词，把歌厅的热烈气氛一次次地点燃，人们和着舞台上的歌声，暗自在心中唱和，仿佛回到毛泽东领导的人民共和国青春岁月……

12月26日晚，笔者作为嘉宾应邀出席观看了一台"忆之声""我和祖国的青春记忆"经典名曲音乐会。这一天，恰逢人民共和国开国领袖毛泽东诞辰118周年的日子，选在这一天演出具有特别的意义。音乐会组织者专门邀请毛泽东的女儿李敏等出席音乐会。当主持人宣布李敏大姐到场时，观众席上响起热烈的掌声，观众自发地纷纷和李大姐合影留念。

音乐会以合唱版的《红旗颂》，雄浑激越地拉开序幕。在著名作曲家、指挥家徐锡宜、刘凤德的先后指挥下，歌唱家们满怀深情地为毛泽东诞辰献演了诸如《红太阳照边疆》《战士歌唱毛主席》《毛主席走遍祖国大地》《七绝·为女民兵写照》《毛主席，我们心中的太阳》等一组经典歌曲。每曲终了，掌声四起。听着歌声，坐在观众席上的毛泽东的亲属与观众一起，不禁共同缅怀起世纪伟人毛泽东的丰功伟绩和那难忘的岁月。

这台由中国音协合唱联盟经典合唱团演出的音乐会，以传唱历久不衰的老歌而大受欢迎，满足了有着怀旧情结的一批观众的需求。除歌颂毛泽东歌曲外，还演唱了诸如《祖国永远是春天》《边疆处处赛江南》《洞庭鱼米乡》《欢迎你，远方的朋友》等优秀歌曲。精彩的演出，让人们在一首首耳熟能详的歌声中，深情回忆曾经和新中国一起走过的日子。

中国音协合唱联盟经典合唱团成员中，以军内外一批退下来的音乐界精英为主，他们中包括李初建、孙少兰、高琦、杨阳、葛运平、马崇友等知名歌唱家。他们演唱不用麦克风，而是以歌喉征服观众，证实自己的演唱功底。音乐会尽管安排了中场休息，但下半场退场者仍然很少，全场基本座无虚席，观众的情绪一直保持着昂扬的气氛，非常难得。

这台音乐会既不是选在北京音乐厅演出，也不是选在其他豪华的大剧院，而是选在不怎么起眼的北京青蓝剧场唱响。这是我在北京几十年从没有来过的剧场。当我第一次走进剧场时，还对这台音乐会的影响力心生疑惑。可演出结果打消了我的疑惑，应了"好酒不怕巷子深"这句古训。全场音乐会高潮迭起，热烈非凡，是笔者所没有料到的。这，一方面表明了这个演出团体具有艺术感染力，另一方面也反映了毛泽东在中国人心目中永驻的地位。

（原载 2011 年 12 月 27 日人民网）

画界世纪大师晏济元

在中国书画界，艺术生涯逾百年者唯晏济元是也。

2012 年 5 月 27 日，晏济元先生诞辰 110 周年书画作品展在北京举行。此后不久，笔者受文友相邀去全国政协礼堂欣赏了重庆老画家晏济元书画展。此可与张大千、李可染等齐名的大画家，其画风其功底其艺德令人震撼。

画界才俊　与张大千齐名

穿越画展作者跌宕起伏的世纪人生，与其说我被他的作品感染力征服了，倒不如说被他的不平凡的艺术人生震撼了。

晏济元生于 1901 年 7 月 11 日，于 2011 年 2 月 10 日逝世，是画界不多的高寿画家。他名平，别号素贞老人、老济、济公、江洲散人，四川内江人氏，其父为前清诸生，长于书画治印。也许受其父影响，他 12 岁即在前清秀才张曲斋门下受教五载，习学古典文学、诗词，亦受教华山庙碑和唐人书法；16 岁即反复临摹，潜心研习石涛、唐、宋各大家作品。25 岁那年，他从成都机械专门学校毕业，但仍然喜好书画，其功底已非同一般，引起同行称道；29 岁时，他以仿古石涛山水《人语响孤峰》一幅同张大千所作《荷花》一幅参加柏林中德美展。31 岁时，同何香凝女士合作山水花卉多幅参加上海抗日募捐展。同年，晏济元在上海宁波同盟会馆举办个人画展，亦引起画界注目。

济世报国之心，促使晏济元 33 岁时最终决定出国留学。当时，晏济元感到艺术无法直接救国，而日本的机械工业比中国先进，所以想学好技艺图报国。于是，1934 年，他东渡日本，专攻机械工程。同时利用课余时间，把游子的思国之情与报国之志化作了一幅幅艺术作品。他以巨幅仿古石涛山水画两幅参加日本帝国美展，在当地引发轰动，为留学生活涂上了一抹亮色。

1937 年夏，抗日战争全面爆发。报国心切的晏济元毅然要求回国，却屡遭日方阻挠。为摆脱纠缠，他以回国办画展为由，几番周旋终于脱身。船到天津时，挚友张大千早已等候在码头。次年，晏、张两人在此携手，在重庆交通银行的帮助下共同举办抗日募捐联展。

在日寇狂轰滥炸下，即使在偏远西南，晏济元的"技术救国"之心也无处施展，他只好钻研艺术。一次，他游历春城昆明后，创作了写生作品 60 多幅，展出大获好评。他一直手不离画，笔不离纸，最终形成了高超技巧与鲜明的个性特征，以独到的古典技法被同仁誉为"晏氏风格"。

1944 年经孙中山挚友刘禹生先生介绍，晏济元先生与潘蜀携手在重庆结婚，著名书法家于右任先生作证婚人。

抗日战争胜利后，举国欢腾，晏济元高兴地在成都举办了个人画展。这次画展也为中华画界两位大师的重逢提供了机缘。当时正值张大千住在成都昭觉寺，故人重逢，尽皆感慨万分。晏济元把带去的一幅清心悦目的花鸟作品《瑶台濯玉》拿出请大千指点。张大千细看之后提笔赞道："济元拟宋人布局，笔墨清润如玉若水，作家士气兼到也。"此评令晏老思念至今，因为这是张大千四海为家之前，他俩的最后一次艺术探讨，也是两人的诀别。屈指算来，转眼已经 60 年。

政治失落，人们没有忘记他

新中国成立前夕，晏济元先生没有选择赴台湾或去国外，而是留在重庆。1951 年他加入中华美术工作者协会。重庆举办抗美援朝捐献画展时，他以 30 件作品参展，将全部画展所得捐助抗美援朝。

正当他将自己的才华和热情献给新生的共和国时，一场突如其来的政治风暴给他带来厄运。1957 年他被划为右派，1958 年定为摘帽右派。政治上的失落，使晏济元先生元气大伤，他不仅连续多年生病卧床，也几乎没有创作的激情，但他没有因此沉沦人生。他坚信，没有阴云的艺术春天终会到来。

在政治阴云天气里，人们没有忘记西南的这位艺术大家。1962 年，晏济元因双肩关节炎赴北京治病，被中央美术学院院长吴作人接纳家中。

这一年晏济元受刘少奇秘书陈忠仁之邀，与仇鳌、傅抱石等前往庐山游览，月余返京，作画 40 余幅。

1963 年毛泽东主席七十岁生日，晏济元为其写《青松红日》山水一幅祝贺，得到毛泽东的喜爱。

1964 年全国政协元旦举行六十岁以上老人会，由朱德、彭真、郭沫若、谢无量、陈叔通诸老推荐，晏济元以作品 40 余幅在北京全国政协礼堂展出。朱德委员长观后称"海外有个张大千，国内有个晏济元"。

人生百年，丹青笔力仍键

"文化大革命"结束后的 1977 年，退休后养病在家的晏济元，在艺术界友人的力荐下决定重振艺事，再染丹青。

1979 年，晏济元开始焕发艺术"第二春"。他应文化部之邀，到北京颐和园作画。他担任了省美术家协会理事等多种社会职务。同时，他又恢复了野外写生的习惯，南下广州，远赴云南，登峨眉，寻石林，访漓江，游三峡，创作出无数丹青巨作。仅《长江万里图》长卷的写生画稿，就达 300 多张。1978 年至 1982 年，他用 5 年时间，创作出近 30 米的长卷《百里漓江》，被艺术界同仁视为传世经典。

这一时段晏老的创作进入一种新的境界。他笔下的作品，无论是山水、人物、花鸟、走兽、草虫，还是书法、工笔，重彩、泼墨、写意、白描、双勾无所不精，无所不长。

进入 21 世纪，已过百年高龄的晏老身体仍然健康，每天看书、写字、绘画、治印，天气好时还外出采风、写生。2002 年，时已 101 岁的晏老，居然登上华山写生。在展览大厅，品味晏老在 105 岁所作花鸟画《杜鹃》和《花卉册页》、在 108 岁所作山水画《山水》等作品，其笔力仍不减当年。人过百年，老人家的思想与艺术却进入一种不凡的境界："宠辱不惊，闲看庭前花开花落；去留无意，漫随天外云卷云舒。"

2011 年 2 月 10 日晚 7 时许，中国著名画家、有"百岁画仙"美誉的晏济元因重度肺炎、冠心病等引起的高血压和呼吸衰竭，经抢救无效，在四川省人民医院逝世，享年 109 岁。

晏济元这个在我国画界为数不多的世纪老人，其书画艺术有着独特的风格。他历来主张"学古敌古，创新破新"，并认同"书画同源"的观点。据晏老生前自述，他是"先由魏晋入手，上溯篆隶，然后临历代名碑法帖"，和国画一样，集前人神韵于笔端，熔碑铸帖，妙趣盎然。正是晏老在长达百年的自我提升中，创造了雅逸洒脱的气质，为中国书画宝库留下不可多得的顶峰之作。可惜的是，这个画界世纪人物，相当多的圈外人却知之甚少。应该说，今天，我们回溯先生的艺术生涯，如同感悟一座高山的巍峨，令人肃然起敬。

（写于 2012 年 12 月 18 日）

王谨在奥地利音乐大师贝多芬雕像前

邓丽君：不落的星辰（纪念）

2012 年 12 月 19 日下午，在北京国际饭店国际会议中心，一场别开生面的海峡两岸文化座谈会举行。座谈会的主题是"邓丽君文化影响力大家谈"。活动由邓丽君文教基金会、同一首歌国际音乐联盟联袂举办。

邓丽君的胞兄、现任邓丽君文教基金会董事长邓长富先生特地从宝岛台湾赶来参加这次"大家谈"活动，并带来了邓丽君生前最喜爱的且从未公布于众的一张珍藏照。他在开场白里说，2013 年 1 月 29 日，是邓丽君 60 周年诞辰。基金会将通过系列活动，传播邓丽君流行音乐文化，提升中华流行音乐在世界的影响力。为期一年多的邓丽君诞辰 60 周年全球巡回演唱会将在两岸多个城市举行，2013 年 1 月 26 日，将在北京开启巡演第一站，同时还要举办一次"君迷"的宝岛音乐之旅，出版一本纪念专著，举办一个主题书画展览等活动。这不仅是音乐界、演艺界的盛事，也是文化界、华人圈的盛事，更是传承、弘扬中华民族文化的一件非常有意义的盛事！

与会的社会各界嘉宾，以自己的亲身感受，追忆着他们心中的邓丽君……会场上发言踊跃。一开始，我只是聆听，不忍心抢先发言，毕竟现场音乐界精英太多了。后来我临时有事，提前离开了。故把我原准备发言的提要写在此文里：

可以说，邓丽君流行音乐，是最早开启两岸文化交流的使者。尽管邓丽君阴差阳错终身没有到过祖国大陆，但她的歌声是无形的文化使者。她的歌，歌唱生活，歌唱爱情，歌唱理想，婉约动人。中国内地改革开放不久，邓丽君流行音乐就悄然进入内地。这种"进入"，不是人为的推介，而是其在音乐方面的天赋和演唱风格自然而然地被内地接受。20世纪70年代末、80年代初，到深圳或香港带邓丽君的歌带，是一种时尚。

可以说，邓丽君流行音乐，影响了中国内地音乐的创作和演唱风格。在20世纪70年代末和80年代初，中国内地在文化领域的开放还受到种种限制。邓丽君演唱的歌曲旋律温婉，曾被一些守旧的文化官僚视为靡靡之音，连尝试借鉴邓丽君演唱风格的李谷一的歌曲，也受到批评。直到后来，文化开禁，中国内地音乐创作才出现百花齐放的局面，流行音乐在中国内地音乐界占有相当大的份额，拥有可观的市场。

可以说，邓丽君流行音乐，是高悬在世界音乐天宇中永不消逝的星辰。邓丽君的歌曲，已成为融入中华音乐史里的经典符号。两岸音乐同仁，有责任放大这一经典符号，并向世界弘扬这一经典符号。中国文化界特别是音乐界，有责任让世界音乐爱好者，共同分享邓丽君这一高悬在世界音乐天宇中永恒的星辰所发出的光和热。

（原载2012年12月28日《人民日报（海外版）》）

时光之舟上的诗人

"孤帆远影碧空尽，唯见长江天际流。"读卢继平的诗集《大地的候鸟》（中国文联出版社出版）时，诗仙李白的名句夺笔而出。1500 年世事沧桑，黄沙掩埋，唯太白仙翁站立江畔，极目飞舟，思绪像滚滚长江，穿梭历史，英姿无比。此时，我的脑海更迭出另一幅动人画面，在时光之舟上站立一位诗人，不是飞流直下，而是低空而行，时而隐匿雾中，时而冲击眼帘，他沉静、自信和凝重，他是现代诗人卢继平。

人们印象中的诗人或狂放豪饮，睥睨一切；或敏感忧郁，多愁善感，这所有特征却在卢继平身上难得找到。他工作严谨，情致沉静，性格坚毅，无论是谁围绕他左看右看，都几乎找不到诗人的特征。但他的内心诗情如火。可以说他是隐藏在生活最深处的诗人。

卢继平主张写诗要像飞机低飞一样。诗的灵性是飞，但是一定要低飞，贴着生活的底层飞行。他反感脱离生活胡编乱造的所谓现代诗；他摒弃罗列成行假大空的传统诗歌。他的观点是：创作一首好诗要打磨 5 年以上。

继平的诗来之于生活，又高于生活。诗人舒婷读了继平的诗，感慨地说：看惯了意象堆砌的诗，再来读卢继平的诗，有一股朴实、清新之气，没有矫饰，没有虚假，其象征、潜意识、超现实之艺术笔法，用原生质的媒介糅合而成，这样的探索是成功的。

以下举几例予以释之。他叹惋离乡背井：为理想而奉献一生的人/谁的硕果如日中天/而真身成籽/埋在他乡的山岗上。（《歌手》）他回忆童年时的情景：妈妈，我很累/走不动了/您给我的血肉之躯/我都挂在树枝上了。(《妈妈，再造一个我》) 他对千年的黄河文化无情的批判：黄土高坡上的黄土生活/被黄河吞没了/谁的母亲会这样做。(《中国需要惠特曼》) 这些诗句的表现手法没有丝毫矫饰做作，其形象融合处理，恰到好处。

作家石钟山说：卢继平的诗搭眼看像白水一样，一目见底，易懂易记。但当你在某个不经意的瞬间回味和回望时，突然感到诗味很浓，思想很深，像好酒一样，后劲上来了。如果不经多年陈酿，是不会达到这种效果的。这种看似简单直白而内涵深刻的诗，是诗海珍珠，淘自于生活的大海。

(此文摘自作者为卢继平诗集所作的序，原载 2013 年 6 月 18 日《人民日报》)

做生活的本色歌手

我认识黄骏骑先生，缘于几年前在天柱山举办的一次北京作家笔会。

那是 2008 年 11 月初，笔者应《北京日报》副刊部邀请，去安徽参加笔会，地点在安庆一带。我问，看什么呢？答曰，天柱山。我先后去过中国黄山、庐山、泰山等名山，对看其他山已没多大热情，对天柱山也知之不多，只知道在中国有很多同名的天柱山。正犹豫间，此次笔会的组织者之一、朋友培禹提醒道，这座山就是正在热映的电视连续剧《天仙配》的拍摄地。我对黄梅戏情有独钟，朋友的提示，激起了我亲近天柱山的兴趣。

和北京的作家们实地来到天柱山，我才对自己的孤陋寡闻感到惊讶。实际上，天柱山位于安徽潜山县，与湖北黄冈市及江西九江市呈三角状相邻，与我在儿时生活的地方仅百十里路程，可我却对其知之甚少。和住地接触的人聊天，我发现这里的人们口音竟与黄冈及九江一带的人的口音有几分相似，饮食习惯和文化、风俗也有许多相同之处，因而有了回乡的感觉。

在天柱山笔会期间，潜山县出面接待的主要领导是黄骏骑先生。他给人的印象是温文尔雅，像一介书生，不像一个县领导。后来我才得知，黄先生在学生时代读的是师范专业，曾当过教师，后来从政，升至县委副书记。也许是当教师期间的文学积淀，他从政后并没有放弃研读和写作，反而充当生活本色歌手的激情更浓烈了。

那天北京作家们应邀登天柱山，骏骑先生一路和我同行，我们的年龄尽管相差无几，但他多照顾我，并边走边介绍天柱山的景点，介绍中不乏穿插各种历史典故，使我对他丰富的知识面颇感惊讶。作家们大汗淋漓地登到主峰，然后下山，在半山腰的青龙潭喝茶小憩。茶毕，大家绕潭赏景之际，我发现潭旁有一陡峭的小山，树木葱茏，山顶可见一古色古香的小亭，立时来了兴趣。但作家们见上山登亭之路崎岖，大都畏缩了。骏骑先生却主动走过来对我说："此为丹砂亭，值得一看。"他陪我沿着陡峭的小径拾级而上，登上小亭，视野立时开阔起来。极目四看，潜山县的不少景致尽收眼底。我们一边赏景一边交谈，骏骑先生谈到他的写作爱好，谈到对人生的一些感悟。我这才了解到，与其说骏骑先生是个官员，倒不如说他是一个学者型官员。李白当年曾在此即兴留下"奇峰出奇云，秀水含秀气。清晏皖公山，巉绝称人意"的佳句。骏骑先生的才气大抵受这里的"奇山、秀水"滋养有关。

参加天柱山笔会回京不久，我即收到骏骑先生的电子邮件，在信中继续我们之间的交流。在电子邮件里，他评论我在报上偶发的作品，或传来他写就的新作，《岁月如歌说官庄》、《家乡地名与三国故事》就是经我初编转给本报"旅游"、"文物"副刊发表的。正是这些交往，使我们成为朋友。

骏骑先生接待参加笔会的北京作家，但从来没表露自己也是散文作家的身份。直到不久前，我读到他的两本散文集《泥土的升华》、《一得集》，我才知道他是安庆一带有影响的散文作家之一。

散文集《踏着月光上天柱》书稿内容丰富，潜山一带的生活气息扑面而来。从题材看，作者选择其中的一篇散文《踏着月光上天柱》作为书名是独具匠心的，表明了本书写的是所熟悉的乡村生活。书中既有游历潜山山水的美文（如《踏着月光上天柱》、《驾雾访桃源》、《西河绝唱》），也有对乡俗风情的记叙（如《腊月年味浓》、《家乡礼俗》、《乡间禁忌》等）；既有对亲人的深情怀念（如《思念到永远》、《母亲用过的旧物》、《杵声中的秋思》），更多的是对农事和泥土的讴歌（如《开秧门》、《土地情思》、《红薯情》等篇）……作者通过或叙事或抒情或哲理性的散文、随笔，通俗解读了时代的变革，向读者诠释了值得爱的生活就在身边。

　　从笔法看，作者善于以小见大，从小处下笔，然后再纵横笔墨。散文是作者写自己经历见闻中的真情实感的一种灵活精干的文学体裁。作者在散文中常用第一人称叙述，个性鲜明，正像巴金所说"我的任何散文里都有我自己"。写真实的"我"是散文的核心特征和生命所在。但从何着笔？大有学问。骏骑先生收入这本书的散文，下笔切入点往往是很巧妙的。如《红薯情》开头是这样写的："冬夜，去拜访朋友。回来路上，远远看见街口有个烤红薯的摊子。寒夜里吃热烘烘的烤红薯，正是我的喜好。我跑过去，买了一个烤红薯。红薯皮有些焦里面却是黄黄的，用手一掰开，那味道可真叫美呢！""我"的出场从看到烤红薯摊子开始，真切而朴实。又如《母亲用过的旧物》一文的开头："母亲已经离开我们远去了。摩挲母亲使用过的旧物，感到上面还留着她生命的温暖。尽管已经破败得不像样子，但它们留存的时光，总是以平静的手势，抚慰着我们思念的心灵。"继而作者分别通过记忆母亲用过的"顶针"、"线玉"、"纺车"等物件，以小见大，歌颂了中国劳动女性的质朴品行。

　　散文语言一般要求以口语为基础，其次是要清新自然，优美洗练。此外，还可以讲究一些语言技法，如句式长短相间，随物赋形，多用修辞特别是比喻，讲音调、节奏、旋律的音乐美等。从收入本书的散文、随笔的语言看，作者比较注意提炼生活中的语言，有独到的乡土特色。如在《开秧门》这篇散文里有这样一段文字："开秧门这天的伙食丰盛，菜要有八大盘。吃四餐，用糯米汤圆打尖。有的地方还保留着一种习俗，早上有一道菜，将鸡蛋煎成饼状，把腌菜盖住，形似农人戴的斗笠。早上、中午，都不能戳破，要留待收工后的晚餐吃，讨个风调雨顺的口彩。"这一段近乎直白的口语化语言，正是来自于生活，绘出了生活的本色画面。又如在《涪翁亭怀古》里，作者则随物赋情，并注意语言修辞："涪翁亭还在，但已不是当年的涪翁亭，后人们一次次地修复着涪翁亭，想把历史留存。山谷流泉还在，只是泉水不似当年那样丰沛，但它仍诉说着当年涪翁与友人在这里饮酒赋诗的逍遥场面。涪翁的故事远去了，但留下来的文化遗存生命力极强。没有涪翁亭，天柱山就少了这笔传之后人的文化财富。"这段夹叙夹议的文字，体现了作者驾驭语言的功力。

文学作品源于生活又高于生活，离开生活的创作是难得产生好作品的。骏骑先生长期生活和工作在潜山这片土地上，他曾表露心语："家乡的父老乡亲，一山一水，一草一木，都和我血肉相连。"正是对家乡的浓浓情感，使他有写不完的话题。他先后出版了三本散文作品集，集子的作品体现了作者共同的特点——记录身边的生活，做生活的本色歌手。

（此文先刊载于中国作家网，后发表于 2013 年 12 月 23 日《安庆晚报》副刊》）

小天地　大视野

一摞厚厚的书稿摆在我的眼前，读着清新的文字，我从字里行间似乎听到一曲来自贵州凯里那别具一格的山乡恋歌。

这清亮的旋律，是以作者的笔刷刷的书写声和电脑键盘的敲击声奏出的。唱出这别具一格山乡恋歌的是一位默默地耕耘在民族地区高校的李勇。

我和李勇先生相识于 2009 年，那一年他应邀作为人民日报（海外版）的高级访问者到本报见习。一天清晨，我作为当月值班副总编辑，正走进会议室主持当日编辑部的选题策划晨会，我的同事、时任本报教科文部副主任的赵川东（现在中宣部任职）走过来，把刚到编辑部的贵州凯里学院党委宣传部副部长李勇介绍给我，说李勇今天也想参加晨会。我说："欢迎。"于是一个正值中年、中等身材的李勇走过来，谦恭地与我握手。晨会开场白时，我特意向与会的各部主任和编辑、记者及实习生介绍到李勇，大家报之热烈的掌声。

后来，我想起李勇这个名字在本报发表过的文章，才将他的文章与他本人对上号。我发现，本身出自苗族的李勇以写民族地区新闻见长。比如2000 年 4 月 12 日《人民日报（海外版）》发表的《"无绳"电话进苗家》、2002 年 8 月 10 日《人民日报（海外版）》发表的《外国留学生眼里的苗乡侗寨》、2004 年 12 月 17 日《人民日报（海外版）》发表的《手持芦笙走世界》等稿，基本上是由负责民族新闻报道的同事川东从大量来稿中淘出来精心编辑的，所以令人印象深刻。

李勇大学毕业后长期工作在凯里学院，按他自己的话说"校园是小天地"，然而，李勇却身在学院，眼观天下，一边立足本职工作，一边以大视野去观察社会生活，对新闻写作乐此不疲，先后写作发表了许多别人不容易发现的独到新闻，其中有 50 篇新闻作品刊发于《人民日报》、《人民日报（海外版）》、《光明日报》等国家级报刊、电台。荣获贵州外宣奖、贵州省先进性教育活动优秀新闻奖、中国高校校报好新闻奖、贵州省高校校报好新闻奖、黔东南好新闻奖 20 多项。他本人也多次荣获"全省先进个人"、"全州宣传先进个人"，"校园文化活动全省先进个人"；校级"优秀党务工作者"、"优秀共产党员"、"感动校园十大人物"称号。

李勇的成果不是侥幸得来的，而是他在写作天地里耕耘不止的回报。读他的作品，我以为至少表现出李勇做人和作文的三点特色：

一是勤。勤奋是每一个出作品、出成果的成功人士的必要条件，作为一个专职新闻人或业余作者对此尤为重要。民国初年从事新闻写作颇负盛名，曾担任过《申报》、《时报》驻京记者的黄运生，认为当记者"须有四能"，即脑筋能想，腿脚能走，耳能听，手能写。这"四能"作为当年记者的经验之谈，今天借鉴之仍不过时。其实，做一个合格的记者或编外记者，并没有什么特别的诀窍，关键是要勤奋。天道酬勤，勤奋才有收获。李勇正属于勤奋者，他不但担负院党委宣传部的领导工作，主编院报，还兼授"新闻采访与写作技巧'课程，应该说他的工作是繁忙的，但他忙而不忘采访和写作，并成果颇丰，难能可贵。他不仅写在院内自己身边发生的新闻（如《对学生不宜使用经济处罚》、《高校健身操苗味十足》），也写走出学院后发现的新人新事（如《28 岁少妇读初三》、《两位农民的办学情结》，既采访外国留学生在凯里发生的故事（如《美国老人的中国留学梦》、《留学苗乡的韩国一家子》），也采撷黔东南各民族的生活变革（《让荒坡变"金山"》、《侗乡造林王》），等等。读这厚厚的书稿，我们看到了李勇不凡的勤奋、进取精神。

二是实。新闻是新近发生的重要事实的报道。新闻不宜虚构，真实是新闻的生命。新闻要靠事实说话，与客观事物相符合，忌"客里空"。翻阅李勇的书稿，可见每一篇均是现场采访得来的，文风朴实，事实交代得清楚。比如，作者发表的《树木都是他的"娃"》通讯中写道："在当地政府的支持下，吴庆贤将附近 8 个村的荒山承包下来，创建了全省第一家民营林业开发公司。2000 年他营造了 100 亩椪柑，2002 年又营造了板栗300 余亩。如今，他的'绿色银行'存款额已达 120 万元，成为深山侗寨里的'百万富翁'。""村民求助于他，从不拒绝。村里修教学楼、建花桥、造鼓楼，所需木材 180 多立方，折合人民币 20 多万元，全部由吴庆贤捐献。"几句实实在在的表述，就使人物鲜活起来。又如《28 岁少妇今年读初三》中，在写到潘秀莲重返学堂第一天的感受时，用了一句出自潘秀莲之口的话："尽管我就读的小学在娘家，很熟悉，但跨进教室那天，心还是跳，也不敢看周围的人。"话里尽管没有华丽辞藻，但显得真实可信。

三是巧。古人云："巧丽者发之于平淡，奇特者行之于简易。"（见《永乐大典·诗》）虽然新闻不同于文学作品，但在写作技巧方面有些共同之处。特别是在一个院校或一个州挖掘新闻，毕竟素材不如全国以至世界那么丰富，新闻事件本身也难得"雷人"。怎么办？这就既需要独到的视角，同时注意写作技巧，要巧选角度。李勇的新闻作品不乏写得巧的。比如，《凯里丐帮揭秘》，这里的"揭秘"两字就用得巧。丐帮在全国都有，有丐帮不是新闻，人们关心的是丐帮背后的故事。这篇通讯正是巧用故事，满足了读者的知情欲。又如《志愿者陈晓明的苗乡爱情故事》中的"相识在苗家最隆重的鼓藏节"一节里写道："在热闹非凡的节日气氛里……一位身着苗族盛装正在迈着轻盈舞步的女孩子走进了陈晓明的视野，闯入了陈晓明的心窝。当那女孩子的目光与陈晓明对视时……两位年轻人就这样一见钟情了。陈晓明，一位江苏城市男孩，杨老丫（苗语），一位苗族女孩，就这样在月亮山里演绎出'现代苗乡爱情'故事"。这一段故事情节的交代，文字用得也比较巧。

过去一些年，我所收到的大学专职老师赠阅的作品，多是新闻理论讲义之类。大学老师出新闻作品集不多。现在，李勇将他的新闻作品结集出版，我认为是一件值得庆幸的事。把自己所经历的采访实践成果结集于一体，既有助于让更多的读者共享作者的采写成果，了解中国民族地区黔东南风情，也有助于作者本人应用书中案例对学生进行自身说法教学，真可谓一举两得。此为序。

（此文系作者为《山乡恋歌》一书写的序，该书于 2011 年 7 月由中国文联出版社出版）

偶谒天坛斋宫

对于久居北京的笔者来说，天坛并不生疏。我几乎每隔几年即与友人穿过天坛公园祈年门，驻足在皇乾殿、祈年殿、圜丘、回音壁等景点前，对明清皇室的祭天仪式进行一番非专业的讨论。

一个周末，笔者和家人不经意间经过"斋宫"。出于好奇，我们决定进去看看。

不看不知道，买了门票进去则顿觉大开眼界。这次补课，也把我自以为的"天坛通"戳得"体无完肤"。我实际上对天坛知之甚少。

我们走过第一道汉白玉桥，进得第一道城门，还需跨过架有同样汉白玉桥的第二座深阔的御河，过第二道宫墙，这才能领略被称为小皇宫的斋宫全貌。

这里的致斋深宫，几乎是故宫的微缩版。它位于天坛西天门南、坐西朝东，是皇帝来天坛祈谷、祈天前斋戒沐浴的地方。宫墙有两层：外层叫砖墙，内层称紫墙。外城主要是防卫设施，在外城四角建有值守房。外城东北角有一座钟楼，每逢皇帝进出斋宫，都要鸣钟迎送。

在分前、中、后三部分的斋宫内城游走，前部以正殿为中心，周边古柏参天；后部是皇帝的内宅寝宫，配有不乏古稀珍木花草的后花园，中部是一个狭长的院子，院内两端各有廊瓦房五间，是当时主管太监和首领太监的值守房。斋宫面积4万平方米，有建筑房屋200余间，虽不及紫禁城金碧辉煌，但规模也很宏大，而且典雅清幽。据称，明、清两朝皇帝均在祀前来此"致斋"三日，只有雍正皇帝以后"致斋"的前两日改在紫禁城内斋宫进行，最后一天才迁居天坛斋宫。

斋宫面东，是5间正殿，为无梁殿式砖石结构。而今，有三间陈列着明、清朝代来此致过斋的历代皇帝画像和生平介绍及部分遗物。正殿月台上有斋戒铜人亭和时辰牌位亭，殿后有寝殿5间，但大门紧闭，不对游人开放。东北隅可见一座钟楼，内悬永乐年制太和钟一口。观此座钟，我们的耳际似乎听得见当年大钟的鸣响，眼前似乎重现当年皇室致斋的偌大阵容。

天坛内这处难得的恢宏建筑，却往往被游人忽略了。每到周末，祈年殿、圜丘等处景点游客拥挤不堪，而斋宫却显得门庭客稀。我想，这大抵是天坛公园方面和导游者疏忽，或推介厚此薄彼，才造成游者多寡不均的吧？

到天坛，倘若没看斋宫，那是一大遗憾。

（原载2013年8月8日《北京日报》）

大江东去看黄州

北京的一场瑞雪，刷新了年历。在白雪和暖阳的映照下，今天立春了。

此前，笔者收到家乡黄冈市驻京办送的题为《大江东去》的一本纪实黄冈博物馆陈展工程的大型画册。尽管笔者没有亲历博物馆开展，但翻阅画册如同身历其境，心潮如浩浩长江，追溯着家乡久远的人文历史。

这本画册名字，取自北宋年间苏东坡先生在黄州咏叹"大江东去，当淘尽千古风流人物"之句。画册以气势恢宏的画面，展示了新建的湖北黄冈博物馆的展馆风貌及珍贵的今古藏品。

据画册介绍，黄冈博物馆占地 21 亩，建筑面积 3000 多平方米，展出馆藏文物 10000 余件，其中国家一级文物 19 件、三级以上文物 1000 余件。

画册共分八章。展馆内的精髓章节《黄冈历史文化陈列》内分四节：在第一节"远古家园"里，介绍了从史前时期黄冈先民渔猎采集、劳动创造的历史，采用大型场景全方位复原史前遗址，营造出观众与远古进行对话的深邃意境。其中 1993 年在黄冈市黄梅县焦墩发现的由河卵石摆塑的龙形图案，时间距今 6000 多年。这一图案的发现，证明了长江中游也是华夏文明的发源地之一；还有黄州螺蛳山出土的新石器时代的陶鼎、陶杯及在陶器上的刻画符号，证明了黄冈一带早在新石器时代就是先民创造文明的活跃之地。第二节"南土扬越"，介绍了夏商周时期黄冈处于商周南土以及列国纷争历史阶段的独特地位与文化面貌，展示的商周青铜实物，蕲春县毛家嘴西周建筑模型、禹王城战国大墓、黄梅出土的春秋时期的青铜缶等，令人大饱眼福。第三节"多元融合"，介绍了汉、魏六朝时期，黄冈早期移民运动、战争连绵、文化融合的历史，设置场景"五水之蛮"、"汉墓模型"，展出汉魏铜器和六朝青瓷等珍贵文物展品100余件。第四节"文华武盛"，介绍了隋唐至明清时期，黄冈名人辈出、文昌武盛、经济发展的历史，展出近百件精美玉器和金器。其中包括黄州大道墓出土的明嘉靖年间的陶器，黄梅收藏的清乾隆御制墨玉编磬等。

展馆又一章节"革故鼎新"，讲述了黄冈红色革命史，重点展现在中国共产党领导下，中国革命的伟大历程和黄冈的历史地位。其内容涵盖黄麻起义、鄂豫皖革命根据地创建、红四方面军创立、鄂东抗日民主根据地创建、中原突围、刘邓大军挺进大别山、渡江战役第二战场等重大历史事件，展现了黄冈大地赤帜飘扬、红旗不倒的历史业绩和不朽的功勋，突出"红色黄冈"的单元主题。

接下来的章节《故垒长风》，则以黄冈历史发展的时间序列为主线，通过文物、图文资料等内容，模型沙盘和场景等形式，展示麻城余家寨西周城堡、金罗家遗址、黄州禹王城东周城址、蕲春罗州城、蕲州城、黄梅古城，特别是黄州古城等境内重要城市建筑的悠久发展历史。展览从城市分布与发展的独特视角，让观众了解黄冈城市文明发展的进程，感受鄂东黄冈厚重的文化积淀。

画册后页刊载了时为市长的刘雪荣（注：现为市委书记）几万字长文《千年黄州》。刘市长不仅是抓经济的行家里手，也以热心文化、善写文章而广受称道。读此出自市长之手的文章，有助观众或读者理解黄冈文化的发展脉络和传承历史文化的现实意义。

读《大江东去》，如同站在那熟悉的红土地上，俯瞰东去的长江，品尝着家乡丰盛的人文历史大餐。

（原载2013年2月4日人民网）

探源黄梅戏

长江中段，古称"浔阳"现叫九江市的对岸，是湖北省黄梅县。黄梅自晋唐设县，古往今来文化鼎盛，闻名于世的黄梅戏便发源于此。

黄梅戏宗师邢绣娘演绎传奇

公元 2010 年 7 月 10 日，20 集电视连续剧《黄梅戏宗师传奇》在北京怀柔影视基地杀青。而此前的 5 月 8 日上午，位于黄梅县梅狮岭的邢绣娘影视基地高朋满座、明星荟萃，《黄梅戏宗师传奇》在这里举行隆重的开机仪式，吸引着成千上万的民众赶来看热闹。该剧演绎的正是黄梅戏宗师邢绣娘的跌宕起伏的人生传奇。

该剧在黄梅拍摄近两个月，此间我们趁一个周末前去探访邢绣娘影视基地。这天正是"小满"节气，绵绵细雨中，我们从县城驱车到此仅十分钟车程。

这是一片仿黄梅明清时期的古民居建筑群落，三面环山，一条河流从北面流过，与电视剧中的邢家大院和邓家村落风貌非常吻合。走进院落，一座古戏台和对面的椭圆形看戏楼，按照该县境内一座保存完好的乾隆年间古戏楼样式复制建成。置身看戏楼任何一个角度，古戏台上出演的戏景尽收眼底。我们一边参观，一边感佩先人的高妙设计。再看黄梅大戏楼和男女主人公的书房和卧室，那清一色的梨木雕花晚清式家具，竹制柔美的大灯笼，还有黄梅挑花、黄梅堆花酒，仿佛进入明清时期的深宅大院，令游人大开眼界。

据精明的浙商投资人说，该影视基地目前已投资 1800 万元，系于 2009 年 11 月开工建设。整个基地占地面积 840 亩，总投资将达 1.8 亿元，基地核心区邢家大院和邓家村落完全仿照黄梅明清时期古民居建筑风格。这个影视基地既为省内外黄梅戏题材的影视制作提供实景拍摄场所，也将成为黄梅县一个有特色的人文旅游景点。

黄梅人是怎样创造出黄梅戏的

一个剧种的名称往往是与生发地联系在一起的。粤剧生发于广东故其名为粤剧，豫剧生发于河南故其名为豫剧，黄梅戏生发于黄梅县故其名为黄梅戏。

黄梅人是怎样创造出黄梅戏的呢？

笔者几年前曾到黄梅县文化馆查阅过有关资料，几代黄梅戏研究工作者留下的著述表明，黄梅戏起源于明万历年间，形成于明末清初，是在黄梅县流行的民歌小调、田歌畈腔、采茶山歌的基础上，与黄梅流行的说唱文学、民间歌舞等相结合而逐步形成的民间地方戏曲，距今已有 400 年的历史。

黄梅之所以能培育出黄梅戏这朵艺术之花，是与其地理、历史和社会条件分不开的。由于黄梅"枕山跨岭，襟江带湖，川原寥廓，水陆通衢"。加之与古城九江隔江相望，因而这里开化较早。黄梅地处"吴头楚尾"，在地域文化上深受楚歌、吴讴的影响，使自身特色的民歌、山歌得以蓬勃发展。据史书记载，明清之际，黄梅歌风很盛，尤以采茶歌为最，黄梅东、北山区盛产茶叶，每年谷雨前后，成群结队的青年男女上山采茶，他们用山歌小调或叙事民歌的形式，或独唱抒情，或彼此唱和，于是就产生了黄梅采茶调。清道光年间，大学者别霁林在《问花水榭诗集》中描述了黄梅采茶歌的兴盛："多云山上稻荪多，太白湖中渔出波。相约今年酬社主，村村齐唱采茶歌。"别霁林自注："邑喜采本县近事，附会其词，演唱采茶歌。"这个附注充分说明，清道光初期，黄梅人根据近事编剧并唱戏已成习俗。

在县城一次聚会上，时为县委书记的吴海涛（注：现为鄂州市委常委、组织部长）建议我们与《黄梅戏宗师传奇》小说作家周濯街谈谈。周濯街谈起创作初衷滔滔不绝。他说，黄梅县最早的黄梅戏女演员叫邢绣娘，她又是挑花女，是两种艺术形式的集大成者，也是黄梅戏从民间小戏发展成高台大戏的奠基人。她曾被乾隆皇帝御赐为"黄梅名伶"，堪称一代宗师。电视剧《黄梅戏宗师传奇》原创小说中的其他人物，也有不少是根据真人真事编写的。比如，当时在黄梅上演的素有"大本三十六，小出七十二"戏目中，《告经承》、《告坝费》、《大辞店》、《糍粑案》、《杨二女起解》等本戏、串戏，就是根据黄梅及邻县的张朝宗、瞿学富等真人真事编写的，有圣旨、奏折可查，有家谱、碑志可证。此外，黄梅县流行的岳家拳、民间趣联和一些谜语、酒令、俗语也被吸收到传统剧目之中。

黄梅戏被大水冲到了安徽

黄梅地处鄂、皖、赣三省交界处，地处长江北岸和龙感湖之间，旧时大部分地势低洼，有"江行屋上，民处泊中"之说，自然灾害频繁，水灾更为突出。从明洪武十年（1377 年）到 1938 年，黄梅县发生特大自然灾害 103 次，其中水灾 65 次。频繁的灾害，迫使黄梅人纷纷以学唱黄梅戏逃荒谋生，以打连厢、唱道情方式行乞他乡求生存。这就大大促进了黄梅戏由山区向江湖平原地区的发展，向鄂赣皖毗邻地区的辐射。

1958 年，毛泽东、朱德、刘少奇、周恩来等党和国家领导人在武汉洪山礼堂观看黄梅县黄梅戏剧团演出的黄梅戏《过界岭》。毛主席看完戏后，问道："你们湖北的黄梅戏怎么跑到安徽去了？"当时的湖北省委副秘书长梅白向毛主席汇报了有关情况之后，毛主席恍然大悟："原来你们的黄梅戏是大水冲到安徽去的啊！"

对黄梅戏音乐有独到研究的老艺人、国家二级作曲家翟乔松对笔者说，黄梅戏从发源到发展，经历了道情和独角戏、两小和三小戏、三打七唱、管弦伴奏四个阶段。前三个阶段是在黄梅县完成的，后者是在安徽省安庆地区实现的。清乾隆、道光年间，黄梅戏经安徽宿松和华阳河流向安徽后，一直沿袭着"三打七唱"形式。到 20 世纪 20 年代，在安徽老艺人的共同努力下，黄梅戏开始尝试吸收安庆语言、民歌小调来发展黄梅戏的唱腔、道白，借鉴徽剧表演艺术来丰富黄梅戏的表演程式，使黄梅戏具有安庆地方特色。20 世纪 50 年代初，安庆黄梅戏剧院成立，并经常到此前早已成立的黄梅县黄梅戏剧团交流、取经、查找资料。1956 年，安庆黄梅戏剧院把黄梅戏传统剧目《董永卖身》改编加工成大戏《天仙配》，并搬上银幕，一炮打响。一时间。黄梅戏名声大震，成为全国五大剧种之一。

黄梅人对黄梅戏的爱有多深

黄梅戏是黄梅人文化情结的重要组成部分，也是黄梅人生活中不可或缺的东西。"一去二三里，村村湾湾都有戏。"全县除政府财政支持的于 1949 年 6 月成立的县级剧团外，民间剧团就有 100 多个。无论节日庆典、婚丧嫁娶，主人都会请戏班子唱戏助兴。像民间性质的黄梅县"九头鸟黄梅戏剧团"，每年演出场次最少也在 500 多场。

黄梅不仅戏班子多，黄梅人男女老少也几乎都会唱黄梅戏。倘若宾客或游人到黄梅参观、旅游，随便叫身边的黄梅人，无论是大人小孩，叫他们唱一段黄梅戏，没有不会的，只是水平高低而已。

在黄梅，每到正月初一至元宵节，差不多方圆几十里处处都能看到黄梅戏。比如，有着千年历史的停前镇原名清江驿，流经镇前有一条宽 50 多米、长几十里的清江河。每年正月里，清江河白花花的沙滩上总会搭起一个大戏台，由镇里文化部门或知名人士请本县或临近县市黄梅戏名角儿来此演出。一演就是十天或半个月，每天演出的剧目不重样儿，什么《打金枝》、《女驸马》、《天仙配》等，应有尽有。演大戏也红火了当地卖小吃的小贩生意。当地老百姓包括安徽宿松的戏迷把到这里买小吃、看大戏当成一大享受，他们或举家男女老少，或带着前来串门的朋友，在河滩细软的沙地上席地而坐，惬意地嗑着瓜子、花生，吃着麻花、糖果，美美地和着台上演唱的戏文，哼着，叫好着，成为一道延绵数百年的特色风景。

而今，条件好了，尽管在户外赶庙会看演出也是一种消遣，但更多来此参观、旅游者选择到县城条件好的黄梅大剧院看黄梅戏整出大戏或折子戏。

自新中国成立以来，黄梅县涌现出了乐柯记、王艺修、胡亚莎、易春华、吕金姣等一批在黄梅戏艺术界享有很高声誉的优秀表演艺术家。20 世纪 80 年代和 21 世纪初，黄梅县黄梅戏剧团多次进京演出，黄东风、周洪年、郭华阳、湛志龙、王慧君等一批代表当代水平的中青年演、编人才在舞台上脱颖而出，那原汁原味的黄梅戏，倾倒了京城无数黄梅戏爱好者，也使人更多地了解了黄梅戏的源与流。2006 年，在国家文化部公布的首批国家级非物质文化遗产名录中，湖北黄梅县和安徽安庆市申报的黄梅戏，双双并列入选"传统戏剧"名单。周洪年等青年演员还被国家文化部授予国家级非物质文化遗产黄梅戏项目传承人。黄梅县黄梅戏剧团也因此名声大噪，多次应邀参加国内外大型演出活动，并先后获国际奖 1 项、国家奖4 项、省级奖 158 项。

据县长余建堂（注：现为黄梅县委书记）说，近年县里除经常送"好苗子"到安庆黄梅戏院校进行深造外，还与鄂东中等专业学校等联合开办"黄梅戏艺术实验班"，请黄梅戏著名演员或有造诣的专家讲课，定期定向培养有发展潜质的学员。学员考试合格毕业后，再充实到全县各职业黄梅戏剧团。

人才兴，事业旺。而今的黄梅戏人才一茬接着一茬，呵护着这朵地方戏之花，在故土上越开越艳。

（原载 2010 年 8 月 12 日《人民日报（海外版）》）

黄梅人说黄梅戏

主持：王 谨 陈健雄 王政
嘉宾：周濯街 桂靖雷 桂也丹 翟乔松 董成钢 吴红军 魏孟良
周洪年 黄东风

中国第一批国家级非物质文化遗产名录公布的"黄梅戏"一栏中，湖北省黄梅县和安徽省安庆市均榜上有名。一个剧种为什么会涉及两个地方呢？为此日前笔者特地以面谈和笔谈的方式，请湖北省黄梅戏的专家和艺术家们各自发表了见解。

主持人：在第一批国家级非物质文化遗产名录中，黄梅戏的申报地有两个：湖北省黄梅县和安徽省安庆市，这两个地方与黄梅戏的渊源是怎么回事呢？

周濯街（中国民俗文化研究专家、国家一级作家）：黄梅戏发源于黄梅，发展于安徽，尤其是 20 世纪 50 年代，安徽省黄梅戏剧团将黄梅传统剧目《董永卖身》改编成《天仙配》搬上银幕后，黄梅戏享誉海内外，成为全国"五大剧种之一"。1920 年的安徽《宿松县志》上记载有"邑境西南，与黄梅接壤，梅俗好演采茶小戏，亦称黄梅戏。"《中国戏曲曲艺词典》黄梅戏条目为："黄梅戏，戏曲剧种。旧称'黄梅调'。流行于安徽及江西、湖北部分地区，源于湖北黄梅一带的采茶歌。"1959 年，由安徽省文化局编写、安徽人民出版社出版的《安徽戏曲选集》序中写道："黄梅戏源于湖北黄梅县的采茶歌，清道光以后流入安庆地区。"中国戏曲史家、戏曲理论家周贻白在《中国戏曲史发展纲要》中也说："黄梅戏，源自湖北黄梅县采茶戏。"

桂靖雷（黄梅县政协常委、黄梅戏艺术研究学者）：家父桂遇秋，毕生从事黄梅戏的收集整理和研究工作。从他的研究成果和新中国之初黄梅县老艺人传承的口碑资料看，黄梅戏起源于明万历年间，形成于明末清初，是在黄梅县流行的民歌小调、采茶山歌的基础上，与黄梅流行的说唱文学、民间歌舞等相结合而逐步形成的民间地方戏曲。若从明万历年间算起，黄梅戏有400余年的历史了。

桂也丹（湖北省民间文艺家协会会员、传媒记者）：史书记载，黄梅歌风很盛，尤以采茶歌为最，黄梅北部山区盛产茶叶，每年谷雨前后，成群结队的青年男女上山采茶，他们用山歌小调或叙事民歌的形式，或独唱抒情，或彼此唱和，于是就产生了黄梅采茶调。清道光年间的学者别霁林在《问花水榭诗集》中描述了黄梅采茶歌的兴盛："多云山上稻荪多，太白湖中渔出波。相约今年酬社主，村村齐唱采茶歌。"别霁林自注："邑喜采本县近事，附会其词，演唱采茶歌。"这说明当时黄梅人根据近事编剧并唱戏酬神已成习俗。

桂靖雷：的确。黄梅戏传统剧目的积累相当丰富，素有"大本三十六，小出七十二"之称，其中《告经承》、《告坝费》、《大辞店》、《糍粑案》、《杨二女起解》等本戏、串戏，都是根据黄梅及邻县的张朝宗、瞿学富等真人真事编写的，有圣旨、奏折可查，有家谱、碑志可证。

主持人：那么，黄梅采茶戏是怎样流传到安徽去的呢？

桂靖雷：黄梅地处长江北岸，旧时大部分地势低于江岸，有"江行屋上，民处泊中"之说，自然灾害频繁，水灾更为突出。从明洪武十年（1377年）到1938年，黄梅县发生特大自然灾害103次，其中水灾65次，平均6年一次大灾害。水灾连年不断，清乾隆、道光年间最为突出，仅乾隆年间乾隆皇帝御批的特大水灾就有12次，《圣谕》至今仍收藏在北京故宫博物院。频繁的灾害，迫使黄梅人纷纷学唱黄梅戏，以适应灾年逃水荒、打连厢、唱道情行乞他乡求生存的需要。这就大大促进了黄梅戏由山区向江湖平原地区的发展，向鄂赣皖毗邻地区的辐射。

周濯街：1958 年，毛泽东、刘少奇、周恩来、朱德等党和国家领导人在武汉洪山礼堂观看黄梅县黄梅戏剧团演出的黄梅戏《过界岭》，毛主席看完戏后，有疑问地说："你们湖北的黄梅戏怎么跑到安徽去了？"当时的湖北省委副秘书长梅白向毛主席汇报了有关情况之后，毛主席恍然大悟地说："原来你们的黄梅戏是大水冲到安徽去的啊！"

翟乔松（黄梅戏老艺人）：毛主席还称赞说："你们黄梅人还是演自己的土戏好，乡土气味很深，很感人，我也成了黄梅佬。"其实，黄梅戏从发源到发展，经历了道情和独角戏、两小和三小戏、三打七唱、管弦伴奏四个阶段。前三个阶段是在黄梅县完成的，后者是在安徽省安庆地区实现的。清乾隆、道光年间，黄梅戏经安徽宿松和华阳河流向安徽后，一直沿袭着"三打七唱"形式。到 20 世纪 20 年代，在怀宁县黄梅戏知名老艺人丁永泉和徽剧知名老艺人汪云甫的共同努力下，开始尝试吸收安庆语言、民歌小调来发展黄梅戏的唱腔、道白，借鉴徽剧表演艺术来丰富黄梅戏的表演程式，使黄梅戏具有安庆地方特色。新中国成立后，安徽黄梅戏艺人与新文艺工作者密切配合，在剧目、唱腔、表演、舞美、编剧、导演等方面实行全方位改革创新，将黄梅戏传统剧目《天仙配》（原名《董永卖身》）、《女驸马》（原名《双救主》）改编后，搬上舞台银幕，造就了严凤英、王少舫等一批为黄梅戏作出卓越贡献的表演艺术家，推动了黄梅戏的大发展、大提高、大普及。

主持人：众所周知，黄梅戏整个剧种主要分布在安徽、湖北，安徽对黄梅戏的贡献很大，影响也很大，那么，在发源地黄梅县，黄梅戏的传承和发展情况如何？

周濯街：新中国成立后，湖北黄梅县委县政府多次组织老艺人对黄梅戏传统剧目进行记录整理，先后收集的小曲有 129 出，大本 102 本。老艺人项雅颂凭自己的记忆，默写了黄梅戏传统剧目"三十六大本，七十二小曲"，共计 140 余万字。

桂靖雷：家父经过 50 年的抢救、挖掘、搜集，将黄梅县黄梅戏艺人能演出的本戏 400 余本、出，整理、结集为《黄梅戏传统剧目汇编》丛书，分 15 集出版，达 600 万字，结束了历代黄梅戏艺人口传心授，没有文字剧本的历史。他弥留之际给我们留下了两句话：一是去世以后不放哀乐，用黄梅戏为他送行；二是把这套丛书埋在他的骨灰盒旁边。我们明白他是想用将化成春泥的身躯，继续培育黄梅戏这朵奇葩。家父去世以后，我继承他的遗志，用业余时间研究黄梅戏的历史源流。由于患有严重眼疾，现在我又将接力棒传给了我的儿子桂也丹。

桂也丹：我从小经常和爷爷在一起看戏，爷爷去世的时候交代了他未竟的心愿，我很理解爷爷当年抢救传统剧目的那种迫切心情，也理解他拼命做这件事情的意义。当时我还在大学读书，就利用课余时间，参考爷爷的研究成果，撰写了论文《黄梅戏传统剧目考略》，目前正在《黄梅戏艺术》杂志连载。我觉得黄梅戏艺术事业应该也必须由年轻人去继承去接班。

董成钢（黄梅县委常委、宣传部长）：为了传承和发展黄梅戏艺术事业，打造"黄梅戏"文化品牌，2006年，县政府投资2400万元兴建的中国黄梅戏大剧院竣工并投入使用，今年，我们又用市场化的办法筹建黄梅戏主题公园。在加大硬件投入的同时，我们还注重为黄梅戏事业发展创造宽松的软环境：由县财政保证剧院离退休人员工资的发放；剧院超场演出每场给予600元补助；县政府每年安排5万元奖励编、导、演人才；定期组织作品攻关会，还聘请专家来指导等等。"九五"至今，全县用于黄梅戏剧本创作的投入近500万元。县委、县政府每3年举办一届黄梅戏艺术节，以促进黄梅戏艺术的普及和提高。

吴红军（黄梅县黄梅戏剧院院长、国家二级演员）：自1955年起，我们先后招收九届学员、近200人送到本省和安徽省培训，涌现出乐柯记、王艺修、胡亚莎、易春华、吕金姣等一批在黄梅戏艺术界享有很高声誉的优秀表演艺术家，黄东风、周洪年、郭华阳、湛志龙、王慧君等一批代表当代水平的中青年演编导人才也脱颖而出。半个世纪以来，我院创作和改编演出了《於老四与张二女》、《邢绣娘》、《离巢凤》、《守护真情》、《兑现》、《奴才大青天》等一大批优秀剧目，参加省以上重大演出和比赛64次，获国际奖1项、国家奖4项、省级奖158项。

郭华阳（黄梅县黄梅戏剧院党支部书记、国家二级演员）：我院两次晋京会演都大获成功。1987 年，新编黄梅戏传统剧目《於老四与张二女》唱进了中南海，党和国家领导人宋平、秦基伟等观看了演出并接见了全体演员；2004 年，两场大型现代黄梅戏《守护真情》和《兑现》再度联袂晋京，在长安大剧院演出，受到文化部领导及专家好评。文化部领导陈晓光在接见演员时评赏说："黄梅戏在黄梅县有戏，黄梅戏就有戏！黄梅戏在发源地保持兴盛，对整个黄梅戏界来说是幸事。"中央电视台、《人民日报》等十多家媒体进行了全方位报道，一时誉满首都。

主持人：近年来，国内戏剧市场普遍低迷，戏剧的传承和发展几乎已普遍性进入了一个抢救保护的阶段。那么，在黄梅县，黄梅戏的局面又是怎样的呢？

吴红军：我院年演出均在 150 场以上，足迹遍布大江南北。同时，为了满足戏迷需求，将《於老四与张二女》、《秦香莲》制成影碟在全国发行，将《五女拜寿》、《春江月》、《知府赊官》、《姐妹皇后》等先后拍成电视剧在全国各地电视台播放，还借助互联网传播优秀剧目、经典唱段，扩大了影响力。

董成钢：为服务招商引资，县戏剧院备下多套节目，一年多来在广东、上海、浙江、北京等地演出 40 多场，引资 4 亿多元。舞台在外唱大戏，家里锣鼓不停息。商贾游客进黄梅，听的、看的，都是原汁原味的黄梅戏。

魏孟良（黄梅县九头鸟黄梅戏剧团团长）："一去二三里，村村湾湾都有戏。"黄梅戏已经融入了我们黄梅人的日常生活，无论婚丧嫁娶，主人都会请我们戏班子唱戏助兴。我们这个团每年演出场次最低在 500 多场，演员每年的工资平均有 2 万多元。像我们这样的民间剧团，全县有 100 多个。

周洪年（国家非物质文化遗产黄梅戏项目传承人、国家一级演员）：为了培养更多的黄梅戏演艺人才，从 2005 年开始，我院还与黄梅理工学校联合开办了"黄梅戏艺术实验班"，首期 30 名学员毕业后大部分进入了全县各职业黄梅戏剧团。第二期学员正在培养当中。在他们身上，也寄托着黄梅县黄梅戏明天的希望。

黄东风（黄梅县政协副主席、国家一级演员）：黄梅县黄梅戏的复兴需要一代又一代的领军人物来推动，近一两年县里计划选拔、招收、培养一批有一定基础、有潜质的黄梅戏苗子，我将把主要精力放在教学上，力争多培养出几个新秀，让黄梅戏能在发源地源远流长。

主持人：听不够平词花腔黄梅调，看不够水袖长衫舞悠悠。我们深信，植根于文化之乡的丰富沃土，沐浴着改革开放的春风雨露，得益于人民群众的精心浇灌，黄梅戏这朵艺苑奇葩必将愈开愈艳！

（原载 2009 年 1 月 6 日《人民日报（海外版）》）

"上巳节" 纪念书圣王羲之

3月24日，中国农历3月3日，是中国传统节日"上巳节"。

据农历通书所载，古代的巳日定为三月初三日，巳时即在中午的午时以前，俗称"巳肘日卜到"（到即正午之意）。古时上巳节的风俗是百姓齐到江河之滨，由女巫举行消灾祛病，洗涤垢秽、驱除不祥的仪式。随着时代更易，此俗也逐渐衍化，变成了男女到野外踏青郊游，即所谓"三月三踏青节"。此后这种踏青郊游活动又有所发展，诗人词客，此日喜欢登游名山胜迹，临风吟诵，濒水饮宴，进而发展为"曲水流觞"，啸傲山水，尽情地享受大自然之美。

今天正值"上巳节"，央视数字电视书画频道特地播出此前推出的"兰亭雅韵2012·北兰亭上巳雅集书法电视晚会"。

举行晚会是一周前的星期六，笔者应邀走进了晚会现场。下午，北京飘洒的小雨中夹杂着些许雪花，但在北京八一电影制片厂5号演播厅内却暖流融融，全场观众表现出对书法艺术的空前热情。台上，时而轻歌曼舞，演绎着中国书法艺术的内涵，时而挥毫泼墨，展示了书画艺术的魅力；台下，则涌起一波波如潮掌声，"兰亭雅韵2012·北兰亭上巳雅集书法电视晚会"在这里盛大举行，以纪念书圣王羲之发表《兰亭序》创作1659年。

应该说，中国的书法是自汉字的产生而逐渐发展起来的。有文字在先，书法技巧在后。书法真正成为一门艺术，似乎更晚些。目前中国书法种类按字体分，有甲骨文、小篆、大篆、隶书、楷书、草书、行书、行楷、行草；按书法家分，有欧体、颜体、赵体、柳体、瘦金体，等等。有一种观点认为，颇有艺术创造特色的行、草字体风格的形成，才使书法作为一门艺术成为可能。据悉，晋代书法以楷书和行书的成就最大，对后世的影响也最大，代表书家是钟繇和王羲之。

王羲之（公元 321—379 年），字逸少，琅琊临沂（今山东临沂）人，后移居山阴（今浙江绍兴）。王羲之作为笔者本家的老祖宗，官至右军将军、会稽内史，故世称王右军、王会稽。王羲之楷书师法钟繇，草书学张芝，亦学李斯、蔡邕等，博采众长。他的书法被誉为"龙跳天门，虎卧凤阙"，给人以静美之感，恰与钟繇书形成对比。他的书法圆转凝重，易翻为曲，用笔精妙，全然突破了隶书的笔意，创立了妍美流畅的书风，被后代尊为"书圣"。王羲之作品的真迹现今难得见到，我们所看到的大都是摹本。王羲之楷、行、草、飞白等体皆能，如楷书《乐毅论》、《黄庭经》，草书《十七帖》，行书《姨母帖》、《快雪时晴帖》、《丧乱帖》等。他所书的行楷《兰亭序》极具有代表性，被历代书法者所推崇。

《兰亭序》可谓是王羲之最得意的作品。公元 353 年，也就是永和九年，王羲之和当时东晋的名士谢安等人，相聚在浙江绍兴一个不起眼的地方——兰亭，一起做修禊的事。不曾想到的是，就是这样一次不经意的"一觞一咏"，竟然诞生了一篇在中国书法、文学和哲学史上产生深远意义的名篇——《兰亭集序》。当时有 26 人把酒沉吟，赋诗 41 首，并聚诗成集。王羲之于酒酣之际乘兴用鼠须笔在蚕茧纸上为诗集写了这篇序，记下了诗宴盛况和观感。全文 28 行，324 字，通篇遒媚飘逸，字字精妙，有如神助。像其中的 20 个"之"字，竟无一雷同，成为书法史上的一绝。翌日，王羲之酒醒后意犹未尽，伏案挥毫在纸上将序文重书一遍，却自感不如原文用笔潇洒自如。他有些不相信，一连重书几遍，仍然不得原文的精华。这时他才明白，这篇序文已经是自己一生中难得超越的顶峰之作。

历史肯定了王羲之的"书圣"地位，立下了《兰亭序》乃"天下第一行书"的丰碑。《兰亭序》笔法作为一种书法美的标准已成不争的事实。大凡书法界卓有成就者，无不从《兰亭序》中吸取创作灵感。由书法家张旭光领衔主持的"北兰亭"就是以弘扬王羲之《兰亭序》书法艺术为宗旨的。就在不久前，张旭光还把北兰亭的书法艺术带进了联合国。

这台题为"兰亭雅韵"的书法电视晚会以丰富的节目，把书法作为国粹来弘扬。既有以小品演绎的王羲之故事，也有以歌唱表达的传统文化精神。尤其是在歌舞琴萧雅韵中，各路书法名家纷纷登场创作，使晚会主题变得更为生动。当欧阳中石、李铎、刘大为、张旭光等书法大家现场共同创作了《历代咏兰亭诗》长卷时，观众掌声雷动，把晚会推向高潮。

晚会上，还颁发了北兰亭第二届书法电视大赛特等奖及一、二、三等奖。这次大赛吸引了海内外中国书法爱好者。电视晚会上，获奖者和观众礼拜书圣王羲之，志在把传承书圣文脉的精、气、神贯注于笔端。至此，笔者沉吟片刻，咏出纪念先祖王羲之的一副对联：有教无类唯圣人孔子，笔弛中华独先贤羲之。横幅：兰亭雅韵。

（原载 2012 年 3 月 24 日作家网）

不要轻视自己的艺术家

——中国的艺术殿堂应放谁的雕像？

音乐时而明快，时而雄浑，身着民族服装的白俄罗斯演员且歌且舞，演绎着白俄罗斯的文化特色，使北京的观众享受到又一次文化盛宴。

10月18日，周末之夜。笔者走进了北京天桥剧场，欣赏白俄罗文化日歌舞节目演出，领略到异国别具一格的文化风情。

天桥剧场是名闻中外的北京几大剧场之一，始建于1953年，是新中国成立后第一家剧院，也是首都唯一的一家专业歌剧、芭蕾舞剧场。1991年，国家投入巨资，在原址上按照国家大剧院的标准重新翻建了天桥剧场。笔者在剧院翻建之前，经常到这里欣赏演出。近些年，因可供选择性的剧场多了，看演出多在长安街一带剧场，到天桥剧场看演出相对少了。因天桥剧场有专程访华的白俄罗斯文化日歌舞演出，女儿提前为我们各买了一张票。这是我9年后第一次再度进天桥剧场看演出。

白俄罗斯哈罗施基歌舞团是应中国文化部、上海世博会的邀请，如期在北京、上海、重庆三大城市进行国际文化交流演出的。北京是第一站。那晚，离演出还有15分钟时，我先持票进场，想看看经装修后的剧场新貌。装修重新启用的剧场自东向西分为文化广场、前厅和休息厅、观众厅以及舞台化妆间和演员公寓四个部分。建筑造型较之以前庄重典雅，内部装潢也华丽多了，舞台灯光、中央空调、保安监控和楼宇自控系统均实现数字化管理，可谓北京豪华的观演剧场之一。

在一楼大厅观众两个入口之间，分别立着两尊铜铸雕像，立即引起我的兴趣。我上前观赏，原来是奥地利音乐家贝多芬和俄罗斯音乐家柴可夫斯基的雕像。贝多芬和柴可夫斯基的音乐作品影响了世界，放他们的雕像无可厚非。既有外国音乐家雕像，肯定也会有中国音乐家雕像，他们的雕像也许在二楼或三楼，我想。

上到二楼，照样是观众两个入口之间分别立着两尊铜像。我定睛细看，仍然是外国两个知名音乐家，他们分别是意大利作曲家威尔第和普契尼，仍然没有中国音乐家的雕像。我想，中国音乐家雕像也许放在三楼或剧场别的地方，但寻找的结果是一无所获。

这就使我感到纳闷：中国自己的艺术殿堂，怎么就不能摆放自己国家的音乐家雕像呢？是中国没有引为自豪的音乐家吗？非也。像中华人民共和国国歌作者聂耳、中国人民解放军军歌作者郑律成，还有"二泉映月"作者阿炳等人的名字也是耳熟能详的，他们的雕像是有资格与贝多芬、柴可夫斯基、威尔第、普契尼等世界音乐大师的雕像放在一起的。把中国自己的音乐家雕塑放在艺术殿堂，也有助于让国人、让世界人士了解中国的艺术家。

中国人，在任何场合都不要自己瞧不起自己啊。

（原载 2010 年 10 月 29 日《人民日报（海外版)》)

"春晚" 应换一种方式

　　年年春节，又临"春晚"。每年国庆刚过，中央电视台春节联欢晚会的筹备工作就开始"搅动"四方，选导演，选节目，选演员，忙得不可开交。本来，办春晚是一个快乐的事，现在闹得从主管部门到相关部门，从制片人到赞助商，从总导演到执行导演，从争相在春晚上露个脸的演员到为春晚"跑龙套"的服务人员，一忙就几个月。实际上忙的结果，并没有给社会带来多少好的评价，反而有诸多"没新意"、"老面孔"的看法。

　　春晚至今已 27 届，不能说都办得成功，也不能说都办得不好。春晚到底该怎么办？尽管对此众说纷纭，但春晚的组织者们按自己的想法照办不误。更有当事人不甘寂寞，时不时给娱记们制造些"噱头"进行炒作，什么哪些老面孔今年照上春晚呀，哪些节目刷下了呀，等等，以致春晚未到有关春晚的"旁门小道"却时有所闻。比如有关临近的虎年春晚，就传出诸如王菲复出、小虎队重聚等等猜测；还传出费翔将携《冬天里的一把火》重现春晚，而赵本山康复后是否还演小品、明星怎样混搭更是接连见诸报端。

　　作为中国人民的传统节日，中国人的庆祝方式本来是多样的，不一定就一种方式把人圈在屋里看电视。自 1983 年，央视举办的春节联欢晚会"一炮打响"后，现在这台晚会已经成为中国人在大年三十唯一的一种娱乐庆祝方式。除了用节目把人们圈在屋里看电视这一方式外，还有没有其他方式？应该是有的。比如今年阳历年的辞旧迎新夜，北京在朝阳区世贸天阶广场为市民开辟露天狂欢场地，市民无须门票可免费享受 6 个小时的迎新狂欢，这一方式就广受欢迎。活动从 12 月 31 日 18 时至 24 时。伴随着歌曲《茉莉花》，到场的观众可现场为亲友说出新年祝福，并在头顶上的天幕上播出；有的市民举家到场，在现场参加有意思的各种迎新活动，直到大家一起喊出震耳欲聋的新年倒计时……实际上，这种户外庆祝方式是许多国家保留至今的传统。

春晚还可以换一种组织、导演的方式，即采取"拿来主义"，发挥地方台的积极性。现在的春晚只是由央视自导自编，物色演员，往往一折腾就是几个月，费力也难讨好。结果水平参差不齐，有些年春晚只是自我感觉良好，观众并不"买账"，意见很大。实际上，全国各省市地方电视台春节特别节目往往有好看头的东西。我们何不选取精粹，烹制一套春晚文化"大拼盘"晚餐呢？去年新中国 60 周年庆典期间，央视文艺频道就推出了全国各省、市、自治区的国庆特别联播节目《为祖国喝彩》，效果就很好。春晚受播出时间限制，可好中选优。这样既省力也省开支的做法，可隔三岔五用之，以改变老一套程式，使观众产生新鲜感，何乐不为？

当然，不是说现在的春晚方式就弃之不用，而是要轮换着用、创新着用。即使延用现在的晚会方式，节目形式和内容也应有所改革，不能就只是歌舞、小品、相声、杂技等老几样，应给观众换换"胃口"。比如说上一年春晚有魔术，今年就不一定再安排；上一年老面孔唱老歌，今年就不如起用新面孔唱首新歌；上一年开场是黄土高原锣鼓狮子舞，今年不妨以地方戏联唱开局，等等。还有，在节目内容上也应力求出新，比如说从中国人过年的习俗上就有很多文章可做：打年糕、贴对联、剪窗花、团圆饭、逛庙会等过年活动就是很丰富的节目题材。总而言之，千万别比照上年"造老套"，忙乎几个月没新意。而应真正锐意进取，力推新人新节目，以满足观众日益增长的文化需求。

"一元复始，万象更新。"春晚方式也应更新。

（原载 2010 年 1 月 22 日《人民日报（海外版）》、2010 年 2 月 2 日《人民日报》）

假如冯小刚……
——看《唐山大地震》后的思考

多年，除在单位礼堂看过几场电影之外，很少有时间走进电影院。

发生在 34 年前 7 月 28 日的那场极其惨烈的中国唐山大地震，是中国人永远的伤痛。所以，友人近日邀请我去看冯小刚导演的新片《唐山大地震》，我没有推托，而是欣然前往。冯导在电影中如何把握这一重大题材，怎样重现这一震惊世界的大灾难？也是我所关心的。

《唐山大地震》讲述了一个普通唐山家庭在震后 32 年间的悲欢离合，既是一部灾难片，也是一部描写中国人亲情和家庭观念的情感故事。据悉，冯小刚执导这部大片，是冯导看到一部小说《余震》和唐山市委想拍一部反映唐山大地震电影的愿望不谋而合的结果。2007 年岁末，河北唐山市委书记通过国家广电总局电影局找到冯小刚，希望能请他拍摄一部反映唐山大地震的电影。唐山市委的邀请，让冯小刚想起了几年前读过的小说《余震》：1976 年唐山大地震中，一块坍塌的预制板下压着一对年幼的孪生姐弟，但救援条件只允许抢救其中一个，另一个则面临着死亡的威胁。情急之中，心痛欲绝的母亲选择先救儿子。然而造化弄人，预制板下的女儿并未被残垣夺去生命，但却从此对母亲的选择充满怨恨。多年后，女儿最终理解了母亲的痛苦，重新回到了久违的家庭。

我持友人买的 80 元一张的影票走进电影院（本来报道说，这部片子的票价是 30 至 35 元，但影院的标价是 80 元）。影片前后两个小时展示的故事，确实催下了不少观众的眼泪，特别是影片开头不久用高超特技重现出的震撼世界的 23 秒，那山崩地裂的灾难使瞬间骨肉分离、二十多万人葬身废墟的情景使观众屏住呼吸，继而观众席上传来断断续续的抽泣声。现场的气氛也使我不禁湿润了双眼。徐帆、张国强、陈道明、张静初等实力派明星的表演确实很见工夫。随着故事情节的转换、岁月的推移，观众走出了悲伤，看到了震后新唐山所彰显的中华民族的伟大精神。应该说，《唐山大地震》从导演对重大主题的诠释，到演员对人物的塑造，以及摄影手段的创新、音乐对全片的烘托等都是成功的。这是新中国成立以来不可多得的反映灾难主题的大片。

但是，恕笔者从一个观众的角度来评述，假如冯小刚导演在影片推出之前，对以下三方面略有加强的话，也许影片所产生的艺术感染力会更强：

一是对灾害发生的那一夜所花笔墨略显不够。尽管当年突发而来的大地震仅是 23 秒，但正是这 23 秒给唐山人民造成的灾难是举世无双的。在那瞬间家家户户发生的故事是悲惨的。倘若导演在着重再现元妮一家苦难的同时，辅之展现元妮一家左邻右舍家庭在那一夜所遭受的苦难，影片反映灾难的大主题也许更丰满些。

二是对灾后 48 小时的救援应有所着墨。尽管影片通过对元妮子女方达和方登的抢救，反映了人性的光辉。但对自救和左邻右舍之间的互救以及市委市政府的组织工作从瘫痪到恢复总体反映欠缺。

三是对当年经典人物似可有他的形象。比如，地震发生的凌晨，即开着大卡车到中南海第一时间向中央报信的普通市民的情节，似可点到一下。正是这位普通市民舍命第一时间向中南海报信，才有了当时的中央的救援决策。

当然，一部影片围绕一个故事展开情节，不可能面面俱到。但既然片名叫《唐山大地震》，就应该不囿于小说《余震》的情节，而是应比小说所展示的场景更壮阔些，人物更多些、鲜活些。

话说回来，笔者以上这些纯属"马后炮"之言，并不影响对影片总体看好的评价。冯小刚是个有才华的导演，如果说此前他先后执导的《编辑部的故事》《甲方乙方》《大腕》《手机》等，把他推上中国电影知名导演地位的话，那么《唐山大地震》这部大制作，作为华语电影申报奥斯卡奖，获成功不是没有可能的。

（原载 2010 年 7 月 26 日《人民日报（海外版）》）

欣赏 《五牛图》

　　按中国十二生肖之说，我们不日将进入蛇年。尽管神州为进入新的农历春节弹冠相庆，蛇的吉祥物随处可见，但在十二生肖动物中，蛇和鼠还是多少不怎么叫人待见。如果抽卷调查，人们可能大多喜爱温顺的动物，如马牛羊狗等。而在其中，我尤其敬重为人类农耕文明做出贡献的牛。

　　中国的农耕文明经历了漫长的数千年。可以说，人们为满足温饱，种植谷物，离不开温顺的牛。牛在人类进步进程中起了功不可没的作用。正因如此，牛成为古往今来各国尊崇的对象，在世界各国城市竖有许多牛的雕塑，其中美国华尔街那尊牛的雕塑最为著名。这也许与华尔街股市期望牛市有关。至于文艺作品包括诗歌、文章、绘画以牛为对象的讴歌作品就更多。如鲁迅名言"俯首甘为孺子牛"，几乎成为中国人的格言。

　　在历代有关牛的绘画中，我尤其喜爱唐代韩滉笔下的《五牛图》。我的书房，挂有一幅用镜框嵌裱的《五牛图》复制品，每每我写作和阅读疲劳之余，总要近前品赏。

　　韩滉的《五牛图》，是目前中国所见最早作于纸上有关牛的绘画。图上五牛的姿态各异，或俯首啃叶，或昂头前行，或定睛嘶鸣，或掉头回眸，或正视前方；五牛的毛色均有不同，且根据牛体的凹凸施以不同颜色，具有立体感，使这些牛体现了活泼的、沉静的、爱喧闹的、胆怯乖僻的不同性情。可以说，韩滉以淳朴的画风和精湛的艺术技巧，达到了唐代画牛的最高水准。

　　据专家考证，画家韩滉是唐代名臣，字太冲，长安（今陕西西安）人。韩滉之父韩休在唐玄宗时当过宰相，他自己则历任监察御史、浙江东西都团练观察使等职，以公正廉洁著称。唐德宗时发生"泾卒之变"，叛军攻陷长安，拥立朱泚为大秦皇帝。韩滉时任镇海军节度使，他一方面"训练士卒，锻砺戈甲"，帮助平叛；一方面在浙江为出逃的唐德宗输送钱粮，为最终平定朱泚之乱立下大功。后官至宰相，封晋国公。韩滉死后，朝廷追赠其为太傅，谥忠肃。

韩滉不只是一位出色的政治家，更是有名的大画家。《旧唐书·韩滉传》说其"尤工书，兼善丹青。"他的画艺高超，《唐朝名画录》说他"能画田家风俗、人物、水牛，曲尽其妙"。

相传有一次韩滉与朋友谈论绘画，朋友问："近来论画者谈及驴、牛和马，皆认为是常见之畜，最难状貌图形，不知吾兄有何高见？"韩滉思索后回答："此话有一定道理，因牛马都是人们熟悉的家畜，画家稍有不慎，或者偶有误笔，人们就能发现，所以一般画家都不涉及此类题材。"他停了一下，继续说："不过，我以为自古迄今，农事为天下之本，而耕牛则为农家之宝。只要画家能够细心观察，还是可以画出特色的。"韩滉由此就常在田间观察牛的活动，从而创作出了《五牛图》。

这幅现今珍藏故宫博物院的《五牛图》，为麻纸本，纵28.8厘米，横139.8厘米。画中的五头牛姿态各异。韩滉以简洁的线条勾勒出牛的骨骼，笔法练达流畅，力透纸背。尤为引人注目的是，五牛都是目光炯炯，显示了既温顺又倔强的性格。

从右到左品赏画中的牛，五头牛皆健硕，皆神似，它们缓步行走于田垄之上。右边第一头褐黄色毛发的牛，把路旁一丛灌木枝叶咬了一口，倾情咀嚼得津津有味；第二头带黑白花纹的牛昂头向前瞻望，快步前赶；第三头赭黄色纹路的牛却站在画卷中央不动，张口"哞哞"嘶鸣。第四头毛发浅淡的牛回首顾盼，半仲着舌头喘息着；第五头黄色毛肤的牛，穿着鼻环，戴着缨络，神情庄重，缓缓地向画外的天地走去。五头牛中每一头各有特色，既独立成图，又首尾相连，彼此顾盼。整幅画浓淡渲染有别，画面层次丰富，真可谓形神兼备，用笔精妙。

看韩滉的五牛图，我甚至还推想，韩滉画的牛都很壮硕，大抵与那个时代人们善待牛，或与唐代生态保护得好，水草丰美，牛无口腹之忧有关。

据考古学家印证，韩滉《五牛图》在北宋时曾被收入内府，宋徽宗亲自题词，或许是后人看徽宗的"瘦金体"能卖大价钱，所以就把这些字从画上给挖割走了，只剩下"睿思东阁"、"绍兴"的南宋宫廷印记。

南宋灭亡后，这幅画被赵孟頫收藏，留下"神气磊落、稀世名笔"的题跋。明代，《五牛图》相继成为项元汴与宋荦的藏品。清代名列"扬州八怪"之首的金农曾两次见过此画，一再赞叹说："愈见愈妙，真神物也！"乾隆帝搜罗天下珍宝时，《五牛图》被征召入宫。清末，这幅画被藏于中南海瀛台。1900年，八国联军侵华，《五牛图》被劫往国外。几经辗转后，被香港企业家吴蘅孙购得。

到了20世纪50年代初，吴氏企业面临破产危机，被迫决定将《五牛图》出手。消息传出后，有一位爱国人士担心国宝会被外国收藏家买走，于是给周恩来写信说，唐代韩滉《五牛图》在香港露面，画的主人开价10万港币，自己无力购买，希望中央政府出资尽快收回国宝。周恩来得知后，很快做出三点批示：一、派专家赴港对国宝进行鉴定，确定其真伪后负责收购；二、派可靠人员专门护送，以确保文物安全；三、文物返回后，交给收藏条件好的单位妥善保管。文化部专家小组赶赴香港，在确定其为真迹后，与吴蘅孙商定，以标价的60%由中国政府收购。

韩滉《五牛图》至此终于回归故宫，但画面上污垢遍布、孔洞累累。1977年1月，这幅画被送到故宫博物院文物修复厂，由裱画专家孙承枝先生主持修复。专家们精心地为《五牛图》清垢、揭裱、装潢，先经过淋洗脏污，画心洗、揭、刮、补、做局条、裁方、托心等繁琐的步骤，又补全了画心破洞处的颜色，再镶接、覆褙、矽光等，最后以宣和式撞边装裱成卷。历时八个月后，这件稀世之宝恢复了它的本来面目，成为故宫博物院历代藏品中的镇馆之物。

自韩滉以后，中国画中的牛越来越多。韩滉弟子戴嵩所作《斗牛图》中画的水牛，曾也被称为一绝。但韩滉画牛技艺，至今恐怕没有人能够超越。

但愿博友们在蛇年到来之际，发扬牛那种肯吃苦的精神，笔走龙蛇，隆福蛇引。

（载于2013年2月8日人民网博客）

悬念迭出　成就《悬崖》

很久没有时间静下心来看一部完整的电视剧了。今年春节过后的一天晚上，在央视 1 频道看完晚间新闻后，出现一则《悬崖》40 集电视连续剧预告片断，每晚 10 时 40 分到 12 时 30 分播出两集。"这个时间段不妨看看"。我自言自语。手中的电视遥控器没有转换频道，仍然锁定在该频道。

看了两集，剧情留下的悬念，使人欲罢不能。《悬崖》成了我那段时间必看的节目。该剧的主人公周乙由张嘉译主演。张嘉译 2010 年因成功主演《借枪》被喜欢谍战剧的观众所熟悉。《借枪》与一度创收视高峰的谍战剧《潜伏》风格不一样，不是以室内作为主要拍摄场景，而是选定一座城市或更广阔的空间拍摄；剧情节奏舒缓，但不乏险相丛生，使观众不自觉身陷剧情中，为主人公的命运所担忧。

谍战剧要想赢得观众，关键是要会设计情节，制造悬念。《悬崖》正是凭悬念迭出赢得很高的收视率。

《悬崖》讲述了这样一个故事：1938 年的中国东北。周乙作为一名共产党特工，潜伏在当时的伪满洲国哈尔滨，任特务科特别行动队队长。为了方便其潜伏在敌人内部，组织派遣了一名女报务员顾秋妍假扮他的妻子，同敌人周旋。然而，面对特务科心思缜密的强大对手高彬，两人的真实身份面临着严峻挑战，周乙甚至不得不忍痛看着原配妻子在自己面前被敌人抓走面临枪决的危险。与此同时，这对同床异梦的假夫妻之间的关系也在悄悄地改变着。顾秋妍身处危急，周乙在敌人的步步紧逼下，尽管可携全家安然出境赴苏，但为营救顾秋妍母女，最终选择回到哈尔滨。然而，等待他的却是特务们阴冷的微笑和黑洞洞的枪口。

　　人物心态和情感的真实往往是打动观众的决定性因素。与以往的谍战剧在塑造人物时"非黑即白"的做法不同，《悬崖》在人物形象的塑造上极力避免了简单化的处理方式，从而使敌我双方的情报人员都具有更加丰满和立体的性格。《悬崖》中的周乙在为信仰付出一切的同时，也承受着作为情报人员所必须经历的内心煎熬，而反面人物高彬，尽管心毒手辣，但也有其细腻、柔情的一面……通过刻画不同人物性格的不同侧面，彰显了主要人物的内心和情感世界，使人物显得丰满、真实。

　　以往的谍战剧往往把精力用在相互角力、步步追杀上。这样一来，人物往往淹没于故事情节中。但《悬崖》中的周乙与以往谍战剧中的英雄人物有很大的区别：在《悬崖》里，周乙被塑造成一个有情怀的人，支撑周乙内心的是一种爱。正是爱，构成了一部跌宕起伏的敌后故事；正是为了爱，他才为党的事业不顾危险深入敌人的心脏了解情报；正是为了爱，他才多次营救同志化险为夷。

　　信仰是支撑党的地下工作者当年舍生忘死的精神支柱。为什么周乙在极其危险的环境中，能够做那么多了不起的大事情？因为他有信仰，他想让这个国家、这个民族有尊严，让人们都过上幸福生活，他是为精神而战。做谍报工作的人们，如果没有信仰是坚持不下来的。看到剧中以周乙为代表的共产党人在白色恐怖中的生活情状，不由得满含热泪，对主人公产生敬意，感到今天的生活来之不易，需要珍惜。

（原载 2012 年 3 月 21 日人民网）

《金陵十三钗》：
让人们重新认识张艺谋

恕我孤陋寡闻，因事先没有读过《金陵十三钗》原创小说，刚开始听说张艺谋要耗资 6 亿元人民币打造巨片《金陵十三钗》，还以为又是一部历史古装片，顿时没有兴趣。后来才得知是反映南京大屠杀的史诗战争片，但对于基本没有涉猎导演过现代战争题材的张艺谋能否拍好这一巨片，笔者心存疑虑。

上周，该片在全球同步上演的第一时间，笔者购票在北京一家电影院观看了此片。观后，该片所产生的艺术感染力和思想冲击力，令我产生心灵的震撼。我认为，在迄今张艺谋所拍摄的诸多电影中，《金陵十三钗》是较为成功的一部。

《金陵十三钗》讲述的是南京大屠杀背景下中国军人、秦淮河女人和美国入殓师等共同完成生命救赎的故事。剧本由刘恒和严歌苓操刀。

在此之前，我国也有不少反映南京大屠杀包括电影在内的文艺作品，但这些作品大都是单色调的，着重反映的是战争的残酷及给人们带来的苦难。《金陵十三钗》以新的视觉，斑斓的色彩，征服了不少口味挑剔的观众。这部电影的成功之处，我认为至少有三点：

一是反映的主题重大。中国的抗日战争是世界反法西斯战争的重要组成部分。影片一开始，就以远近推拉的拍摄电影技巧，展示了日本焦土政策使南京这座城市硝烟弥漫，满目疮痍。在装甲车掩护下的日军，见人就杀，见女人就抢，见房子就烧。导演张艺谋在电影里，既展示了日本侵略者当年的屠杀兽行，也讴歌了中国军人包括身处危难的中国女人和美国朋友的睿智和反抗精神，颠覆了当年日军在南京面对的只是无所适从的老百姓和没有抵抗能力的军人的说法。尤其是由佟大为所扮演的李教官这个角色，非常成功地表现了有血性的中国军人的大智大勇。

二是选取的视角独特。反映二战题材的电影很多，但这部反映南京大屠杀中在教堂内外发生的故事更有可看性。张艺谋用电影手段讲述这个故事时，注意通过故事情节牵系观众情绪，既浓墨展示故事的斑斓色彩，制造悬念，同时与人性的美丽结合起来，与救赎的主题结合起来。当观众急切地为教堂唱诗班学生的生死担忧时，十二位秦淮河女子和教堂的唯一男人站出来了。她（他）们在美国入殓师帮助下，舍身拯救教堂女学生所释放出的人性之美，令观众肃然起敬。

三是塑造的人物群像富有个性。无论是新科奥斯卡最佳男配角获得者克里斯蒂安·贝尔扮演的美国入殓师"约翰"，还是新谋女郎倪妮扮演的秦淮河女子玉墨，还是军人硬汉形象扮演者佟大为，以及被英格曼神父收养而成长起来的教堂杂事的那个小男人……这一个个人物形象鲜活，令人难忘。特别是那位有美国人面孔的"约翰"，从一个酒色之徒，一个随时要离开的入殓师，假戏真做，变成女人们和女孩们的庇护者神父，其表演工夫很不一般，从一个侧面展示了中美人民当年联手抗日的情谊。至于其他的人物群像，也一一个个塑造得个性鲜明，有血有肉……

张艺谋从影以来，先后拍过《红高粱》、《有话好好说》、《一个都不能少》、《英雄》、《走单骑》、《三枪拍案惊奇》、《山楂树之恋》等电影，试图挑战不同的故事类型和不同的讲述方式。说老实话，这些电影大多是"墙内开花墙外红"，获得国内大多数观众好口碑的不多，尤其是《走单骑》、《三枪拍案惊奇》上演后，批评之声不绝于耳，认为他的导演生涯从此走下坡路。可以说，史诗战争巨片《金陵十三钗》的推出，以事实证实了其驾驭战争大片的能力，表明了他是一位真正的爱国者，改变了观众对张艺谋的存见。该片包括导演、男女主角、配角、改编或原创剧本、摄影、剪辑、艺术指导、服装设计、化装、视觉效果、音响效果、音响编辑、配乐、歌曲等，水平都是一流的。笔者以为，如果不是奥斯卡评委会存在偏见的话，这部大片冲击奥斯卡大奖应是极有希望的。

（原载 2011 年 12 月 17 日人民网）

余音绕梁说经典

2月23日，农历初二，是中国"龙抬头日"，当晚，我获朋友送的两张音乐会票，邀一位年轻的同事一起走进北京音乐厅，欣赏了一场以演绎中华文化圣人孔子和宋代风情图为主题的音乐作品——大合唱《孔子》和中国音画《清明上河图》音乐会。

孔子被誉为中国文化圣人，也是世界十大思想家之一，居世界文化名人之首。但推出以孔子为主题的音乐会，这还是第一次。这次演出，填补了中国近年来国内外的众多"祭孔活动"中没有孔子原创音乐作品的空白，以音乐形式演绎了孔子儒家文化的经典。

交响音乐大合唱《孔子》，由孔子第75世后裔、著名诗人、词作家孔祥雨先生作词，著名作曲家、指挥家史志有先生作曲，由吉林省交响乐团、吉林省爱乐团演出。合唱分为12个乐章，以《圣歌》开篇，回顾了孔子曲折光辉的一生，诠释了"上善若水"、"有教无类"、"仁者爱人"、"有朋自远方来"等人文思想。整场演出气势磅礴，使观众产生心灵的震撼。

同场推出的中国音画《清明上河图》，也是很有特色的音乐大典。中国音画《清明上河图》以北宋著名画家张择端同名画作为创作元素，选取画中有特色的断面，以中华民族器乐和声乐来演绎画中有特色的人物或场景，通过《商队图》《汴河图》《乡情图》《博浪图》《抬轿图》《盛世图》等11个乐段，对画面进行音乐演绎，使观众更深刻地理解当年画家的创作思想和宋代繁华都市的社会风情。这一音乐形式的推出，比 2010 年笔者曾参观过的上海世博会巨幅电子动画《清明上河图》长卷，又进了一大步。据悉，由史志有先生作曲的该作品，获得第三届国际音乐博览会特别金奖。应该说，这个奖是有分量的大奖。

这场由亚洲文化交流协会（新加坡）主办的大型音乐会，可以说是演绎经典的音乐会。比起那些靠唱几首外来歌曲或几首没有什么主题的通俗歌曲而拼凑的音乐会，文化含量厚重得多。

（原载 2012 年 3 月 16 日《人民日报（海外版）》）

书法融入音乐艺术

来自奥地利雷哈尔交响乐团演奏的雄浑音乐，融入中国奇妙的书法元素，使一场新年音乐会别开生面，观众席上不时爆发出热烈的掌声。

2012年1月4日晚，由远道而来的奥地利雷哈尔交响乐团与中国书法家李斌权联袂奉献的"2012新年书法音乐会"在北京剧院隆重上演。这是继去年8月，为庆祝中奥建交40周年，在维也纳霍夫堡皇宫成功上演"2011维也纳皇宫中国书法音乐会"之后，奥地利艺术家和中国书法界又一次合作。奥地利雷哈尔交响乐团本次来华是应中国文化部之邀，此前已先后在上海、成都、昆明、青岛、银川等地巡演十余场，受到热烈欢迎。昨日的"2012新年书法音乐会"是中国巡演的最后一场。整场音乐会融书法表演、交响乐、芭蕾舞、女高音、中国乐曲为一体，是多种文化元素在舞台上的交汇与升华。

奥地利雷哈尔交响乐团是当今世界最著名的交响乐团之一，以演奏著名音乐家弗朗茨·雷哈尔的作品而著称，在奥地利乐团中排名第二，仅次于奥地利维也纳交响乐团。担纲团长的是著名的奥地利指挥家嘎伯利尔·帕托席教授。

晚会首先以施特劳斯的《蝙蝠序曲》开场。随着音乐的抑扬顿挫，李斌权的草书笔法时而空灵飘逸，时而圆劲有力，饱含浓情，变化多姿。乐声起落转折，笔墨随之轻舞。两者之间的配合天衣无缝，令人赞叹。两个小时的节目，台下观众情绪饱满，他们在欣赏世界音乐名曲的同时也感受着中国书法的神韵和魅力。

　　在音乐会现场，我与老朋友、来自维也纳的中奥文化交流协会会长常凯先生和本场音乐会的主要策划人冰峰先生就书法音乐会形式进行了非正式的讨论，共同表述了这样一种见解：音乐是被世人广泛接受的艺术形式，汉字是我们中华文化的血脉。尽管这两者是文化的不同表达方式，但有相融之处。书法借助音乐艺术走上舞台，让汉字中凝固的、僵化的美，变成鲜活的、运动的、富有诗意的美，让观众进一步发现汉字的魅力，感受汉字的血肉和气息，观赏汉字的舞蹈，倾听汉字的歌唱，从而立体地欣赏书法艺术的内涵和文化魅力，是很有意义的艺术探索。

（原载 2012 年 1 月 5 日人民网）

走出"葛优模式"

12月27日晚，禁不住友人的再次推荐，在京城寒风中裹挟着友人的热情，还是看完了近日大闹京城的三部国产贺岁大片的最后一部《非诚勿扰2》。这部影片讲述的主人公笑笑从日本北海道回国后，对方先生的爱情死了心，但是对秦奋还没有产生爱情，于是两人决定住在一起试婚。笑笑醉酒后，承认自己对秦奋的感情不是爱情，两人日渐疏远。秦奋回到北京，当上了电视台的主持人。秦奋好友、节目制作人李香山患上癌症，秦奋和好友们策划了一场近乎追悼会式的"人生告别会"，笑笑和秦奋在会上感慨颇多。两人再次走到一起。

影片用喜剧的笔法，以秦奋和笑笑之间的试婚故事为主线，同时穿插展示了当今社会近乎荒谬的另两个场景：双方离婚，举办比结婚还盛大的离婚仪式；人未死，先举行人生告别会。

看完影片，除多多少少从中悟出一些令人思考的人生哲理外，我倒是思考起演员塑造角色的话题来。这三部贺岁片主角都有大牌演员葛优，但葛优除饰演《赵氏孤儿》中的医生陈婴这个人物给观众留下深刻印象外，演《让子弹飞》中的老汤、《非诚勿扰2》中的秦奋这两个角色还说不上各具特色和个性。我倒是感觉孙红雷与姚晨演对手戏演得非常成功。他们二位因演电视剧《潜伏》一举成名，再次在同一电影里合作演出两个角色香山先生和杜果小姐很到位，也许是"心有灵犀一点通"的因素吧。

演员的真功夫应在哪？应表现在对不同人物的塑造上，做到"一人千面"。孙红雷和姚晨在《非诚勿扰2》中塑造的香山先生及杜果小姐，就很有个性。从人物化妆上看，也告别了孙红雷的固有形象，让人认不出是孙红雷演的。这就是会塑造角色的演员的高明之处。有的老演员，一出场就知道是谁，老做派，老声调，给观众没有太多的新鲜感。葛优就属此类。尽管他是影帝，很会演，但三部片子主角都是同一个人，有必要吗？何况，从演出效果看，也逃不出葛优固有模式，一出场就认出是他。葛优饰演秦奋和舒淇饰演的梁笑笑之间的试婚故事尽管也有些意思，但葛优的演出仍然没有逃出"葛优模式"，葛优的化装也没什么特色，还是那副清瘦的脸，还是那个光头，还是那种不紧不慢的声调和做派，使观众难免缺乏新鲜感，出现审视疲劳……

（原载 2010 年 12 月 31 日《人民日报（海外版）》）

导演的功夫用在哪儿?

自今年 10 月看过冯小刚导演的大片《唐山大地震》,有感而发写下《假如冯小刚……》影评后,今年几乎没再走进电影院。12 月 11 日和新闻界同仁赴石家庄,12 日系周日,因下午没有特别安排,我们看到酒店对面正上演电影《赵氏孤儿》,就用 80 元买了两张票。陈凯歌导演的《赵氏孤儿》尽管是国人所熟悉的历史典故,但通过电影手段的演绎,故事很吸引人看下去,镜头拍摄包括推拉、转换、特写等运用也较陈凯歌以前导演的影片要讲究得多。

时隔一周,受家人鼓动,在上周日我又一次走进离家不远的一家电影院,专门观摩了另一部由姜文导演的贺岁片《让子弹飞》。影片讲述了北洋年间,南部中国鹅城乱世枭雄的混战的故事,尽管从该剧演员阵容看,包括周润发、姜文、葛优、刘嘉玲等大牌明星,但电影却很难吸引人看完。电影中充满了打打杀杀之声,倒很热闹,但故事情节脉络不怎么清晰,看着看着,我看了一半居然睡着了。在我看电影的经历中,中途睡着是少有的。再看左右,空了不少位置,一些观众提前离开了。

据说,《让子弹飞》因早就吊足了观众胃口,目前票房不菲,但我将其与《赵氏孤儿》比较了一下,《让子弹飞》最大的问题是故事脉络展示得不清晰,人物的刻画不细腻;而陈凯歌导演的《赵氏孤儿》尽管是国人所熟悉的历史典故,但通过电影手段演绎故事的本领吸引了观众。看来,拍电影光是有大牌演员是不够的,关键是看调动电影手段展示故事的功夫。

我们知道，电影艺术是以画面和音响为媒介，在银幕上创造出感性直观的形象，再现和表现生活的一门艺术。银幕上的世界是一个特殊的时空复合体。在这个复合体里展示的故事，要比历史或现实中发生的故事艺术性和感染力更强。这就是"源于生活又高于生活"。除纪录片外，电影主要靠故事打动人，所以，这就需要导演既选好故事性强的剧本，同时要以电影文学剧本为基础，进行故事情节的全面设计，充分调动表演团队并发挥各个艺术和技术手段，把故事讲得引人入胜。故事演绎的成功，才是真正意义上的一部好电影。

（原载 2010 年 12 月 31 日《人民日报（海外版)》）

到京郊，看古今砚

周末，同事孔晓宁建议我有空时到京郊走走，我说"好呀"。

周六一大早，气候适中，秋阳温柔，晓宁开了辆新添的越野车与我会合。到高碑店，过通惠河，跨"华能桥"南行不远，公路两侧现出古色古香的仿古建筑，有"砚城"之誉的中华砚文化发展联合会展馆就设在这里。

到现场，在中华砚文化发展联合会梁婧女士热情引导下，我们进入一大厅。各界朋友正在这里参加"中华飞天第一砚"见面会。这是人类历史上第一方遨游太空的砚台——"中华飞天第一砚"。专为神九搭载物品进行公证的北京市方圆公证处（原北京市公证处）对"飞天第一砚"进行了开仓公证。这天是"飞天砚"首次在京与公众见面，颇引起一番轰动。

飞天砚全称为"龙纹飞天宝瓶歙砚"，长约9厘米、厚约0.5厘米，小可盈握。砚面上部显现如圈如环的天然纹理金晕，砚刻成一个宝瓶形，两个瓶耳设计成象头形状，寓意"太平有象"；而正面墨池的造型，恰好采用来自新石器时代红山文化"C"型玉龙。砚背上部线刻敦煌艺术中优美的"飞天"形象，体态轻盈，飘逸潇洒。

该砚由中华炎黄文化研究会副会长、中华砚文化发展联合会会长、武警部队原副司令员刘红军中将题写"飞天砚"，中华砚文化发展联合会副会长、砚雕大师吴笠谷先生采用龙尾山四大名坑（金星坑）砚石精心雕刻而成。

"古有女娲补天，今有神九探穹，将传承五千年中华文明的功臣——

砚台，送上天宫遨游太空，是人类历史上的第一次，具有深远的历史文化意义。"谈及名砚飞天，刘红军会长心情激动："这不仅是当代传承、弘扬中华砚文化事业的一次腾飞，也是中华砚文化史上的一次划时代的突破，更是中华文明伟大复兴的又一盛举！"

观"飞天第一砚"后，我们随着乌干达大使查尔斯·瓦基杜索等一行，在展馆参观了千奇百态的中国历代砚收藏展览。其中，既有我们的祖先最早制作的砚台，也有华夏数千年以来的各种名贵砚台。难能可贵的是，还有刘红军院长征集而来的各界名人曾用过的砚台，特别是江泽民、华国锋、叶剑英、李先念等党和国家领导人用过的砚台引来观众更多的眼光。

一个砚台，承载着中国文化的厚重历史；砚台里的墨汁，写下了华夏文明的雄浑春秋。看砚台展，更使我们感悟到中国文化的深厚底蕴。

（原载 2012 年 10 月 21 日人民网）

文学名家的脸孔

最近，人民日报社同事必胜兄送我一本他新近由作家出版社出版的一本新书《东鳞西爪集》，余暇读之，竟爱不释手。该书洋洋近 40 万字，分"人情篇""文事篇""景观篇""书品篇"几节，阅读诸篇，既阅读到铁凝、袁鹰、陈建功等文学名家的脸孔，也对必胜在文学评论和散文创作方面的不凡造诣略见一斑。

通读这本书，给我留下最深印象的应该是"人情篇"中的"读写他们"这一小节的文字及二十多封作家书信影印件。必胜收录在书中的每一个文友的书信，差不多都有一段有趣且引人思考的故事。这些书信的主人中，既有当今的文学大家，也有崭露头角的文学新人。

在电脑还不发达的 20 世纪，做报纸编辑工作，与作者、读者的交流方式以书信方式居多。必胜是一个有心人。他居然把十七年前因帮助编辑一本《小说名家散文百题》，与众多作家朋友的交往信函完好地保留下来，并在一本书里刊登出版，并讲述这些书信的故事。较之必胜，我自叹欠缺得多。尽管我在几十年的采编工作中也时常收到包括当代领导人和各界名家在内的作者或读者来信，但大都疏于保存而散落了。

阅读必胜收录在书里的这些书信和感言，无异于与文学名家们对话。从这些书信和感言的字里行间，我们读到了什么呢?

读到了文学名家们对文学的精辟感悟。比如铁凝写道："世上的各种文体，同植物和动物之间、陆生动物和水生动物之间一样，都存在着交叉状态，但这种交叉状态并不意味着彼此可以互相替代。比如小说和诗，是可以使人的心灵不安的，是可以使人的精神亢奋的，是可以使人要死或者要活的。散文则不然，散文实在是对人类情感一种安然的滋润。散文是心灵的牧场，心灵就是这牛羊的牛羊。当牛羊走上牧场的时候，才可能出现因辽阔、丰沃和芳香而生的自在。"

陈建功写道："写散文比写小说舒坦得多。写小说你得找出张三李四王二麻子，让他们出来替你重新铸造一个世界。写散文你不必劳这份神，提起笔，你就撒了欢儿地写吧。你怎么活的就怎么写。你怎么想的就怎么写。你就是一个世界。"

韩少功写道："散文是心灵的裸露和坦示。一个心灵贫乏和狭隘的作家，有时候能借助技术把自己矫饰成小说、电视剧、诗歌、戏曲等等，但这一写散文就深深发怵，一写散文就常常露馅。"

池莉说："散文就是应该是这么一个可爱的小东西。它自由、真实、活泼、散漫，甚至固执、偏激、刻薄，哭笑随意，喜怒随意，只要心里有脸上就有。"

读到了文学名家们率真的一面。率真者，直率真诚也。作者在这本书里所写的有过书信往来的作家，大都在文学领域颇有建树，名气不小。然而读他们的信，又看到他们为人的真诚与直率。比如在小说界以《西线轶事》《我们播种爱情》等作品蜚声文坛的军旅作家徐怀中，在回复王必胜的约稿信里率真地表示："谢谢你邀请我参加散文百题行列。我没有写过什么像样的散文，近十年连小说也没有写了，就不能勉强充数了，甚觉惭愧，只有请你原谅。"其坦诚跃然纸上。

作家蒋子龙在散文感言中表示："如同一个人自斟自饮，读者则欣赏作者的那份自然，那份真挚，那份狂放。因此散文必须要有真情、真心、真思、真感，最忌假、玩、空。"

作家刘兆林的作品以真性情文字著称，他在回复约稿者王必胜而写的《散文贵在真》一文里写道："散文贵在真，叙真情，写真事，每一篇表达一片诚意实意。一个真字，就将那满篇无拘无束的散凝聚住了，即所谓形散神不散。"

他们说得何等好啊。正如有作家所言：在当今文坛上已经很难见到这样的爽直了。

读到了文学名家们谦虚的本色。必胜联系的这些当代文学名家，大都年长于必胜，但在来往书信里却表现了谦谦君子的风范。比如，大家所熟悉的散文大家袁鹰（本名田钟洛）先生，既是必胜读研究生时的导师，也是他刚入报社大门时的直接领导，更是人民日报大院里包括我在内的同仁们所尊敬的父辈份的人，但在 2005 年 7 月 29 日回复必胜的来信中却称必胜为兄。兄者，按字面解释，哥哥也；或亲戚同辈中年长者；对男性朋友的尊称或谦称。显然，老田此处称"必胜兄"是谦。他在毛笔手书的信中道："必胜兄：去年曾为华夏出版社编选了一套现当代散文，自 1911 至2000（我一直主张现代史应自辛亥革命开始而不能以五四新文化运动始）。你是选家，送上一套请存正。巴老前十年就选过，他已从搜书阶段进入散书阶段，我亦遵此训，陆续散书，以后可能还有书赠上。日安。钟洛05. 7. 29"。你看，这里没有一点长者居高支使的习气，更没有作为一位文学大家的傲气，只是一位谦和的老人在与文学同行对话。

书中所收录的已过世的老作家汪曾祺生前给必胜的回信影印件也很珍贵。汪老很细心，在信中把必胜编辑散文百题约稿请托之事交代得清清楚楚，完全没有大作家的架子。末了还忘不了写上"即问安适"。至于与必胜年龄不相上下的作家，在信中言必称兄，所表现的谦和就更普遍了。笔者注意到，贵为文坛大腕、中国作家协会副主席的刘恒尽管对《人民日报》副刊转载一篇在他看来无异于是"文字流氓"的文章，将他的小说《伏羲》改编的电影《菊豆》骂得"狗血淋头"很有意见，但在 1991 年 2 月写给必胜兄的一封"控诉"信里，也压住火气自嘲："你我就当此事是个玩笑吧"。

作文先做人。文学大家们的为人之道、谦谦君子风度，与那些过于浮躁与自傲的所谓文学家相比较，不是很值得我们学习和思考吗？

这年头出书容易，出好书难。读必胜先生的《东鳞西爪集》，既刮目相看必胜在细腻中和着情感的文笔，了解了他的创作生活，包括记叙他在病中住院日子里的故事，更近距离地触摸到当今部分文学大家的群像和他们的心灵世界。

（原载 2011 年 12 月 7 日《文艺报》，标题另作）

马年： 为动物写生

认识并观摩画家马年作画，出自一次偶然。

那天的 7 月 16 日正值一个周末。笔者和朋友赵先生同被作为嘉宾邀请出席在北京吴东魁艺术馆举办的"庆祝中国共产党成立 90 周年名家书画展"，各界人士来者踊跃。同来者还有我和赵先生共同的朋友常恺先生，他是旅奥华人，来自维也纳。因为我和赵先生曾先后去过维也纳，故认识奥中文化交流协会会长常恺先生并成为朋友。

我们三人踯躅在展览大厅，有兴味地对一幅幅作品观赏、品评时，赵先生说，他有个朋友叫马年，以画动物见长，曾给他画过一幅小鸡的画，现挂在其儿子房间。每天清晨儿子起床，画上的小鸡就像活生生地要下墙，神奇极了。常恺先生听后精神为之一振，说："我的生肖属鸡，真想看看他的画。"赵先生说："好呀，他就住在通州，离此不远，我们不妨今天抽空一起去看看。"

电话联系，马先生正在家。我们驱车上京通高速，过北关环岛，在西潞苑小区一普通的居民楼前下车。一个身穿白色对襟便服的汉子走过来相迎。我定睛细看，这也许就是我们要访的马年先生。他五十多岁，中等个儿，头发浓密，四方脸型，一双眼睛透露出对朋友的真诚……他忙不迭地把我们让进屋。房子地处一层，系三室一厅，窗明地净，书画满墙，家具摆设尽管算不上奢华考究，但展露出特有的书画之家的书香气。我们正在客厅打量，马年先生带我们径直来到客厅前花园临窗延伸建造的创作室。室中放置着一座巨大的书案，案上一幅书法作品还墨迹未干；室的一边种有几根修竹，另一边养有金鱼，大抵是用于创作之余的欣赏与消遣；门前室外，鸟语花香，草木葱茏，又是一番天地。

马年先生请我们在书案边一圈藤椅上坐定，用薄荷茶和水果招待我们。我们边品茶边聊起书画创作。他向我们介绍到他名字的由来，姓马，生肖亦属马，故起名马年。他祖籍山东，生于辽宁，曾从军九年，从爱好书画到安家北京，直至专司创作。他取他人艺术之长，踏先人未到之处，潜心于自我风格的艺术创造，逐渐摸索出自己的创作套路。他专攻动物写生，植物写生为副，画十二生肖动物无不精妙，画马尤其见功夫。壬午年他参加画马大赛荣获一等奖。2006年他分别创作了六尺和丈二的百米奔马图，画有二百零八匹各种形态的奔马，已被香港收藏。2008年11月，其国画作品《一叶情》被北京奥运书画征集活动组委会收藏。

打开现任华人诗书画专业研究院院长的马年先生出版的两本厚厚的作品集折页，只见里面诸如马、牛、羊、兔、鸡等各种动物画呼之欲出，神灵活现。他说，严格来说，作画仅仅模仿不是创作，所谓"创"就是走别人没有走过的路。这"创"的源泉来自哪？一是对生活的观察，二是对中华文化精髓的贯通。随之，他打开折页里为成功创作"百米奔马图"而生发感悟书写的一首诗：

> 思维自我笔墨生，
> 学精去粕任君行。
> 胸有四书五库在，
> 力创替星便黎明。

骆驼不是十二生肖动物，我们发现马年的作品集里居然有一幅卧驼也很有特色，问他何故不画站骆驼，他指着画说起一个故事。一次笔会上，一个自称擅长画骆驼的画家，说他的骆驼画作能卖到八万元人民币一尺。马年听后很反感，回家当即铺纸挥毫，画了一幅卧着的骆驼，并在画上配诗一首：

> 人家画站我画卧，
> 人家为钱我为乐。

　　　　　用心运用笔和墨，

　　　　　画出人间善与恶。

　　马年念完诗，我们情不自禁地鼓起掌来。

　　欣赏部分字画作品后，马年要为属相为鸡的常恺先生画一幅画。只见他屏声运气，几笔涂抹，《瓜蔓下的小鸡》的作品就成功了：高悬两条丝瓜的瓜蔓下，五只小鸡在争食。它们中，或啄食，或展翅，或转身，或争抢，五只小鸡神态各异，令人叫绝。

　　开笔，意犹未尽。画完鸡，马先生又乘兴在现场画了一幅卧牛图和宠物狗，在卧牛画上配诗云：

　　　　　金牛生来性格刚，

　　　　　东西南北闯战场。

　　　　　三十年前创世业，

　　　　　甲子之后宏福光。

　　放下笔，马年先生因作画运气之故，面色红润。我们不觉又一番鼓掌，称他的创作生活有益于健康。这时他的小孙子跑过来坐在祖父的膝上。他抱着孙子，指了指室外花园，说："这个小环境适合我创作。你们来之前，我刚书写了一首诗，多少反映了我的创作生活。"说毕，念起刚写就的这首诗：

　　　　　暑天闷热蝉声急，

　　　　　烈日路上人行稀。

　　　　　门前自种果实满，

　　　　　枝枝红花香邻里。

　　这不正是马年先生的自我题照吗？

　　　　　　　　　　　　　　（原载《海内与海外》2011 年第 9 期）

逆境中的升华

——观湖北黄梅戏 《东坡》 有感

　　大幕拉开，高悬的铁链，森严的铁窗，身处逆境、遭奸人限害的苏轼在狱中高声吟唱，袒露出他那忧国忧民的炽烈情怀……

　　国人耳熟能详的苏东坡故事，被来自家乡黄冈市的湖北黄梅戏剧院搬上舞台，7 月 4 日、5 日在国家大剧院连演两场。首都观众近距离地感受到历史人物苏轼由为官的鼎盛人生跌入政治低谷的精神历练，并由苦闷、挣扎走向旷达超然的心路轨迹，以及融儒、佛、道于一炉的思想形成过程；触摸到北宋这个伟大的文学家、书画家、政治家苏轼的不凡内心世界。

　　历史剧往往与现实有较大的距离，要打动观众必须选准人们感兴趣的人物或事件。应该说，《东坡》剧所选的历史人物是人们耳熟能详且感兴趣的。苏轼（1037 - 1101），北宋文学家、书画家。字子瞻，又字和仲，号东坡居士。与父苏洵，弟苏辙合称三苏。其文汪洋恣肆，明快畅达，与欧阳修并称欧苏，为唐宋八大家之一；其诗清新豪健，善用夸张比喻，在艺术表现方面独具风格，与黄庭坚并称苏黄；其词开豪放一派，对后代很有影响，与辛弃疾并称苏辛；其书擅长行书、楷书，能自创新意，用笔丰腴跌宕，有天真烂漫之趣，与黄庭坚、米芾、蔡襄并称宋四家；其画喜作枯木怪石，论画主张神似。苏轼在文学与书画方面的造诣影响了近千年。苏轼的艺术才能在其被贬黄州四年中得到质的升华，留下了传颂不衰的《前赤壁赋》、《后赤壁赋》、《念奴娇·赤壁怀古》等一词、两赋、八诗的艺术大作。可以说，黄州成就了苏轼，苏轼也成就了黄州。该剧正是选取了苏轼因与王安石政见不合，受奸人陷害，铸就"乌台诗案"，而被贬黄州任团练副使，在黄州城东之东坡开荒种地而生发的一系列事件，塑造了苏东坡这个个性鲜明且令人喜爱的舞台形象。

历史剧仅仅有好的人物题材是不够的，还需要有引人入胜的故事。《东坡》剧的成功，在于其编织历史人物故事方面有独到之处。该剧由全国著名导演艺术家余笑予导演，熊文祥编剧。余笑予不愧是串联故事的高手，全剧通过"诗案"、"谪贬"、"救婴"、"躬耕"、"施药"、"送别"等等一个个环环紧扣的小故事，把观众的思绪从幕启牵系到幕落，使观众的情绪与舞台人物的情绪产生共鸣，吸引他们中途不离场直到看完，这是历史剧《东坡》的不易之处。

除了题材、故事之外，作为剧，打动人的关键在于演员在舞台上的演出功夫。可以说《东坡》的演员阵容是一流的。特别是苏轼的扮演者、著名黄梅戏表演艺术家张辉，不仅扮相和形象符合历史人物，而且声色极佳，唱做得当，把人物的外在形象和内心世界刻画得惟妙惟肖。还有诸如王朝云的扮演者谢思琴、徐君猷的扮演者王刚、李琪的扮演者石蔚华、王安石的扮演者张敏，梁成的扮演者蔡庆等也是表演很见功夫，体现了不同人物个性。特别值得一提的是，全剧利用地方黄梅戏源于黄冈黄梅县的早期特色，在"诗会""躬耕"等一些场次中，用道情、对唱、黄梅地方话的对白及布景等艺术形式，把人物故事演绎得妙趣横生，令舞台效果生色不少，避免了写被贬人物展现更多的悲情显得枯燥而刻板，体现了人物思想境界和才气的升华。

舞台与现实有惊人的相似之处。苏东坡在逆境中没有沉沦，反而在逆境中更了解了民情，更贴近了百姓，从而实现了思想境界和才气的升华，成为宋代大文豪、大政治家。现实中大凡有过逆境并最终走出逆境者不也如此吗？比如，逝世不久的新闻大家范敬宜，倘若他没有20世纪被打成右派且受十多年磨难的人生经历，很难说他对中国民众的生活有如此深入的了解，很难说他的新闻及书画才情能达到如此炉火纯青的地步，很难说他能登上人民日报总编辑的高位。可以说，逆境，给人带来痛苦，但只要逆境中不丧志，待时日境遇改变，逆境也许成为历练人生的难得一课。

（原载 2011 年 7 月 9 日《人民日报（海外版）》）

稚嫩的文学幼苗

6月2日下午，北京城北，中国现代文学馆多功能厅迎来全国高校圆梦的文学青年。带着几分青涩的他们，是到这里来参加第二届"包商杯"全国高校大学生文学征文颁奖大会的。

如果说，在市场经济的大潮下，为生计，为赚钱，做文学梦的人越来越少了；那么，在全国高等学府里，有机会圆文学梦的大学生就更少了。然而，作家网、《人民文学》杂志社携手包商银行，面对世俗的眼光，毅然搭建了一个为期十年的文学工程平台，旨在推动全国高校文学发展，繁荣文学创作，推出文学新人，以圆大学生的文学梦。

今年颁发的是第二届高校文学征文获奖作品。经过评选，三名同学作品获得一等奖，9名同学获得二等奖，15名同学获得三等奖。

笔者作为嘉宾应邀参加了颁奖会，我被莘莘学子对文学梦的追求感动了。他们中，有的来自边远山区，有的来自打工者的家庭，有的来自先打工后上大学的生存环境，然而在物质并不富有的学习环境里，他们没有放弃文学写作，没有放弃对精神产品的追求。在他们笔下、健盆下，写出了不少点燃阅读欲望的上乘之作。

在配乐声中，一位男生声情并茂地朗诵了获本届诗歌一等奖的重庆理工大学杨康同学作品《温暖》的节选"老，让父亲身陷僵局"，请听：

父亲在一秒秒变老。老，长满他的皮肤，老在皮肤里挤出皱纹老，由表及里，分布在父亲的体内爬满他的心脏，肾脏，以及肠胃还有更多的老，随时可能爆发老，让父亲身陷僵局。这么多老这么多负载。时间并没有因此手下留情。老，在父亲的身体版图上信马由缰。我看见父亲，一下子就老了。他春怕风寒，言语缓慢，我一直都在父亲的身边，我始终紧紧地握住他的手，我感到我是多么无能为力呀。父亲的手，瘦骨嶙峋的手。我怕我稍稍用力，父亲就会喊疼。

谁都有父亲。父亲在承受一个家庭责任中担任着沉重的角色。像这样以老的话题写父亲并不多见。这样的诗句，足可以令人动容。

同样在音乐声中，一位女生朗诵了获本届散文一等奖的广州科技职业技术学院黄宇同学作品《老房》的节选：

一座老房悄无声息地隐藏在岁月平缓行进的脚印里。在这低密度的楼群中，它究竟俯首过多少年月，有多少外来的怀揣梦想者在繁华的流光溢彩的城市打拼时曾与它有过或亲密接触，或萍水相逢。它的肩背已显斑驳，调皮的尘埃依附在明媚与阴暗的角落里，无人问津，遗落在日子无关痛痒的记忆中，任凭老去枯萎。

事实上，在民房密布的楼群中，它仅仅是个低微的廉价物品。在同一房东与无数房客间做着频繁的居住交易。也许这并非房子的心甘情愿，但命运从碎砖片瓦那刻起便注定它不得不安静地成为陌生人员的流动居住地……

老房是社会变迁的见证，是时间镕铸的沧桑老人。这篇出自大学生之手写老房的散文，注入了作者饱满的情感。朗诵终了，同样赢得全场热烈的掌声。

倘若说，出自稚嫩之手的这些获奖作品，是以从心灵里流淌出的文字打动读者的话，那么获奖同学们在现场表达的感言，则由衷地感动了全场听众，请听：

"文学是心灵表达的出口，文学可以抚慰为生活奔忙的疲倦……."

"是文学充实了我在大学的生活，文学使我更关注身边的人和事……"

"上大学前我就爱上了文学，上大学后更坚定了我对文学梦追求的执著……"

"我是来自贵州铜仁大山里的孩子，我没有想到，文学使我有机会走出大山，来到北京。我要感恩文学……"

这些出自莘莘学子之口的感言，表明了文学在当今大学生心目中的地位。这些有幸获奖的大学生，正像刚刚拱出土的幼苗，只要学校、社会给予其恰当的阳光和养分，呵护其成长，到一定的时日，他们中将不乏涌现出骄骄文学之才。

（原载 2012 年 6 月 6 日人民网）

禅宗祖师传说入选文化遗产

"身是菩提树，心如明镜台，时时勤拂拭，莫使惹尘埃"（神秀偈）；"菩提本无树，明镜亦非台；本来无一物，何处惹尘埃"（慧能偈）。著名的禅宗五祖弘忍两个弟子神秀、慧能南廊偈语之争的故事，在禅宗界耳熟能详，其偈语并被《红楼梦》《金瓶梅》等文学名著引用。近日从湖北黄梅县传来消息，国务院最近公布第三批国家级非物质文化遗产名录，黄梅禅宗祖师传说作为新入选项目名列其中。

黄梅县是中国禅文化的发源地，全国六座禅宗祖庭在该县独占两座，驰名中外的千年古刹四祖寺、五祖寺分别坐落于境内西山和东山；禅宗六位祖师中，四祖道信、五祖弘忍、六祖慧能都曾在该县修行并传承衣钵。

据载，自禅宗第四代祖师道信于唐武德七年（公元 624 年）在黄梅双峰山创立道场，建幽居寺卓锡传法以来，在湖北黄梅民间关于禅宗祖师的种种传说就应运而生，其中道信吉州解围、道信点化栽松道人张怀、禅宗五祖弘忍转世传说等等记载已历时千年。而黄梅禅宗祖师传说以弘忍老年选法嗣而引发的神秀、慧能南廊偈语之争最为知名。故事中的神秀、慧能二僧分别偈语："身是菩提树，心如明镜台，时时勤拂拭，莫使惹尘埃"（神秀偈）；"菩提本无树，明镜亦非台；本来无一物，何处惹尘埃"（慧能偈），均被称为妙句。由于慧能偈语妙句高出神秀一筹，最终慧能被五祖弘忍选为继承人，成为六祖宗师。

这段偈语故事，自此流传久远，且地域广泛。《武德传灯录》中记载的《五祖传灯》，也就是黄梅民间传说的《五祖传六祖》故事。故事中的慧能、神秀二僧偈语被广为流传。

随着佛教信众的口传和一些文史家的演绎，尤其是《金瓶梅》和《红楼梦》等文学巨著都提及"五祖传灯"的故事，使得黄梅禅宗祖师传说口口相传，并已超越中国佛教界、学术界，在日本、韩国等东南亚国家和世界一些信奉佛教的国家和地区都具有深远影响。这些民间传说，使中国佛教禅宗有了由兴起到鼎盛的民间口头演义本，也以口头传承形式，从野史的角度，佐证了佛教禅宗在四祖道信、五祖弘忍、六祖慧能等祖师的努力下，已经完全中国化和平民化的深刻底蕴。

（原载 2011 年 6 月 27 日人民网）

成吉思汗： 一代枭雄

俱往矣，数历代风流人物，谁最称雄？

笔者以为，在历代帝王中，秦始皇、李世民、成吉思汗乃一代天骄也。

近日，和友人到鄂尔多斯，返京前在蒙蒙细雨中参观并祭拜了成吉思汗陵。成吉思汗陵里那雄浑的铁马金帐群雕，深深震撼了我。

比较笔者曾参观过的美国华盛顿越战群雕，尽管其主题是张扬美国称霸战略思维的，但其规模、其艺术感染力，远不及中国以 385 尊雕像组成的成吉思汗铁马金帐群雕。

登上成吉思汗陵"气壮山河"的台阶，蓦然呈现在面前的是一幅极为宏伟的景象——铁马金帐群雕。铁马金帐群雕占地 22,770 平方米，共有 385 樽雕像，5 座金帐，形成成吉思汗出征时的核心圈。这个核心圈由 5 组行军方阵组成，中心是成吉思汗大鄂尔多（鄂尔多蒙古语是宫帐的意思），大鄂尔多后面是几个附属鄂尔多，鄂尔多周围是宫廷服务队，外围是精锐卫队，随后是后勤保障队。每个雕塑高达 4 米，用铁铸成。成吉思汗大鄂尔多，直径 13 米，有 22 头牛拉车。金帐内完全按照当年的摆设进行布置。据悉，13 世纪，欧洲一位亲眼见过成吉思汗出征时宏大场面的画家，留下了一幅"铁马金帐"油画。如今展现在我们面前的铁马金帐群雕就是以这幅历史画为基础雕塑而成。

翻阅历史可知，成吉思汗，孛儿只斤氏，名铁木真。蒙古族。公元 1206 年，被推举为蒙古帝国的大汗，统一蒙古高原各部落。在位期间，多次发动征服战争，征服地域西达黑海海滨，东括几乎整个东亚，建立了世界历史上著名的横跨欧亚两洲的大帝国之一。如今，欧亚国家时有人自认为是成吉思汗的后裔，到中国寻根问祖。可以说，成吉思汗是世界历史上最为强悍的帝王之一。

看成吉思汗博物馆，可了解这个历史伟人的许多惊人之处。他并非"只识弯弓射大雕"的一介武夫，而是叱咤风云的一代伟大帝王，蒙古族历史上的杰出政治家、军事家。

（原载 2012 年 10 月 30 日人民网）

叁 国是情怀

王谨体验生活下井归来（2013 年）

聚焦汶川大地震的日子
——5月夜班编辑部值班日记

按语： 2005年5月，王谨同志作为人民日报（海外版）夜版值班副总编辑，见证了这个不平凡的月份。他和编辑们刚刚分享到胡锦涛主席访日"暖春之旅"的成功喜悦，仅隔两日，就和国内外同胞们共同承受了四川汶川大地震给民族带来的悲痛，同时感受了全中华民族奋起抗震救灾的巨大力量。应本刊之约，下面特摘录王谨同志在汶川大地震期间写的部分日记：

5月12日　晴

下午14时30分，我和第十八届全国人大新闻评选委员会其他评委一道，刚参观完世界最长的跨海大桥——杭州湾大桥，正乘车返回杭州住地，突然收到我女儿从北京发来的手机短信，说她工作的大楼感受到强烈摇晃，可能是地震，大家纷纷向楼下撤离。

正当我困惑地把此消息告知惊讶的同车人不久，又收到北京一位作家的手机短信，说地震发生在四川，成都许多房子倒塌了，北京有强烈的震感。

回到住地，我哪里也不去，匆忙打开电视。从央视新闻频道得知，原来是在14点28分，在四川汶川县发生了7.8级强烈地震，在我国十多个省市自治区均有震感。

我感到震惊。

随后，又从央视滚动新闻中先后得知，胡锦涛总书记当晚即主持中共中央政治局常委会，全面部署抗震救灾工作；人民的总理温家宝在第一时间即赶到灾区。

这个月是我值夜班，因来杭开会我临时请行增副总替我几天，没想到突发这么大的灾害，我得尽快赶回编辑部。我心急如焚，当晚至第二天凌晨难以入眠。

编辑部同志告诉我，当晚为把地震消息和党中央、国务院的救灾决策即时传播全球，夜班编辑们工作到第二天凌晨6时才下班。

5月13日晚　晴

我改签机票，提前返京。在家放下行李一分钟都没有停留，就赶到办公室，打开了电脑中的采编程序。

点开新华电讯稿和本社稿库，一条条有关地震灾区的新闻扑面而来，我的心也随着一条条消息而律动：。

四川已有12000余人遇难；

近5万兵力赴灾区，先遣队抵汶川县城；

中央财政下拨救灾资金8.6亿元；

中国红十字会收到捐赠1.2亿元……

对这些重要消息，决定由一版编辑集纳式综合处理，在"救灾：万众一心"的标题下，配之救援特写大照片；一版左中位置，则安排刊发温家宝看望受伤群众的消息和照片，从而使头版头条整体产生视觉震撼。

第二要闻版（第四版）以"汶川地震　举国支援"为主题，综合本报和新华社消息，着重反映中央国家机关、解放军武警官兵和各界对灾区的支援，并配以占五栏大的反映武警官兵在北川抢救受伤民众的照片，同样产生强烈的视觉冲击力。

签字付印完夜班拼的各新闻版，走出编辑部大楼，天已微明，并下着小雨，一看表，已是第二天凌晨3时50分。

5月14日晚　晴

当晚22时30分，我正在夜班看稿，接社办公厅电话，通知我22点40分准时到社二楼会议室开会。

按时到达会议室，社领导和各部主任也已入座。社长张研农传达了14日胡锦涛总书记再一次主持中央政治局常委会、进一步研究部署抗震救灾工作的主要精神。随后，张社长结合中央精神提出了下一步的报道要求。

会开完，我赶到海外版夜版编辑部，就会议精神向各版主编做了简单传达。在不到三天时间里，胡锦涛总书记两次主持召开中央政治局常委会，可见中央对抗震救灾工作的高度重视。根据中央把救人放在第一位的精神，海外版这天的一版、二版和第四版的版面安排，突出了救人这一主题。在一版头条关于中央政治局常委会消息下面，以"救人救人 十万火急"的大标题，突出报道了抗震救灾进入关键时刻，被困群众危在旦夕的最新信息。同时在一版下刊出"人民生命高于一切"的本报评论。第四版头条则以"温总理在抗灾一线"的大标题，综合报道了温家宝总理在灾区的一个个感人故事，令人动容。

5 月 15 日晚　晴

今天来自抗震一线的稿件爆满，大都是反映地震 72 小时前后的大救援。

地震等自然灾害发生的 72 小时，是国际公认的"黄金救援时间"。震后 72 小时在四川灾区灾民生存现状如何，救援人员做了些什么？这些都是读者想知道的。

对，就用震后 72 小时做文章。詹总也来到夜班参与策划。经商定，一版头条题为"震后 72 小时：决不放弃"，重点报道了 72 小时内在抗灾前线发生的重要新闻事实，包括 10 万官兵在一线搜索生存者，四川遇难人数估计超 5 万，中央财政已投 22.4 亿元，等等。第四版则以"温总理的 72 小时"，报道了温总理在前线指挥抗灾的 72 小时，展示了人民总理的亲民形象；第二版则报道了在灾区互救与自救的感人故事，如一名教师保护全班学生脱险却没能保护爱女的生命；一名初三学生为救同学用手刨挖 4 小时，终于使危难同学得以生还，等等。

这几块新闻版，相信是能抓住海内外读者眼球的。

5 月 16 日晚　晴

晚 19 时，打开央视新闻联播，胡锦涛总书记在灾区四川绵阳机场和温家宝总理久久握手的一幕，给人印象深刻。这久久的一握，既是胡总书记对温总理多天在灾区操劳的慰问，也表明了党和政府领导全国人民共同应对灾难的信心和勇气。

今晚新华社发了有关胡锦涛总书记视察灾区的新闻有三条，考虑到海外读者的阅读习惯，决定把三条消息合为一条编在一版头条，做一个标题统之："飞机上分析灾情　在绵阳部署工作　赴北川看望灾民（肩题）胡锦涛来到抗震救灾一线（主题）"，醒目突出。一版右侧刊出"温家宝返京前接受记者联合采访"的新闻，突出报道了温总理在回答记者时所强调的"汶川地震超过唐山大地震，须举全国之力以救人为核心"的精神要点。

第四要闻版则以近一版的篇幅，综合报道了"抗震进入第四天，拯救生命在继续"的灾区前线新闻。

第二版则着重报道港澳台同胞及海外的华人华侨和留学生们为灾区捐款捐物的爱心行动，体现了海内外中华儿女"血浓于水"的亲情。

又是一个不眠之夜。下夜班走出大楼，已是周六清晨时分，我没有睡意，深吸了一口清晨的空气。

5 月 18 日晚　晴

今天尽管是周日，但下午和晚上先后接通知开了两个会，会议都与抗震救灾及全国哀悼日有关。

国务院今日发表公告，决定 2008 年 5 月 19 日至 21 日为全国哀悼日。在此期间，全国和驻外机构下半旗志哀，停止公共娱乐活动，外交部和我国驻外使领馆设立吊唁簿。这是彰显人文关怀、对生命尊重的决定。中华人民共和国成立以来，这是全国首次为震灾遇难者下半旗志哀。为此，决定将此公告编辑在一版报眼，并在"望海楼"评论栏目配发题为"国旗彰显生命的尊重"的署名评论。

一版头条由编辑综合集纳胡锦涛总书记在灾区考察两天中的有关新闻，并配四栏大照片。

专家们通过对参数的详细测定，汶川地震修订为 8.0 级。此消息令人关注，连同震区最新死亡数字（截至 18 日 14 时，上升到 32476 人），一起编发一版右侧。

汶川大地震至今已 6 天，但救援人员、社会各界和受困群众都没有轻言放弃，人们抓紧每一分每一秒全力施救，创造了一次次生命奇迹。为此，特在当天下午就打电话给部主任许正中和主编孙少峰同志早做准备，精编一块以"生命奇迹"为专题的版面。经过编辑们的努力，当晚在第四版，以"生命奇迹在救援中创造"为标题，编发了有关令人动容的一组报道：汶川映秀镇电工虞锦华在被埋150小时后成功获救；名叫马斗的21岁青年倒栽在废墟中被困120小时，救援医生通过其外露的脚输进营养液，使生命得以延续；北川33岁医生唐维，在废墟中被埋139小时，被救援人员救出……一个个生命奇迹在震区产生。当我到第二天凌晨签发付印完4块新闻版大样，各版的主编们也为这天版面的可读性叫好。

<h3 style="text-align:center">5月19日晚　晴</h3>

今晨没睡好。4点多下班，8点多又爬起洗漱毕去参加一个会议。

下午14时28分，随着汽笛的鸣响，我和全报社的领导和同仁们一起，在人民日报社广场参加了对汶山大地震遇难者的三分钟默哀活动。

此时，整个中国都沉浸在无比的悲痛中。

举国为地震遇难同胞默哀三分钟，成为今天令世界人们关注的新闻。胡锦涛等中央领导同志和全国各族群众一起深切哀悼遇难同胞的消息配照片突出安排在一版头条。一版下方刊发题为《悲痛中凝聚不屈的力量》的本报社论。

按照事先的布置，今天下午本报记者分别来到北京各致哀点，从各个角度采写了相关素材，由要闻与社会部夜班编辑综合改写成长篇通讯《那一刻，京城沉浸在悲痛中》，刊于四版。

今晚现编的第二、三、五、八版也是反映震区前方新闻及各地各界包括驻外使领馆哀悼活动的新闻。全部签发付印完夜班编辑的所有版面，表的时针已指向第二日凌晨3时45分。我相信，打开这天的报纸，读者们会与本报编辑们产生沉重的情感共鸣，即，尊重生命，铭记苦难，将使一个国家在挫折中奋起，会使一个民族在磨难中前行。

<h3 style="text-align:center">5月20日晚　晴</h3>

今天是全国哀悼日的第二天，全国在悲痛中继续以实际行动支援灾区。

中国四川遭受的地震灾难引起国际社会的广泛同情，这两天来，包括联合国秘书长潘基文、美国总统布什、法国总统莎科奇、英国首相布朗等众多外国政要和国际组织负责人，纷纷来到中国驻外使领馆或中国驻国际组织代表处，表示对四川汶川大地震遇难者的哀悼。潘基文在中国常驻联合国代表团驻地吊唁簿上写道：中国在挑战面前所表现出的力量、韧性和勇气给世界留下深刻的印象。此综合消息由编辑摘发在一版左侧。

中国四川遭受的地震灾难更引起与我们血肉相连的港澳台同胞和海外华人华侨的同情和支援。今晚由三版编辑编发了多条有关台湾医疗队抵达四川、香港第二批医疗队抵蓉、海外华人华侨心系灾区等消息或综述。

全方位的救援，使灾区的生命奇迹不断续写。在汶川映秀湾水电总厂废墟中被埋179小时的获救者马元江，于20日14时56分送达重庆新桥医院接受治疗。此消息有可读性，放一版。我相信还有生命的奇迹待续写。

一方有难，八方支援。在抢救生命的接力线上，出现了许多志愿者的身影。他们自带干粮和救援设施，无私奉献在灾区现场，有许多可歌可泣的故事。今晚在二版的"神州速览"以一块版的篇幅编发了这些故事，展示了一个民族非凡的人性之光。真可谓，多难兴邦，震灾唤醒了公民意识。

5月21日晚　晴

"爱的奉献"—2008宣传文化系统抗震救灾大型募捐活动在央视播出后引起强烈反响，胡锦涛总书记也给予热情鼓励并发出"我们心连心，同呼吸，共命运，就没有克服不了的困难，胜利一定属于英雄的中国人民"的号召。此消息今晚安排编在一版头条。

中国迅速有效的抗震救灾，引起了世界各国舆论的广泛关注。西班牙《世界报》在19日发表的题为《一个摧不垮的民族》文章中写道，"正是这些志愿者、战士和救援人员不屈不挠的精神把这个已经无数次遭受过外来入侵的各种灾难的国家一次又一次地从废墟中拯救过来"。新加坡《联合早报》、德国《明星》周刊等报刊也认为，"中国因为这次牵动人心的救灾。因为这次救灾中表现的人道主义光芒、勇敢和毅力而赢得了世界的尊敬。"由本报集纳的《海外媒体盛赞中国汶川救援》消息，今晚安排在一版中部并配"灾区帐篷小学"的大照片突出处理。

事先就布置要闻．社会版主编刘晓林编辑集纳一组有关反映外国医疗队在灾区的稿件，今晚他和晓楠即时按意图编出一篇题为《救死扶伤 爱无疆界》的长文，配3幅照片，刊四版头条，非常吸引眼球。

今天在一版见报的被埋179小时的获救者马元江消息，引起众多读者兴趣。为回答读者关于马元江被埋8天怎样得以成功获救的细节，今晚正中同志带领二版"神州速览"的编辑们又用一块版的篇幅深度报道此事。为使报道产生更大冲击力，我把主题改为《生命奇迹是这样创造的》，让编辑们按此主题重新组版；经集思广益并决定将版头"神州速览"改为"事件聚焦"，大家都说好。尽管时已凌晨，但大家看到自己又创造了新一天的精神产品，神情仍然亢奋。

5月22日晚　晴

傍晚6时半刚走出办公室准备吃晚饭，突接社办公厅值班室电话，让马上到第一会议室开紧急会议。原来是社长张研农主持召开人民日报社抗震救灾报道领导小组扩大会议，传达今天上午由胡锦涛总书记再次主持召开的中央政治局常委会精神。中央政治局常委会会议指出，抗震救灾形势依然严峻，要继续把抗震救灾作为当前最重要最紧迫的任务。要继续搜救被困群众，做到无一疏漏；要继续抓紧转送、救治伤病群众；继续做好卫生防疫工作；做好受灾群众安置工作，等等。会上总书记讲了9点意见。他特别指出，目前灾区最紧缺的是帐篷，缺90万顶，而国内生产能力只日产3万顶。听到这里，我才明白为什么今天政治局常委会刚开完总书记就急忙赶到浙江湖州考察帐篷生产、温总理急忙重返四川重灾区的真正原因。总书记、总理急灾区所急啊。

胡锦涛总书记主持召开中央政治局常委会消息，无疑是今晚安排的一版头条重点稿；同时为配合中央政治局常委会的精神，由第四版以《伤员出川 救治大接力》为标题，编写了大半块版篇幅的综合报道，分别报道了重庆、贵州、广州、云南、山东等地接收灾区伤员情况，加之配发四幅相关照片，很有视觉冲击力。二版则以一块版篇幅刊发抗震救灾中涌现的各界英模人物，也很有可读性。

今晚各新闻版稿件编排，到第二天凌晨 2 时多已就绪，但总书记到浙江湖州考察帐篷生产的新闻照片直到凌晨 3 时 45 分才到，编上版，签字付印完已是凌晨 4 时 15 分。近 4 时 30 分走出编辑部大楼，发现天已大亮，院子里已有早起活动的人们。噢，又是一个不眠之夜。

5 月 23 日晚　晴

灾情的严重程度在加大，据来自抗震救灾总指挥部的消息，截至今天 12 时，四川汶川大地震已造成 55740 人遇难，292481 人受伤，失踪 24960 人，紧急转移安置 1136.7929 人。总之，这次大地震伤亡之惨重、损失之惨重，系自 32 年前唐山发生大地震以来所罕见。此消息安排在一版右上位置。

第一、二、四版仍然以相当篇幅刊发抗震救灾方面的消息和通讯，包括温家宝继续在四川看望受灾群众和复课学生、全国各地开足马力生产自救帐篷（通讯《让同胞有个遮风挡雨的"家"》）及长篇特别报道《唐山告诉汶川》，等。

奥运圣火在全国哀悼日停止三天传递后，从昨天起，又开始在宁波启程传递至嘉兴，今天到达上海；正常的国务活动也逐渐恢复。应国家主席胡锦涛的邀请，俄罗斯联邦总统梅德韦杰夫 23 日抵达北京，开始对中国进行为期两天的访问。梅德韦杰夫总统在与胡锦涛主席会谈时，再次代表俄罗斯政府和人民就中国四川大地震造成重大生命和财产损失向中国政府和人民表示同情和慰问。此消息让一版编发在头条突出位置。

从昨天由胡锦涛总书记主持召开的中央政治局常委会会议精神来看，今后抗震救灾的形势依然严峻，受灾群众的安置和震区的灾后重建将任重道远。但前进的中国没有迈不过的坎。

（原载 2008 年 6 月《对外传播》杂志）

广东还有 360 多万贫困人口，你信吗？

作为最早拉开改革开放大幕的广东，作为全国经济最富活力省市之一的广东，也有 360 多万贫困人口，你相信吗？

这是事实。

刚听到这个数字也许感到惊讶，因为广东是全国有代表性的富省之一，改革开放给这个省带来了经济奇迹。但深思之，这个数字并不使人感到意外。

从上世纪 80 年代至今，笔者已多次去过广东，感受到作为"综合改革试验区"的快速发展律动。特别是当年的"深圳速度"，那"时间就是金钱"、"敢拼才会赢"的蛇口格言，曾鼓舞、感召着一代人，使广东成为全国改革开放的排头兵。

上月下旬，笔者赴粤参加一个会议，广东省人大常委会一位领导同志在向我们介绍广东情况时，既讲到广东 30 多年来所取得的成就，也不讳言目前广东在发展中面临的突出矛盾和问题。这位领导说："由于地理条件、经济基础、历史文化、体制机制等多方面因素影响，我省经济社会发展不平衡的问题还比较严重，广东还有 3400 多个贫困村、70 多万贫困户和 360 多万贫困人口。广东省要求各级人大围绕区域协调发展、扶贫开发'规划到户、责任到人'等工作，组织代表和专门委员会开展视察和调研。"

笔者尽管多次到过广东，但直接得知该省还有这么多的贫困人口还是第一次，不免感到意外，但更钦佩广东省委以及省人大、省政府等领导不护短、敢于正视问题的勇气。打开近期广东省委机关报《南方日报》，可见赫然开辟的《"穷广东"调查》栏目，客观地反映了尚未摆脱贫困的部分民众的生活现状。当然，正视问题是为了解决问题，广东省委、省政府正在围绕区域协调发展、扶贫开发"大施拳脚"。

从广东省尚有数百万贫困人口，我联想到全国。近些年，我国各地经济社会发展确实取得骄人的成绩，有些领导或经济学家就沉不住气了，夸夸其谈所在地区自身成就，而对尚存在的贫困问题却关注不够，有人甚至放言我国已进入中等发达国家水平。对中国的发展和实力过于夸大张扬，也使世界对中国仍然是发展中国家的地位产生质疑。

作为13亿人口的中国的实际情况如何呢？在我国中西部一些欠发达地区，未脱贫的人口还大有人在。按照国际货币基金组织2009年10月公布的数据，2008年中国人均国内生产总值排名世界第105位，属于中低收入的发展中国家之列。按照2010年《世界银行发展报告》数据，我国2008年人均国民总收入仅为2940美元，居世界第130位，划入下中等收入国家之列。如果按联合国每人每天1美元的贫困线标准计算，中国尚有1.5亿贫困人口，分布在全国512个贫困县。

中国尚有这么庞大的贫困数字，值得国人和经济学家们保持头脑清醒。广东人直面问题、敢说真话的勇气和继续深化改革、加大扶贫力度的精神，值得各地借鉴。我们在看到我国经济总量雄居世界前列的同时，也要看到人均经济总量的微不足道；在看到中国发达地区喜人的发展成果时，也要看到中西部一些地区的不发达现状。只有自知之明，中国才能真正在世界上摆正自己的位置，脚踏实地为发展经济干实事，首先把中国自己的事情办好。

（原载2010年6月16日《人民日报（海外版）》）

世博启幕前的上海

"当当……"沉雄的上海外滩的海关钟声，敲响了这座城市一个又一个不平凡的一天。

2010 年 4 月 21 日，是全国为青海玉树地震遇难者举行悼念活动的一天，也是上海世博进行第二场试运行的一天。

城市早早苏醒，参加试运行的组织者、各个场馆工作人员、世博志愿者以及有幸成为第二批的参观者，从四面八方汇集世博园区。因这天是哀悼日，园区除取消各种娱乐活动外，其他运营程序照常检验。上海作为中国最大的经济中心和贸易港口，也是全国最大的综合性工业城市，全国重要的科技中心、贸易中心、金融和信息中心。自 2002 年，上海申办世博成功后，世博理念就逐渐融入全体市民中。

记得 2005 年 11 月，笔者参加上海召开的世界中文报业协会第 38 次年会暨媒体论坛期间，我和代表们应邀参观刚刚奠基不久的世博园区工地。当时这里除盖了几间简易办公室和工友房外，周边还是一片菜园。上海世博局的组织者只是给来自世界各地的中文媒体代表解说了 2010 年世博会的设计沙盆和演播了解说宣传片，世博会到底会是怎么样，还仅仅是美好的设计和构想。

2009 年 4 月底，我应邀参加《人民日报（海外版）》和上海世博局在上海图书馆共同举办的"仝冰雪·历届世博会奖牌及中国世博会留影"大型展览揭幕式，接着又参加在上海希尔顿饭店由国务院新闻办公室和上海市委宣传部举办的世博宣传协调会，会后和《世博特刊》主编陈昭、郑红深等参观了在建的世博园区。只见园区内，除中国馆及日本、澳大利亚等国馆初露雏形外，其他动工的国家馆还不多。我不仅纳闷，此时离世博开幕倒计时仅剩一年时间了，园区建设到时能完成吗？

当时，我们的担心不是没有道理的。但这种担心很快被上海争分夺秒的建设者的创造性劳动打破了。

不到一年，不仅世博园区建设如期完成，上海为世博增彩的有关工程也在世博开幕前完工，进出上海的陆海空交通便捷了，城市的整体环境变得靓丽了。那天清晨，人民日报社世博报道领导小组成员一行驱车前往世博园区途中，新生长起来的现代建筑不时映入我们的眼帘，街区的绿地增多了，路面清洁了，居民楼上阳台上原来飘扬的"万国旗"（此处形容晾晒衣服景观）大多隐没了，城市整体显得大气而现代。

我们来到面积可观的世博园区，风格各异的世界一百多个国家和国际组织展馆琳琅满目。因时间关系，我们只进入中国馆和美国、泰国、澳大利亚及南美洲联合馆等馆参观，感知了这些国家展示的元素，其他国家和地区馆只在外面欣赏了其不凡的建筑与设计风格。

尽管这天参加试运行的观众数要大大小于正式开幕后接待的宾客，但仍暴露出诸如安检口人流量分布不均匀、园内部分区域人流拥挤甚至出现无序状况，以及食品供应不足、价格偏高、场外观众难寻到休息座椅等亟待解决的问题。

当然，世博试运行目的就是为了发现问题，进而解决问题。笔者相信，经过几次试运行和及时整改，5月1日，上海一定会给世界展示出别样的精彩。

世人期待着。

（原载 2010 年 4 月 24 日《人民日报（海外版)》）

为 "幸福中国" 给力

今年初春，中国上演了两出有声有色、令世人瞩目的活剧：由中国政府主导、国企扮演重要角色的 3 万 5 千多名滞留利比亚的中国同胞的成功大撤离；在北京圆满召开了以审议"十二五"计划为主题的十一届全国人大四次会议和全国政协十一届四次会议。这两场气度不凡的活剧，传出一种主流声音：中国人的幸福指数在提升。

幸福，是人类追求的基本价值。中国发展的最终目标是什么？是让人民生活得更加幸福，更加具有尊严。要提高一个国家民众的幸福指数，既要实现经济增长、居民收入增加，也要力求政治、经济、文化和生态的平衡协调发展。其中，实现经济增长、居民收入增加又是决定幸福指数中最重要的因素。作为国有企业特别是央企，自然在给力国民幸福方面承担着举足轻重的责任。

国有企业是我国国民经济的支柱和工业化与现代化建设的主力军。但由于历史的原因，不少国有企业在改革、重组前亏损严重，不堪冗员安置、离退休人员统筹等等重负，连工资都难得如数拿到的员工自然不会有幸福的表情。自国有企业在国资委的指导下实行大刀阔斧的改革后，企业焕发了活力，国有资产实现增值。应该说，这些年来，国有企业特别是央企在改革发展的进程中为壮大国有经济、提升国民幸福指数做出了贡献。以下一组数字多少能说明问题：2004 年——2009 年中央企业留存收益 20782 亿元资产；2010 年国资委监管的 122 户中央企业上缴税费 1.4 万亿元；"十一五"期间，央企国有股减持转入社保基金 589 亿元。

　　刚刚在十一届全国人大四次会议上通过的"十二五"国民经济和社会发展规划，为国有企业下个五年的发展确定了新的目标。可以相信，"十二五"期间，国有企业在加大以发展成果惠及民生、给力国民幸福指数方面将更有所作为。

　　给力幸福，首要条件是继续理直气壮地发展国有经济。经济是基础，没有物质条件那只能是奢谈幸福。亚当·斯密说，如果一个社会中的大部分成员贫穷而又悲惨，这个社会就谈不上繁荣幸福。满足民众的物质生活需求，是其幸福生活的基础条件。国企在过去一些年为改革发展、惠及民生给力不小。"十二五"期间，国有企业将在加快转变经济增长方式中进一步壮大国有经济，为全面建设小康社会给力。

　　给力幸福，需要调整企业内部的分配关系。我们讲幸福，是指实现最多数人的幸福。要按照政府工作报告所强调的："合理调整收入分配关系。"需要在调查研究的基础上，合理解决某些国有企业内部收入差距过大的问题，创造一种相对公平的环境，真正使最大多数员工享受到改革发展的成果，以调动全体员工"做强做优"国有企业的积极性。

　　给力幸福，需要担当必要的社会责任。国有企业姓"国"，理应为国为社会分忧。这些年，国有企业在诸如抗震救灾、扶危济困、改善公共服务等方面勇于担当，表现了很强的社会责任意识。2010 年，国企特别是央企在利润提升的基础上，又扩大国企"分红蛋糕"用于惠及社会及民生的比例，受到社会的肯定。"十二五"期间，随着国企的发展、"分红蛋糕"的扩大，国企在担当社会责任方面将会有更上佳的表现。

　　创造幸福是一个渐进的过程。人们对国企所承担的给力幸福的责任有更多的期待。

　　让我们一起努力，为"幸福中国"加油！

（原载《国企》2011 年第 4 期）

慎对核电双刃剑

日本福岛核电站多个反应堆发生爆炸，引起严重的核辐射问题，连日来继续引起世人的关注。不少拥有核电站的国家对核电安全产生顾虑，一些国家民众甚至要求关闭核电站。他们的诉求是可以理解的。

人类为探索科学锲而不舍，其目的是什么？是为了提升工作效率，提升人类的生活质量。如果科学危及了人类的健康或安全，这种科学严格来讲，不是真正的科学，或是等待完善的科学。人类为了解决能源的不足，通过建立核电站来发展电能是一种科学的探索，但探索过程必然也面临风险。1986年4月26日凌晨1时23分，苏联乌克兰加盟共和国首府基辅西北130公里处，一系列化学爆炸摧毁了切尔诺贝利核电站的4号反应堆。大量放射性物质进入环境中，持续了10天，28人几周内死于急性放射病；其后10年该地区放射病患者日增，后遗症难以估量。远期因这起事故引起的对人类健康的影响至今一直是争论的焦点。事后论证表明，切尔诺贝利核电站事故，设计缺陷和人为失误，是主要原因。今天日本核电站发生爆炸，尽管属于地震和海啸自然灾害因素，但也再一次警示人们，对核电能的开发科学还有待于完善。

科学给人类带来福音，但如果没有把握好也会带来伤害——所谓双刃剑是也。比如，人类发明了保存食物的添加剂，尽管延长了食物保质期或增强了食物的口感，但一定程度上却损害了食物的安全性。建核电站也是一样，核能帮助人类解决能源不足问题，但如果技术安全系数没有保障，出现设计缺陷和人为失误，对人类的伤害也是巨大的。切尔诺贝利核电站和日本这次核电站爆炸，就是明证。

然而，科学的探索不是因为一次失败或某个环节不完善就止步不前。核能的利用也是如此。有关20世纪发生的切尔诺贝利核电站事故和上月发生的日本福岛核电站爆炸事故，尽管将使世界上不少人凡"核"必恐，对未来的和平利用核能产生偏见。实际上，和平利用核能是人类进步的重要里程碑。在我国，核工业为国民经济的发展做出了重要贡献。我们不能因日本发生这次核电事故而产生"杯弓蛇影"心理，停止对和平利用核能的探索。特别是对核电的开发和利用，人类不会轻易放弃，因为核电毕竟是一种环保、清洁型的能源，在保证安全的前提下开发和利用，有助于弥补能源资源的不足。

闻知3月16日中国国务院总理温家宝主持召开国务院常务会议，专门听取了应对日本福岛核电站核泄漏有关情况的汇报，并研究了应对措施，这无疑是给国人发出一份"安民告示"。会议强调，要充分认识核安全的重要性和紧迫性，核电发展要把安全放在第一位，会议并做出四点决定：一是立即组织对我国核设施进行全面安全检查。通过全面细致的安全评估，切实排查安全隐患，采取相关措施，确保绝对安全。二是切实加强正在运行核设施的安全管理。核设施所在单位要健全制度，严格操作规程，加强运行管理。监管部门要加强监督检查，指导企业及时发现和消除隐患。三是全面审查在建核电站。要用最先进的标准对所有在建核电站进行安全评估，存在隐患的要坚决整改，不符合安全标准的要立即停止建设。四是严格审批新上核电项目。抓紧编制核安全规划，调整完善核电发展中长期规划，核安全规划批准前，暂停审批核电项目包括开展前期工作的项目。应该说，这四条举措是及时和必要的。因为安全毕竟是涉及民生大事，绝对不能感情用事或仅考虑一时的经济利益。有关部门有必要结合国务院会议精神，切实排查核电安全隐患，存在隐患的要坚决整改，不符合安全标准的要立即停止建设；对核电站建设实行更加严格的准入制度，从严审批新上核电项目，真正为国人的安全尽责。

（原载2011年4月25日《人民日报（海外版）》）

留住历史的 "墙"

几天前，看到一篇报道称，首钢搬迁后，有关方面在对首钢原址进行规划和建议时，考虑保留首钢部分炼钢炉和设施，作为工业遗产予以保护。

这无疑是个好消息。国有企业的历史遗产，是社会成长实地见证的一部分。

由此笔者不禁联想到目前的国有企业重组，在重组进程中，出于淘汰落后产能的理念，难免对原有的厂房等物业进行整合或重建，应记住留下历史的 "墙"。

也许在一些国人眼里，遗产的概念一般都局限于明清以前比较古老的文物，其实这样的理解多少表现出狭隘。正是基于这种理解，我国近代工业的遗产没有受到广泛重视，不少反映近代工业文明的遗址正在城市建设中被推倒，令人扼腕叹息。我国保护工业遗产的任务看来已十分紧迫。

中国经济社会的快速发展，加快了城市的改造。几年之间，许多老企业、大企业的旧址，悄然被一片片新的大厦和小区取代。在一些来过中国的外国专家看来，中国无异于一个大工地，许多城市一边在拆房，一边在建房。在不经意间，许多值得留下的历史经典之墙一夜之间被夷为平地，也使不少工业遗产首当其冲地成为城市建设的 "牺牲品"。

实际上，工业遗产在一定程度上见证了中国国有企业成长的历史。保护好这些遗产，就是保存这段成长的历史。最近一些年，工业遗产保护中存在的问题已开始引起我国有识之士的重视。几年前，北京市人大常委会在审议相关保护法规时，就有委员提出，工业化阶段的历史遗迹的认定和保护也应该提到议事日程。如首钢和城东的纺织城等一些大型企业都记载着北京经济振兴的历史，它们随着北京产业化结构的调整和城市建设的加速发展已经关闭或搬迁，这些企业有特色的建筑应该予以认定，并纳入历史名城的保护范围。原为北京朝阳区八里庄东里 1 号的京棉集团第二分公司的老工程师周先生说得好："国棉厂整个厂区达到了四五万平方米，留住一些厂房和旧机器做一个实物展览，要比拆掉的意义大很多。"这是很有见地的建议。拆一处厂房容易，但一旦推倒的遗产之墙想让它重新站起来就难了。何况，复制的东西总不如遗存的实物真实。

保护人类文化遗产与城市建设其实并不矛盾。处理得好，带有历史残片的遗迹不仅不影响市容反而会成为城市难得的风景线。笔者一年前曾率记者团访问过欧洲文艺复兴时期的意大利古罗马和希腊古雅典，这两个城市犹如两个大型历史博物馆，出门就可见残垣断壁。不仅诸如罗马的大斗兽场、君士坦丁凯旋门、图拉真广场和纪功柱，以及雅典的帕特侬神庙、奥林匹克宙斯神殿等建筑保护得很好，而且对新近发现的诸如古罗马时期的浴室、城市下水道、石雕工场等旧址也保护有加。城市的现代建筑与几百年前留下来的残垣断壁和谐相处，反而彰显了这两个城市历史文化的厚重。

除文化历史遗产外，许多国家开始意识到工业遗产也应该在保护之列。有资料表明，最早认识到工业遗产重要性的代表性国家是英国和德国。近两个多世纪以来，这两个国家都是工业革命的先驱，到 20 世纪后期，其重工业迅速衰亡，其工业遗产保护被提上日程。在英国，伦敦原定被拆除的火力发电厂现改建成著名的泰德现代艺术馆，目前这里已成为英国文化创意产业发展的典范区。在德国，闻名遐迩的鲁尔工业区如今已成为世界工业遗产鉴别、保护和富有创见地再利用的示范。2002 年，该工业景区被评为世界文化遗产。

国外工业遗产保护与开发目前主要表现出四种方式：一是改造成主题博物馆。通过博物馆的形式展示一些工艺生产过程，从中活化工业区的历史感和真实感，同时激发社区参与感和认同感。二是改造成公共休憩空间。在工业旧址上建造一些公众可以参与的游乐设施，作为公众休闲和娱乐的场所。三是与购物旅游相结合的综合开发工业旧址。在原来的工业中心区建立一个购物中心，并集购物、娱乐、休闲于一体综合开发。四是工业博览与商务旅游开发结合改造工业旧址。

在我国，一些城市也开始注意在现代中融入历史元素，保护历史的印痕。比如，几乎没有多少历史积淀的深圳市，却很注意保护工业文明在那里留下的星点记忆。据介绍，2006 年，华侨城原东部工业区一批旧厂房面临拆迁改造，推倒了盖住宅吗？华侨城人考虑再三，最终保留了这批旧厂房，并投入 2000 多万元把这一片斑驳陆离的废弃工业厂房改造成了 OCT－LOFT 创意园，大量保留了 20 世纪工业运动的痕迹。同一段时间，华侨城里的深圳湾大酒店重建时，刻意留下了酒店的一面建于 1982 年的外墙，不经意间成为酒店的"神来之笔"。

温故可以知新。保护越来越少的历史遗迹，是在向后人传承一段历史或一种传统，以便吸取历史的经验，在创新中发展。前些年，大庆油田第一口油井和青海省中国第一个核武器研制基地成为首批进入"国保"单位名录的工业遗产，近年来又有汉冶萍煤铁厂矿旧址、南通大生纱厂、中东铁路建筑群、青岛啤酒厂早期建筑、石龙坝水电站、个旧鸡街火车站、钱塘江大桥、黄崖洞兵工厂旧址、酒泉卫星发射中心导弹卫星发射场遗址等 9 处近现代工业遗产入选第六批全国重点文物保护单位。还有对一些国有老式厂房，采取像北京"798"文化创意区那样通过改造利用的方式，达到保护的目的。所有这些保护措施，是令人欣喜的。在这方面加大些投资，有益于我们的华夏子孙。

但是，总体检视我国工业遗产保护现状，还不乐观。不久前在无锡召开的首届中国工业遗产保护论坛上，与会的专家学者认为，城市建设进入高速发展时期，一些尚未被界定为文物、未受到重视的工业建筑物和相关遗存没有得到有效保护，正急速从现代城市里消失。他们呼吁全社会提高对工业遗产价值的认识，尽快开展工业遗产的普查和认定评估工作，编制工业遗产保护专项规划，并纳入城市总体规划。

专家的担忧不是没有道理的。随着城市建设的律动和国企重组进程的加快，工业遗产保护问题已很紧迫地摆在决策者议事日程上了。倘若对此漠然处之，一旦值得保护的工业文明历史之墙被无情的推土机轰然推倒，将后悔莫及。须知，工业文明遗产是人类文明的物化历史，是不可再生的。我们不能让我们的后人在醒悟的某一天，谴责这种毁灭历史的行为。

（原载 2011 年 1 月 14 日《人民日报（海外版)》）

"群众" "农民工" 称谓质疑

"群众"一词尽管约定俗成几十年，但词义含混，值得质疑。对来自城乡的打工者，统称为"务工者"或"务工人员"比较好。

时代在发展，一些涉民概念的取舍，也应该与时俱进。那些对社会产生负面作用的词汇，该舍弃的应及时舍弃。仅举时下社会议论颇多的两例，实际上反映了观念的差异，反映了对一部分劳动者是否尊重的问题——

慎用"群众"。春节期间，领导下基层开展看望或慰问的活动多了，于是在新闻中屡屡出现"群众"一词，诸如"看望群众"、"和群众联欢"，"与群众座谈"这样的表述；在党政机关或企事业单位所发的一些有关文件里，也常常出现这类提法，有时则将"群众"和"人民"搭配合用，称"人民群众"。殊不知，类似这样的表述是不确切的。

"群"和"众"实际上意思相近，两个字搭配在一起明显意思重复。查《新华字典》，"群"有两个含义：一是相聚成伙的，如人群；二是众人，如群策群力。"众"也有两种解释：一是许多的意思，如众志成城；二是指多数的人，如大众，观众。所以从字面上解释，"群众"这个词不严谨。如果就事论事，改成诸如"看望市民"或"看望村民"，"和各界联欢"或"和市民联欢"，"与各界座谈"或"与员工座谈"，既具体也确切些。

所谓"人民群众"的表述也非常含混。"人民"本来是一个群体概念，是指以劳动者为主体的社会基本成员。"群众"与"人民"搭配，"群众"

是人民的一部分，还是人民之外的部分？

更不可理解的是，自新中国成立以来几十年，"群众"一词还成为政治面貌的代名词。例如，差不多每个人都填写过的履历表或政审表格上，在"政治面貌"一栏，没有党派身份的人需要填写"群众"二字。

这里用于"政治面貌"的"群众"，指的是无党派的中国公民。其实，在这里完全可以用"无党派"或"无党派公民"的表述，更何况，即使是有党派的，也有成群或聚众的时候，"群众"怎能特指无党派呢？

泛用"群众"一词，不仅语意不确切，实际上确实产生矮化社会的主人——人民大众的副作用。"人民"是宪法规定的国家的主人，"公民"是宪法规定的权利主体。但"群众"尽管人数众多，却似乎没有清晰的含义表述，看不到棱角分明的政治面孔，在宪法里也没有作特别的解释。每逢"领导慰问群众"，中心人物不是人数众多的"群众"，而是做指示的"领导"，照理说，人民是主人，干部是公仆，但这里由于用了"群众"这一模糊概念，主人和公仆的关系是颠倒的。

此外，"农民工"这一称谓也不宜再用。在当今我们的媒体上，在政府文件里，在我们的口语中，我们还是习惯于用"农民工"来代表他们的身份。实际上，在进入 21 世纪的中国，"农民工"这一常用称谓不能通用到城里务工者身上。

何谓"农民工"？系农民身份的务工者。他们是农业户口，户籍身份是农民，在家承包有集体的耕地。20 世纪八九十年代，因为家庭劳动力过剩，或为补贴家庭收入，一些农民离开乡村到城镇打工。他们主要从事二、三产业劳动，拿企业的临时工资。他们所从事的工作性质，理应是工人了，理应是工厂、企业所在地的居民了。但是由于中国特有的户籍制度限制，他们尽管打工或长期工作在城镇，有的甚至在企业干了 5 年、10 年、15 年或更长的时间，但户口大多不能迁，农业户口、农民的身份不能变，他们还是农民工。

但是，随着时代的进步，随着农民工成分的变化，近年来，许多来自乡村的 80、90 后的年轻务工者，实际上与纯粹的农民有着本质区别：一是他们中有相当人从娘肚里出来，就从来没有从事过农业劳动，二是有的地区户籍改革，已取消了农业户口和城镇户口之分，户籍已发生改变。鉴于此，仍然叫他们为农民工显然是不确切的。

农民工这一称谓，实际上也带有一种对农民的歧视。20 世纪八九十年代以来，随着国有企事业单位的改革，有大批的工人或职员下岗待业，这部分人本来可以满足新企业岗位对员工的需求，但许多企事业单位包括民营企业出于经济效益的驱动，仍然大批接纳勤劳、肯干、价廉的来自农村的务工者，因对这部分人同工不同酬，所以造成一个企业两种工人的制度，带来事实上的报酬等待遇的不平等。鉴于国家近两年连连发布一号文件，推出系列惠农新政，加快城乡一体化进程，并强调"促进符合条件的农业转移人口在城镇落户并享受与当地城镇居民同等的权益"，这种"农民工"称谓带来的事实上的不平等也应该改一改了。为避免称谓带来的歧视，笔者以为，对来自城乡的打工者，统称为"务工者"或"务工人员"比较好。此称谓利耶？弊耶？政府有关部门不妨多听听民众的意见。

（原载《人民论坛》2011 年第 3 期）

从印度火车票实名制说开去

引言： 在当今世界一些发达国家甚至发展中国家，早已实行乘火车实名制。我国以"执政为民"为理念的各级政府部门，应一切从人民的利益考虑问题、制定政策。

甲型 H1N1 流感，在墨西哥"大行其道"，传染至世界许多国家，令世人谈之色变。至今在我国境内已发现多例（包括香港、台湾）流感病例。从多方面筑起安全之障，以防范甲型 H1N1 流感，成为国人近来关心的重要课题。

有报道称，近期分别在山东和广东所发现的各一例甲型 H1N1 流感患者，在确诊前都乘过火车，这就意味着在火车上有其密切接触者。但因乘火车实行的不是实名制，追查密切接触者的姓名或单位就不像追查乘飞机旅客那么容易，犹如大海捞针，不仅接触者难以找齐，也增加了追踪的成本。

社会公众的健康安全，直接影响到社会经济的发展。正因为如此，在这次全球面临甲型 H1N1 流感肆虐的大背景下，各国政府积极应对，采取了许多卓有成效的举措。我国政府也不例外，各级卫生机构、出入境海关等相关部门采取了许多防控措施。但我以为，还有些措施没有到位。

比如，在当今世界疫情时有发生的情况下，我国乘火车实行实名制就很有必要。这样做，一旦在火车上发现患者时，及时追踪同乘一节车厢的接触者，进行必要的防范措施，在第一时间最大限度地减少病毒的扩散。

而按现在无记名购票方法，事后查找疫情患者同车厢的人，就大大增加了工作难度。

实行购火车票实名制，也有利于维护乘车人的安全。一旦在列车上突发诸如抢劫、伤害、贩毒等犯罪行为时，可在第一时间发现作案者线索，或找到周边目击者，为案件的查处提供便利。

实行购火车票实名制，还有利于治理不法倒票行为，改善乘车秩序。现在为什么会出现倒票行为屡禁不止，一到春运就出现买票难的现象？这与现行购火车票不用实名制有关。在我国，特别是在重大节假日期间，火车票因价格比飞机、汽车票低，是稀缺的公共资源，使某些人企图以此谋利。甚至有的能掌握火车票资源的部门或个人，把部分车票预留给某些强势部门和关系户，或把一部分票加价批给了旅行社甚至"黄牛党"，造成炒票现象。"不患穷而患不均"，以致春运现场像战场，各种安全隐患丛生，去年春节前在广州火车站还出现挤死人的悲剧。如果购火车票也像购飞机票一样实行实名制，杜绝火车票销售的暗箱操作，票贩子就难以从倒票中牟利，倒票市场就自然消亡，重大节日乘车秩序也会得到改善。

在当今世界一些发达国家甚至发展中国家，早已实行乘火车实名制。如我国的邻居印度，就实行了购票实名制。据悉，在印度，购火车票的旅客，需要到柜台先领取乘客信息单，填写包括姓名、性别、年龄、住址、电话、乘车日期、拟乘车次、车厢种类等信息，然后排队买票。而且乘车前，查票人员还要根据车厢门口两侧贴着的一张打印着乘客名字、车厢、座位等内容的乘客信息表，核对清楚才能上车。而火车行驶途中，查票人员手持信息表逐个核对乘客的车票，如果发现"名不符实"者，要详细盘问原因。

从我国民众的健康、安全考虑，在我国也应尽快实行实名制。诚然，在我国乘火车的旅客量大，实行购票实名制会麻烦些、成本会相应增加，但在现代技术发展迅猛的今天，解决其中的技术难点不会成为大问题。何况，我国和印度的人口差别并不太大。中国铁路7万余公里，印度6万余公里，中国13亿多人口，印度11亿多人口。从数量上看，并没有太大的差别。别人不怕麻烦能实行，我们为什么不能实行呢？

　　"悠悠万事，民生为大"。以"执政为民"为理念的各级政府部门，应一切从人民的利益考虑问题、制定政策。目前社会公共安全这一课题，已凸显出来，我们的主管部门、我们的各级干部，应在保障民众安全方面有新的思路、新的作为才是。

（原载《人民论坛》2009 年第 6 期）

为了和平与友谊的寻访

12 月 16 日上午，北京纷纷扬扬地飘起了雪花，但中美爱好和平的友好人士代表心里却热乎乎的。

抵京不久的美籍华人、美国美中新世纪集团兼《美中晚报》董事长李景明向大家介绍他这次来华的目的，是代表美方热心人士，为追寻 60 年前营救援华抗日美军飞行员史迹和当事人"打前站"。他说，60 年前中美军民携手的这一段佳话，值得追寻和回味。美国得克萨斯州共和党联邦众议员皮特·塞申斯和杰布·亨萨林，美国达拉斯市常务副市长约翰·娄扎，美国中美交流合作委员会主席薛维诚律师等也积极加入到追寻活动发起人的行列。李景明代表热心人士来华，与中方人士一起，前往湖北监利做寻访的前期工作。

在场的中国民主促进会中央名誉副主席楚庄，对当年美国志愿人士支援中国抗日战争记忆犹新。他说，他小时候在昆明亲眼看见陈纳德将军率领的"飞虎队"痛击日本侵略者的英姿，至今还记得飞虎队员背心上印着"来华助战洋人，军民一体保护"的字样。

全国政协港澳台侨委员会副主任张伟超说："明年是世界反法西斯战争胜利 60 周年，中美双方共同发起追寻营救援华抗日美军飞行员史迹和当事人活动很有意义。当今世界并不太平，局部战争不断，我们要通过这次追寻活动，使世界珍爱和平的人们去追求长远的和平。"

追寻活动中方发起单位之一、"华夏文化纽带工程"组委会有关负责人为我们打开了一段尘封 60 年的历史：1944 年 5 月 6 日，美援华抗日空军第十四航空联队的一架 P51 轰炸机（机号：736949），在轰炸汉口日军目标后的返航途中，遭十余架日机狙击，飞机中弹后坠落现湖北省监利县周老嘴镇罗家村的下风湖中。驾驶该机的一美军飞行员跳伞后，受到罗家村 10 多位农民的救助。随后，新四军第五师驻当地的人员赶来，连夜用小木船将飞行员秘密护送到新四军第五师第三军分区管辖的襄南指挥部。把飞行员送走后的第二天，日伪军进驻该村，搜寻飞行员未果，企图打捞坠落飞机，也因湖深水急，未能成功。飞行员成功获救后，1944 年 6 月 7 日和 6 月 12 日的延安解放日报都做过报道，《飞虎将军陈纳德回忆录》（浙江文艺出版社 1998 年 1 月版）中也有记载。

陈纳德将军曾深情地说："今天仍有数百名活着的美国飞行员的生命，是那些帮助过他们的中国农民、游击队员和军人赐予的。他们冒着自己被杀，甚至自己的家族、邻居被株连的危险，把美国飞行员带到安全地带。"

为缅怀和发展中美人民在反侵略战争中结成的友谊，中美双方近年来一直为发起"珍惜友谊、追求和平"系列行动做积极的准备工作。2001 年 9 月，"华夏文化纽带工程"组委会具体经办了美国飞虎队援华抗日 60 周年座谈会，专门邀请各地营救过美国援华抗日空军将士的人员前来出席。湖北省监利县当年营救过美军飞行员的 75 岁老人罗必书应邀参会。在会上，罗必书老人关于当年营救美军飞行员的发言受到了与会者的欢迎，媒体争相采访。

今年是监利县人民营救援华抗日美军飞行员 60 周年，为此，中美双方决定，在今年年底正式启动"珍惜友谊、追求和平"系列行动：先由李景明代表美方发起人和发起单位，前往湖北省监利县参观飞行员被救现场和坠机现场，与当年参与营救美军飞行员的人士座谈。在此基础上，中美双方各自在本国追寻监利县人民营救援华抗日美军飞行员的史迹，寻找当事人，努力使被营救的美军飞行员或其后裔，与参与营救的中国人士或其后裔在明年反法西斯战争胜利 60 周年的时刻见面或取得联系。

中美人士普遍评价说，这一系列行动是人道主义的行动，是友谊与和平的行动。

（原载于 2004 年 12 月 17 日《人民日报（海外版）》）

山西调查追忆

夜幕，被风驰电掣般的列车车轮卷下来，碾碎了，展现在人们眼前的是无际的暗蓝色苍穹。天亮了。

我打开车窗，深吸着 6 月早晨的新鲜空气。透过车窗向外望，远处，峰回叠转的太行山脉连绵不断；近处，闪现于眼帘的村舍墙壁上，还依稀看见已经开始脱落残缺的诸如"农业学大寨""大批促大干""建设高标准大寨县"等字样的粉刷标语。

这是一列从北京开往太原的列车。时间是 1980 年 6 月。当年，我和中央山西问题调查组成员，就是乘这趟列车进入山西的。

在人民日报从事职业新闻工作 35 年，我经历了不少影响中国政治社会生活的重大事件。其中，参加中央调查组赴山西调查，纠正全国农业学大寨问题上的左的倾向，是我经历的重大事件之一。

1980 年上半年，随着全国拨乱反正进程的加快，克服在全国农业学大寨问题上的"左"的倾向，也提到拨乱反正的日程上来。那时，我在国内政治部当编辑、记者，分工联系中组部、中纪委有关党风党纪和拨乱反正方面的报道业务，并经常列席中纪委常委会。为了纠正全国农业学大寨问题上的"左"的倾向，中央考虑需要在山西省委班子中统一认识，并采取调整领导班子措施。这年夏，中央成立山西问题调查组，由中共中央书记处、中央组织部、中纪委、人民日报社、新华社派人组成。我接通知代表人民日报社参加。带队的是中纪委副部级干部刘家栋，他在延安时期曾担任过陈云同志的秘书。

调查组到达山西后，第一阶段住在太原市迎泽宾馆，和罗贵波、阮泊生、霍士廉、赵力之、赵雨亭等省委常委班子成员逐一约谈，还找省委组织部长胡晓琴等重要职能部门领导谈，谈话内容主要是如何看待农业学大寨和昔阳干部遍山西问题、省委班子自身有什么教训等。对每位省领导的谈话内容均整理成特件，直报中央。这些特件，对中央决策山西领导班子的调整起了重要作用。

山西省委班子成员，大部分已意识到全国农业学大寨"左"的倾向是该纠正的时候了。连分管农业的省委常委、副省长兼农委主任赵力之也表述了这种观点。6月16日，他带农委副主任陈国宝一起在省委办公楼向我们介绍情况时，一气讲了近三个小时。他们说，在全国推广大寨经验，危害最大。对这个问题他们也是逐步认识的。从思想上看，在许多问题上搞绝对化，念"一本经"，本身就缺乏实事求是，违背了客观经济规律；从政治上看，对阶级斗争错误估计，把大寨经验说成是"斗一步进一步"，所谓"真学、假学"问题对全省干部压力很大，把干部意识搞糊涂了；从组织上看，提拔昔阳干部，整所谓学大寨不积极的干部；经济上看，错误把社会主义当成资本主义来批，批判了工副业、集市贸易、自留地，等等。赵力之副省长称，"回过头来看，农业学大寨运动，违背了经济与自然规律。农业学大寨的错误，该纠正了。"

当然，省委常委也有个别人在言谈中，对纠正农业学大寨的"左"的倾向不服气，甚至有埋怨情绪。有的甚至要求记者带话给时任人民日报副总编辑的李庄，在《人民日报》刊发些正面宣传大寨和昔阳干部的报道或评论，以安抚现在有些灰溜溜的昔阳干部情绪。我不好表态，只是笑而不语。

我们在山西调查的第二阶段，是到昔阳县和大寨大队调查。

我们按计划在昔阳县委会开有关座谈会，找一些领导个别谈话。

在昔阳县委组织部，我们重点了解了昔阳县提拔及调出干部的情况。据县委组织部负责人介绍，在极左路线影响下，昔阳提拔干部时没有真正按照德才兼备标准、任人唯贤的原则办事，而是另立标准，搞任人唯亲那一套。所谓德，也就是单纯看一个干部对大寨、昔阳的"感情"如何、态度如何、立场如何？所谓才，就是看一个干部对"大寨一本经"念得怎么样，是否敢批敢斗？从而堂而皇之地把某些领导熟悉的，对大寨对昔阳"有感情"，敢批敢斗的人提拔上来。据统计，"文化大革命"以来，昔阳县调出干部共有334名，其中1973年至1979年调出301人。这些从昔阳调出的干部，多数受到提拔重用，有的甚至越级提拔。其中，调到外县市任县革命委员会副主任、县委副书记，以至省厅局以上领导职务的，有38名。这些干部由于有的缺乏领导工作经验，有的本身就是靠敢批敢斗说假话起家的人，大多不称职，担负不起自己所主管的地方和部门的领导工作。如，被提拔到寿阳县委书记的范某，原任昔阳县林业局长，1974年他被调到寿阳双塔公社任党委书记。昔阳一个女人搭寿阳的来车看范。范把这个女人安排在司机家里吃住，每晚这个女人则到范处，深夜才回来。司机向别人透漏了他们的事情，范怀恨在心，以破坏抓革命促生产为名，将司机捆绑批斗，造成残疾，又拘捕三年十个月。范由于来自昔阳，不仅没有因打击报复事件受到追究，反而由公社书记升为县委书记。后来，范又随从昔阳高升到省里又调到黑龙江任省委书记的王金籽，调到黑龙江任地委副书记。这位负责人说，"昔阳干部满天飞的教训值得反思。"

在昔阳县开完座谈会后，我们就起程直接去大寨。

那天，我们乘车到达大寨村正值中午，被接待站安排在大寨国际旅行社住下来。这是一栋1975年农业学大寨会议后修建起来的两层楼房，走廊里铺着红地毯，过去是专门接待外宾和重要国内来宾的。餐厅的一些大厨，有的甚至来自北京人民大会堂。如今偌大的一座楼，除了我们一行外几乎没有什么客人，空荡荡的。据接待站的人士讲，近些年，没有什么人来大寨参观了，大楼的房子基本空着。这座大楼原有的七十多名服务人员目前已调走三十多个，剩下的因为一时不好安排出去，只是暂时留在这里看房子。

当天下午，时任大寨党支部书记的郭凤莲拎着草帽、穿着丝袜凉鞋赶来看望我们。据悉，就在此前的几天，郭凤莲经省委批准已由农业户口转正为国家脱产干部，新出路使她解除了后顾之忧。她目前担任的职务是昔阳县委负责人并兼任大寨大队党支部书记。她向我们介绍了大寨一些基本情况和这些年的一些变化，言谈中流露出一股怨气。她说："大寨本来是生产典型，是靠社员艰苦奋斗干出来的。文化大革命成了政治典型，出格了，骄傲自满带来害处，受到'四人帮'利用。回过头来看，自己也交代不了自己，大寨应该恢复它本来的面目。今后上面也别捧了，我们自己也不随风飘了，专心致志搞生产。"

与郭凤莲谈话后，郭带我们看了大寨梯田和喷灌设备，应该说大寨艰苦奋斗还是干出一番业绩的。但不看各地不同条件，到处复制大寨经验，开山建梯田，就把"经"念歪了。

后来，我们又请时任大寨大队支部委员、大队队长贾承让到住地来谈。他看上去是个道地的农民，与我们握手时我发现他的手上满是老茧。他倒是说了一些实话："现在的大寨党支部比过去差得远哩，许多光荣的传统都丢了，'文革'造反的造反，升官的升官，走后门的走后门，翘尾巴的翘尾巴，挨批评的挨批评，上下级关系不正常，干部群众关系紧张。如没有文化大革命，大寨成不了这场面……"通过分别找大寨大队的负责人郭凤莲、贾承让等人约谈，我们得到了有关农业学大寨中许多不为人知的第一手材料，也整理成快件上报中央。

第二天，我们要求进大寨村看看，郭凤莲、贾承让带我们进了村，也许是村委会事前打了招呼，村里社员大都不敢正面接触我们。当天，我们还得知陈永贵刚从北京回到大寨，他明知中央调查组就在村里，他却在家里闭门不出，也许是他当时心情郁闷，或不敢直面中央调查组之故（就在此后几天，中央宣布陈永贵辞去国务院副总理职务）。

调查组第三阶段是回京汇报。有些汇报可能仅限带队的领导参加，但我参加了调查组全体成员向中纪委常委会和中纪委书记办公会的汇报会。汇报由刘家栋重点发言。他代表调查组全体成员全面汇报了山西问题调查组向中共中央的长篇报告。当时主持中纪委书记办公会的中纪委常务书记黄克诚和王鹤寿、王从吾、马国瑞、赛孟奇、张启龙等书记听取了汇报。他们听完汇报后均讲了话。黄克诚书记讲话的大意是：不看各地具体条件，全国都要推行大寨那一套，是一种"左"的做法。中央今后要就这个问题发个文件；陈永贵在"文化大革命"前带领大寨人艰苦奋斗是有贡献的，是值得肯定的，但他在"文革"中是有投机行为的；不过他不是坏人，与"四人帮"有本质区别，即使他不当中央领导，也是应该给一定待遇养起来的。

在山西调查，我们前后花了近半年时间。我根据调查的材料，择取可公开的内容先后在《人民日报》发表了加编者按的重要报道《山西省解决"昔阳干部遍山西"问题》（见1980年11月8日《人民日报》）、《中央批准为谢振华平反》（见1981年2月2日《人民日报》）等。报道《山西省解决"昔阳干部遍山西"问题》是我和新华社山西分社记者田培植合写的。报道说，据调查，从1966年5月至1979年12月，经昔阳县委组织部介绍，调出干部491人，其中有一些人是工人、农民、警察、售货员等。这些干部分布在山西省直单位、各地市县和外省工作。在这些干部中，多数是为推广大寨经验而调出的，其中有38人担任了县委副书记、县革委副主任以上领导职务。这38人中，绝大多数是从一般干部或基层提拔起来的。他们的任职情况是：国务院副部长1人，省委书记2人，省委副部长5人，省副厅、局长及厅局党组成员3人，地委书记、副书记3人，地委部、局、科以上干部7人，县委书记、副书记14人，县革委主任、副主任3人。从昔阳调出这么多干部，而且担任这么重要的领导职务，山西广大干部群众很不满意。

报道中还披露，前些年，山西省委某些负责人在"要念大寨经，还得昔阳人"、"学大寨、赶大寨，手中无权学不开"的思想指导下，无原则地从昔阳提拔大批所谓"对大寨有感情"、"敢批敢斗"的干部到各地区、各部门去掌权，使一些本来不该提拔的干部提拔重用了。一些人从昔阳调出担任重要职务后，往往又凭借职权，把自己所熟悉的干部或亲戚朋友拉到自己所管辖的地区或部门工作。这样，就使昔阳干部调出越来越多。据了解，1974年张怀英从昔阳调到寿阳任县委书记时，一下子就带去12名昔阳干部，安排在县委各要害部位。前昔阳县委副书记王金籽，1978年调任黑龙江省委书记时，也带去两个昔阳人，安排在黑龙江担任地委副书记。还有同前昔阳县委主要负责人一起造反起家的李韩锁，被提拔担任晋中地委书记和省委书记后，凭借职权，亲自提名，或者以前昔阳县委主要负责人的名义提拔昔阳干部，甚至把一些违法乱纪分子、打砸抢分子提拔到晋中地区各重要领导岗位。

此稿配编者按，经《人民日报》总编辑秦川同志和副总编李庄同志审定发表。这些报道和评论，在人民日报重要位置发表并经中央人民广播电台联播后，在全国引起强烈反响。1980 年 12 月 16 日，《人民日报》在 4 版还发表了《调整不能都是易地做官》的知情读者来信，进一步借人民日报发表的这篇报道，提供了新的情况和事实，全面揭开了解决昔阳问题以至山西问题的盖子。

不久，山西省委参考中央山西问题调查组向中央的报告，起草了《关于农业学大寨运动中经验教训的检查报告》。很快，中共中央加前言转发了这个报告（中发 1980）83 号文件。中共中央文件全面总结了全国农业学大寨的深刻教训。从此全国不再提农业学大寨的口号了。农业学大寨的拨乱反正才告完成。

农业学大寨拨乱反正后，陈永贵的政治生涯也发生了改变，他不再担任中央政治局委员和国务院副总理，但中央批准他农转非，享受 14 级干部待遇，并带老伴落户北京，安家在北京三座门公寓。这多少对他也是一种安慰。

（原载《国家人文历史》2014 年第 14 期）

人类别效 "剑齿虎"

人类自从走上现代工业化道路以来，对石油等能源的依赖越来越强烈了。一日无油无电，社会几乎就会乱套。能源影响着人们的生活，制约着地球上诸多国家的经济发展。

近些年来，随着气候变化和能源需求的关注度日益加大，许多国家在力倡节能减排的同时，把目光投向高效清洁绿色新型能源的开发。这些年，中国国有企业特别是中央企业在节能减排、开发绿色能源方面卓有贡献，但今后在这方面担当的任务仍然非常艰巨。

有报道称，从 2011 年至 2020 年的 10 年间，我国将在新兴能源领域累计直接增加投资 5 万亿元。新兴能源巨大的投资，将给国有企业的战略转型带来新的契机。

人们注意到，新兴清洁能源除太阳能、地热能等之外，风能也有着巨大的发展潜力。

风能是空气的动能，是指风所负载的能量，大小决定于风速和空气的密度，是新能源中非常重要的一种，是由太阳辐射能转化来的。

与其他新能源相比，风能具有明显的优势：蕴藏量大、分布广泛、永不枯竭。最为重要的是利用风力发电可以减少环境污染，节省煤炭、石油等常规能源。此外，与传统能源相比风电的成本优势是其他新能源所无法比拟的。

中国毫无疑问是风电市场上的最有力推手。发展风电等可再生能源是我国的重大战略决策，是实现经济社会可持续发展的客观要求。在国家风电产业政策的支持下，截至 2010 年底，我国风电吊装容量达到 4160 万千瓦，居世界第一，建设容量达到 3715 万千瓦，并网容量超过 3000 万千瓦。我国已跻身世界风电大国。

中国发展风电之路越走越宽。据悉，我国计划将 2015 年风电发展目标（运营容量）提高到 100GW，相应的建设容量和吊装容量估计要分别达到 120GW 和 130GW。为实现这一目标，我国风电的平均增速将会达到 26%，年均增速达到 15GW 左右。

开发风能，是人类保护生态的一种积极进取但又无奈的选择。地球的现状，已要求人类再也不能无节制地消耗能源、破坏生态了。

近一个世纪以来，人类在追求经济高速增长的同时，让自然付出了沉重代价，全球变暖，资源枯竭，环境污染，不少物种灭绝。人类感受到以牺牲自然环境为发展代价的阵痛。阵痛促使人类对经济增长方式的反思，意识到人类这样以大量消耗能源为代价的发展，很可能就会有类似剑齿虎的命运。

剑齿虎是距今近 100 万年前的一种巨大的猫科动物，它的上犬齿比起现代虎的犬齿大得多，甚至比野猪雄兽的獠牙还要大，如同两柄倒插的短剑一般。剑齿虎跑到哪里攻击猎物都所向披靡，但是这样导致了它的基因失去控制，上犬齿越来越长，而下犬齿又相对退化，根本不成比例，吃东西竞争不过那些比较灵活的并且全面发展的一般食肉类动物。随着它的猎物的减少以致灭绝，最终造成了剑齿虎自身的灭亡。在当今世界各国竞相追求经济发展指标之际，如果不节制对能源、对自然的过度开发，人类同样会最终成为剑齿虎。

在北京南海子麋鹿苑，有一处出我国动物保护学家郭耕先生设计建造的"多米诺骨牌"式的世界灭绝动物公墓。公墓的警示篇里预言，人类如果不注意保护生态，最后的消亡也许仅仅是居于生命力极强的鼠类之前。这不是危言耸听。这种警示，与人类不能走剑齿虎灭亡之路的道理是一样的。

（原载 2011 年第 9 期《国企》杂志，《人民日报（海外版）》转载）

从阿 Q 到阿 Z

中华民族以智慧、勤劳、爱国著称。国门大开，中国广泛与各国开展交流与合作，既请进来，也走出去，使经济社会彰显活力。

但无可置疑，中华民族在漫漫的历史长河中，也如同其他民族一样存有自身的局限性、劣根性。比如，崇尚中庸，凛然正气不足；重视血脉，社会合力不足；信奉关系，法治观念不足，如此等等。

这些年，中国经济发展很快，走出去的中国人越来越多。不少已入外籍或拿绿卡的中国人，融入当地社会，为居住国的经济社会发展做出了贡献。这些年，中国大陆自费外出旅游者增多，敢花钱的中国旅游者成为闪现在许多国家的一景。许多国家在欢迎大把花钱的中国人来此旅游的同时，也对中国旅游者的陋习表示不满。比如，公共场合不顾别人感受，习惯大声喧哗；喜欢扎堆取巧，缺乏排队习惯；讲究朋友义气，淡然既定规矩；不大讲究卫生，随手乱扔垃圾，如此等等。这些年，即使已移民国外的某些中国人，在华人社区仍然表现了诸如此类的陋习或曰劣根性，引起居住国民众的反感，影响了中国的国际形象。

所谓一个民族的劣根性，是指一个民族几乎普遍存在的不好的生活习性或不怎么意识到的严重缺点，这种缺点可能是由于人种关系天生的，也可能是这个民族的社会环境造成的。

20 世纪初，伟大的文学家鲁迅先生曾创作小说《阿 Q 正传》，通过刻画阿 Q 这个人物，坦陈了国民的劣根性。那么，在阿 Q 身上，集中了哪些劣根性，也就是我们常说的"阿 Q 精神"？在此，不妨略作列举：

其一是自以为是，盲目自大。阿Q对几乎"所有未庄的居民，全不在他眼睛里"，他甚至瞧不起城里人，认为城里人把"长凳"叫成"条凳"、煎大头鱼时加葱丝，都是"可笑"的。其二是招惹是非，"欺弱怕强"。他喜欢寻衅闹事，与人吵嘴打架，但必估量对手，口呐的他便骂，气力小的他便打。他寻衅跟王胡子打架，打输了，他便说君子动口不动手；他估量小D瘦小打不过他，骂小D是"畜生"，小D让着他，他却不依不饶。可是，当他在路上遇到"假洋鬼子"时，他脱口骂了一句，"假洋鬼子"举起了"哭丧棒"，他便赶紧缩起脖子，等着挨揍，不敢反抗。其三是强词夺理，"泼皮耍赖"。他跑到尼姑庵偷萝卜，被老尼姑发现了，他还强词夺理，说："这（萝卜）是你的？你能叫得它答应你么？"其四是看风使舵，善于投机。阿Q本来是对革命一向"深恶而痛绝之"的，但当他看到"未庄的一群鸟男女（在革命到来之际）的慌张的神情"时，便想："革命也好罢，革这伙妈妈的命，太可恶！太可恨！便是我，也要投降革命党了。"阿Q革命的目的，不过是为了他自己的利益，"我要什么就是什么，我喜欢谁就是谁"。当他的"革命"要求为假洋鬼子所拒斥，便想到衙门里去告他谋反的罪名，好让他满门抄斩。其五是思维混乱，自欺欺人。他崇尚"精神胜利法"。他与人家打架吃了亏，心里就想："我总算被儿子打了，现在世界真不像样，儿子居然打起老子来了。"于是他心满意足。当他被关进牢房时，他便"以为人生天地之间，大约本来有时要抓进抓出"；当他被拉去杀头时，他便"觉得人生天地之间，大约本来也未免要杀头的"。所以，临杀头让他签字画押时，还唯恐画得不圆。其六是没有自尊，"奴隶性"十足。阿Q看到审讯他的人穿着长衫，便知道此人有来历，"膝关节立刻自然而然的宽松"，立即跪了下来。长衫人物叫他站着说话，但他还是跪着，并且第二次审讯他时，他仍然下了跪。如此等等。鲁迅先生对阿Q身上所表现的国民劣根性，刻画得入木三分。据说，当时几乎人人都能从阿Q身上照见自己的影子。

时代在发展，虽然历经社会的变革，中华民族在发展的进程中，有些国民的劣根性有所铲除，然而不可能在一夜之间扫除民族所有的劣根性，当年鲁迅批评的阿Q的影子还时有闪现。此文开头部分所列举的中国某些人在海内外所表现的种种陋习就说明了这一点。为便于与阿 Q 精神进行比较，笔者在此不妨把这些陋习称为阿 z 精神。

前几天，有朋友给笔者发来邮件，历数了以严谨著称的德国国民的许多好习惯。我回复曰：德国的纳粹在第二次世界大战中，给欧洲人民带来了苦难；而今，德国的新生代身上确是彰显了许多值得中华民族学习的东西。比如，

表达意见：他们直来直去从不拐弯抹角；

生活方式：他们独立自主没有七姑八姨；

时间概念：他们精确到秒拒绝或早或晚；

人际关系：他们简单清晰拒绝复杂多变；

对待愤怒：他们爱憎分明不懂笑里藏刀；

排队习惯：他们规矩礼让不要扎堆取巧；

餐厅氛围：他们安静用餐从不大声喧哗；

旅游方式：他们用眼睛看而非用相机看；

美丽标准：他们崇尚健康不要疯狂减肥；

处理问题：他们直面问题从不逃避推诿；

领导概念：他们相信领导但不盲从权威；

抚养子女：他们严格教育从不溺爱子女。

如此种种优秀特性，不正是我们的民族所缺少的吗？实现中华民族伟大复兴之梦，既不能妄自菲薄，也不能自高自大，我们需要见微知著，取人之长，补己之短。

（原载《海内与海外》2013 年第 10 期）

不公平的睡床

2 月 17 日，有网友通过某论坛爆料吕梁市粮食局局长奢华办公室，称其除配备双人大床及 3 万多元的沙发等家具外，更安装了能热水冲洗的高档坐便器，"办公室建设超标"，文章还配发该奢华的办公室和配有双人大床的多张照片。

帖子发出后引起社会广泛关注，该市纪委监察局 21 日核查后通报称，吕梁市粮食局局长贺某超面积使用办公室，不当配置办公家具，违反了廉洁自律的规定，现已责令其将不当配置的双人床和办公家具妥善处理，办公用房按国家标准进行调整，并决定给予其行政记过处分。

经核查，贺某办公室为里外套间，使用面积 79 平方米，办公家具于 2012 年 10 月购置，总价 26100 元，其中沙发价格为 6500 元。按照国家发改委 2009 年公布的《党政机关办公用房建设标准》中规定，市级直属机关局（处）级工作人员办公室的使用面积不应超过 12 平方米。

吕梁市纪委监察局在通报中称，吕梁是全国集中连片贫困地区之一，改变贫穷落后仍然是吕梁面临的重要任务。贺某身为领导干部，未能艰苦朴素、厉行节约，超面积使用办公室，不当配置办公家具，违反了廉洁自律的规定，决定给予其行政记过处分。

对于工作繁忙的领导来说，在办公室安张简易单人床本来无可厚非。且不说这位局长是否忙得无法正常上下班，但作为一个市级所属局级干部，专门辟出套间安放双人大床就太过份了。难道安排办公室，还要考虑局长大人的妻子或他人的因素吗？

笔者不久前曾去过吕梁。这个地区确实还很贫困。有本事的人前些年开小煤窑致钱袋子鼓起来，但绝大多数人生活还不富足，不少人的生活仍然在贫困线以下。正如吕梁市纪委监察局在通报中称，吕梁是全国集中连片贫困地区之一，改变贫穷落后仍然是吕梁面临的重要任务。贺某身为领导干部，未能艰苦朴素、厉行节约，超面积使用办公室，不当配置办公家具，违反了廉洁自律的规定。

这个事件仅仅是"违反了廉洁自律的规定"吗？在此笔者无暇作出详析。但这件事，倒应该提醒有关纪律监察部门，应就此举一反三，彻查一下各级干部是否严格执行了国家发改委 2009 年公布的《党政机关办公用房建设标准》中的规定。

从这位局长办公室宽大的双人睡床，笔者不禁想起去年由英国路透社摄影师拍摄的名为"中国睡美人"的一组照片，引起中国网民热议。发布这组图片网站的编辑写道："中国正试图通过辛勤工作来使自己成为世界上最强大最富有的国家。只是有的时候，他们似乎需要休息一下。"

在这组照片中，最引人注目的是一张反映霜降过后的某个中午，在北京城铁知春路站附近小路边，一对年轻男女对坐于路沿两侧。他们把头深埋进膝盖，疲惫地睡去。她身上，还穿着附近餐馆的白色工作服。他手边，还放着隔壁工地的黄色安全帽。

从这组照片里，你还会看到水果贩子睡在堆积如山的柚子里，菜农在冬瓜垒成的"墙"边小憩，铁道工横卧于铁轨之上，而一位养鸭人则直接睡倒在水塘边的空地上——鸭群以他为圆心围成一圈，好像给他"站岗"。

实际上，在中国，那些奇异的卧榻和古怪的睡姿，这组由外国人拍摄的照片还远远没有反映齐全。2008 年汶川大地震救援大军中七八个战士站着而睡的一张照片，笔者至今还印象深刻：他们太累了，可没有一张安稳的睡床啊。

在这些奇异的卧榻和古怪的睡姿中，我们看到了中国无数普通劳动者浸透着汗水的生活剪影。这些剪影，与我们某些类似吕梁粮食局长等领导干部办公室宽大的双人睡床，形成强烈的反差。

（原载 2013 年 2 月 25 日人民网）

应保障学龄少年百分百入学

贵州 5 名学龄少年，死在垃圾箱里的惨痛事件，震惊了国人，同时也引起社会对我国学龄儿童、少年辍学的关注。

针对近日有单位和学者就我国农村教育布局调整 10 年评价发表的相关研究报告，教育部有关负责人 23 日表示，我国小学辍学率并未如相关报告所称"大幅反弹"，10 多年来，虽然辍学率出现一定波动，但都未高于 1% 的国家控制线。

我以为，即使没有突破 1% 的国家控制线，但按中国学龄儿童和少年近一亿计，占百分之一也是巨大的数字。应该说，国家和社会、家庭应该保障百分之百学龄儿童和少年入学才是。

一个人成才，离不开基础教育。小学教育是夯实人生的基石。

根据刘醒龙同名小说改编的电影《凤凰琴》，故事发生在大别山里一座界岭小学。现实生活里，在革命老区的鄂皖交界处确有一所界岭小学。近些年，这所全日制小学以优质的教育，以入学率、巩固率、毕业率 100%，师资学历达标率 100%，而声名鹊起，广受称道。不久前，笔者参观了这所小学。

湖北黄梅县停前镇界岭小学的前身是邓新屋小学，20 世纪 70 年代易地重建改此现名。该校自 1950 年建校至今已有 62 年历史。该校以"凸显办学特色，育人德为先，成长先成人"的育人目标，尊重学生天性，发展学生个性，通过丰富多彩的教学活动，引导学生求知、求真、求美，用浓厚的校园文化激发学生的求知欲望。

走进清新整洁的新校园，可见浅蓝色的教学楼、教职员工办公楼以及师生餐厅、公共卫生间、宽阔的广场。这是 2008 年春该校遭受雪灾严重受损后县政府投资百万元重建的新校园。目前该校教学设施今非昔比，不仅按照教育部颁发的标准建有标准化教学楼，6 个教学班教室设备一应俱全，还设有环形跑道和篮球场。学校图书馆藏书 2500 册。学校有效利用教学资源，实现该校教学质量全面提高。

拾级沿台阶上楼，走进小学荣誉室，墙上挂满了各种锦旗和奖状。据校长鲁宏愿介绍，近 5 年，每次期末小学质量检测，各学科都位居全镇以至县小学前列。教师撰写的论文和教案 5 人在省级获奖，3 人在市级获奖。今年 10 月初，教育部政策法规司司长柯春辉一行到该校视察，对该校一流的设施和一流的教学给予充分肯定。

界岭小学实现入学率、巩固率、毕业率 100%，师资学历达标率 100%，其经验值得有关方面总结。其经验对一些地方解决学龄儿童、少年辍学问题，也许有一定借鉴意义。

（原载 2013 年 11 月 13 日人民网）

肆 社会剪影

王谨青年时代（1975 年摄）

乘车一幕
——四个女人与一个男人

北京，3 月 27 日，周日，下午 16 时 10 分。

没有风，太阳把大地照射得暖洋洋的。街上的行人大都卸下了冬装，一些爱俏的女孩子过早地穿上了薄衣短裙。

一辆 671 路公共汽车朝小庄站驶来，正等出租车的我瞥了下车厢，乘客不多。我要去的地方只三站的路程，何不改乘此车？车停稳了，我跳上车坐到后车厢第三排位置。

我注意了一下这趟车上的乘客，中青年居多。车上没有司空见惯的喧哗，只偶有报站提示声。

三个大约十七八岁的女孩坐在后车门旁竖放的一排座椅上，她们都穿着长袖春装，头发经过染烫都呈栗色。眼睛大而有神，脸上和颈项的皮肤显得有些黝黑，她们说话不多，偶尔窃窃私语，但看得出她们是外地人，或在北京上学，或在北京打工。

阳光透过车窗玻璃暖暖地射进车厢，车里显得有些闷热。三个女孩中的一位费了好大的劲，把背后的车窗打开了一条寸宽的小缝，空气立时变成活跃的小风吹进车厢。

乘客还没有来得及享受漾进来的那股清凉，只听"啪"的一声，呈丁字形正对着女孩那排椅子后方位置上的一个女乘客，没有说话，却用力关上了窗户。我循声看去，只看到这个立着风衣领的女乘客的侧面，大约是个中年女性。

开窗户的女孩，吃惊地、怯生生地朝这个女乘客瞥了一眼，无奈地和同伴们交换了一下眼色，没有说话。

车里又恢复了闷热，没有人说话。

车过了一站，那个立领女人离开座位向车门走去。我才看清这是一张不太规则的脸，鼻子高但显得肥大，嘴巴大但有些歪斜，皮肤很白但露出几份傲气。头顶挽起的长发，脚登高跟鞋，中等微微发福的身子裹着一款用上好蓝色呢料做的风衣。看得出她是有北京身份的女人。

车门开了，立领女人下车。三个女孩几乎凝固的脸终于活泛起来。

一个留着平头、穿着黑色西服的年轻男子坐到刚下车的那位立领女人位置。三个女孩中，坐在中间的女孩瞟了男青年一眼，又转过身来试探性地欲再次打开窗户，但拨拉多次，没有拨开按钮。年轻男子见状，微起上身伸手帮了一把。

车窗再次打开了寸宽的缝，春日的小风挤进了车厢，车内的空气立时清凉起来。三个女孩不约而同地回望了一眼这位善解人意的男青年，脸上绽开快慰的微笑。

车里仍然没有人说话……

（原载 2012 年 3 月 29 日作家网、人民网）

救救可怜的孩子

进入立夏的北京，多了几分燥热。

下午，13.45，这是一列驰往城中圈的地铁 2 号线。

笔者前往的是"古楼大街"。上车，车厢里不算拥挤，但没有座位，一些衣着光鲜的年轻男女在低头忙着玩手机，发微信。

我刚选个位置站定，见一个脸上布满汗珠和污垢的三十岁左右的女子走过来，她身背行囊，一只手臂弯里艰难地抱着个酣睡的 1 岁多的女孩，另一只手不时伸向车里的乘客行乞。看着那也许是久哭无泪而睡去的面容苍白的孩子，我眼睛有些湿润，从口袋里掏出两张一元的纸币递给女子。女子低下身子，点了下头，说一声："谢谢"，继续朝前车厢走去讨钱。

不足一周，笔者再次乘这趟地铁，出现了上次看到的几乎相同的一幕。不过这次的小男孩稍大，估计三四岁左右，是由看似三十多岁的一瘸一拐的母亲牵着的。一走一磕头，母亲身上还绑着一放着悲情歌曲的录音机，耳际还戴了小麦克风，以便在悲歌中对话行乞。也许是她那行乞的行头，冲淡了人们的同情心，递过钱去的不多……

"六一"儿童节快到了，全国成千上万家庭将给孩子派送礼物，再添快乐。然而，在地铁车厢里看到的这些不幸的孩子，却成为父母或歹人乞讨生财的道具。

实际上，笔者在北京地铁看到的只是有代表性的两幕而已。据悉，在北京的街头巷尾、地铁车厢，时而可看到抱着婴幼儿的乞讨者。可怜的孩子则倦缩在看似父母的臂弯里，没有欢乐，没有稚气，或惊恐或呆痴，或酣睡，或无助。可怜的孩子啊！

这些乞讨者多来自外地，但北京这座多彩的城市，怎能容忍这些毫无人性地对待孩子的现象存在？他们如果是乞讨者的孩子，那他们的父母太狠心了；他们如果是歹人租来的道具，那对歹人需要绳之以法。

"孩子的情形，就是将来的命运。"鲁迅认为，儿童教育首先要从家庭开始，父母就是最早的教育者，父母对儿童不仅应有养育的责任，而且应有教育的责任。鲁迅曾批评旧中国的父母不把孩子当人的现象："中国的孩子，只要生，不管他好不好，只要多，不管他才不才。生他的人，不负教他的责任……然而这许多人口，便只在尘土中辗转，小的时候，不把他当人，大了以后，也做不了人。"

时代的指针已游转了大半个世纪，然而在时下的中国还出现类似以孩子做道具行乞的现象，与时代的发展很不和谐。

在欧美，倘若父母外出把孩子放在家里无人看管，都会有人报警；至于以其他方式虐待孩子，更要承担法律责任。

据了解，带孩子行乞，个别父母确实贫困才出此下策，但多数则是出于以孩子作道具生财的黑心。

行动起来，救救这些无辜的孩子吧。这既是全社会的责任，特别是妇女儿童社会组织的责任，更是政府有关部门的责任。

（原载 2013 年 5 月 24 日人民网）

她转过脸来

深秋，周三，临近傍晚的北京时间 18 时，这天正处于北京下班高峰，我只好选择乘地铁。

跳上城中圈一列由西往东的列车。车比想象得要宽松，还没有达到人挨人的地步。我选定在两排座位之间的空隙，靠着一柱立杆站定。

列车驰出了站。我的视觉这才来得及扫视着周边，闪现在眼前的多是一张张普通得不易留下印象的脸，胖的，瘦的，男的，女的，着装考究的，不修边幅的。他们中年轻人居多，或在座位上，或站着抓着晃动着的扶杆抓手，旁若无人地玩手机，发微信，看资讯。

我的眼光越过一排座位，一位时尚女性的侧影令人眼前一亮，吸引了我的视线。她和我正处一条直线的位置，右侧身对着我。她年龄大概不足 30 岁，身高 1.75 米左右，大眼睛，高鼻梁，一头浓密的秀发呈波浪状从白里透红的鹅蛋脸倾泄至肩，一袭黑色的看起来质地不菲的中长裙套着凹凸有致的上身，下身穿着一款黑底纹瘦裤，脚蹬鳄鱼皮质的平跟鞋，修长的手上挎一款看似名牌的小包。

这是一个不多见的美女。她的侧面甚至比我在巴黎曾看到的维纳斯雕像还美。我思忖着。

列车放慢了速度，进了下一站。我对面一排座位上两位乘客离开，我坐上空出的位置。原来在我视线里呈一线的那位女性，与我的视线呈 45 度角。我正好奇地想看看她的全貌时，她还是侧着身子与旁边的一个年龄偏大的男人说着话。

　　又快到下一站了，列车停站时可能刹车急了些，咣铛一声，车子出现较大的颠簸，那女子一个趔趄，差点没有站稳。她转过身，调整了一下站的位置，这一转身不要紧，她的真面目令我吓了一跳：左侧脸有一个大伤疤，鼻和上唇间被伤后留下的一块肉茄连扯着，以致和那男人说话时张不大嘴巴。

　　美好的形象在刹那间荡然无存。看来，这位美女曾受过伤害。我在心里喃喃地说。也许是不小心被烧伤或被烫伤，也许因交友不慎被别人泼了硫酸？也许某个原因被别人报复所致？我猜测着种种可能性。

　　无论是人或物，美好是人类共同喜欢的。像一个美丽极致的磁器瓶，残缺一块，总让人可惜。对人也是一样，美好是值得呵护的，人为破坏致残，是一种罪过；不小心致残，则令人生怜。

　　多不幸啊。一个美好的形象就这样被破坏了。我猜想着她当时面容被毁那痛不欲生的样子，猜想着进医院植皮的呻吟；猜想着不敢迈出家门见人的痛苦。

　　啊，不过也有值得庆幸之处，她或许也是下班乘地铁的，她终于敢于走出家门重新融入生活了，敢于面对人们审视的眼睛了。

　　我祝福这个曾有过不幸的姑娘。

（原载 2013 年 10 月 26 日人民网）

天津洋货市场乱象

　　北京与天津近在咫尺，两地市民周末互动频繁。天津洋货市场是京津朋友常聚之处。

　　4月15日，周末，京报集团几位摄影家、作家邀请我和几位媒体朋友，实地到天津塘沽踏青尝鲜并逛洋货市场。

　　我们一行分乘两辆车，从京唐高速驱车两个多小时，就到了天津塘沽。

　　20世纪90年代，笔者曾来过塘沽，那时海滩就在眼前，潮湿的海腥味随风飘来。而今再次来到塘沽，闻不到海腥味，看不到海滩了。映入眼帘的到处是商厦和人流、车流，不看交通指示标，不知到了海滨。

　　塘沽是洋货市场所在地。我们在市场旁的"周记海鲜城"共进午餐，大家边吃边聊，既品尝这里的新鲜海味，也品尝汇聚一桌的天南海北"新闻大餐"，倒也乐哉悠哉。

　　餐后的节目是逛洋货市场。不逛，对这个早已名声在外的地方心存好感；一逛，好感尽失，反生出对该市场的隐忧来。

　　洋货市场，顾名思义应是外国货市场也。据说该市场刚建时的初衷，是借助天津港与160多个国家和地区的300多个港口有贸易往来的优势，发展洋货小商品市场，着意体现"洋货、洋味、洋品牌特色"。2002年，塘沽区政府总投资4000余万元的洋货市场步行街峻工，规模东起吉林路，西至中心北路，全长375米，宽16－28米。街两侧低层欧式建筑，屋顶几何造型富于变化，立面装饰力求典雅优美。9200平方米路面采用罗马石铺就。

据说，一时间这里的各种国外小商品应有尽有，吸引了各方来客，拉动了洋货市场天津旅游，每天来洋货市场的客流量在 4 万人次左右。

但好景不长。由于市场监管缺失，各种伪劣产品也混迹其间。我们穿行在几间所谓精品名牌店，不少名牌包如 Louis Vuitton（路易威登）Gucci（古驰）Burberry（巴宝莉亚）Prada（普拉达）Hermes（爱马仕）Christian Dior（迪奥）Miu Miu（缪缪）等等，倒是应有尽有，但多是仿制品。再走几家店，满眼也是冒牌洋货、仿造洋货和不是洋货的"洋货"。

至于冒牌名表也到处都是，一块国际上需上万美金的名牌，在这儿只需几百元人民币就可买到仿制货。这里的仿真全自动机械手表，表面成色完全一流，处处体现了乱真的高明。但表一拿上来，再看制造商和表盘细微之区别，就知道是假名牌货也。市场的经营者，多数也不忌讳商品的属性和出处。堂而皇之地说："买真名牌哪有这样便宜的事？"

更使人不可理解的是，执法者明令禁止的违禁品在洋货市场也公开销售。比如，被治安处罚条例禁止的仿真武器，有损社会道德、窥视别人隐私的诸如窃听、录像器等各种器械，甚至教唆别人盗水盗电的装置也公开叫卖。至于涉嫌侵犯知识产权的商品更比比皆是。看到这里，我和朋友们顿生疑惑：政府一方面声称打假，一方面又允许售假卖禁品，令人一头雾水。

逛近两个小时，我们一行走出洋货市场，匆匆上车，发现彼此几乎没买什么能带回的东西。看来，这里已不是真正的洋货市场了。放任自流，只重收税，缺失监管，才造成了如今乱象局面。要恢复真正洋货市场的本来面目，天津方面打出整顿重拳是时候了。

（原载 2012 年 4 月 23 日人民网）

伍 当代人物

悼念曼德拉

惊悉当今世界最受尊重的政治家之一、南非前总统纳尔逊·曼德拉于当地时间 2013 年 11 月 5 日在约翰内斯堡家中病逝，作为一个中国人，对世界失去一个伟大的精神领袖，表示哀悼。

笔者虽然没有直接近距离地与曼德拉见过面，但他的英名，及笔者访问南非时所感受的当地人民对他的爱戴，印象深刻。

几年前，我受南非华人社团的邀请，率中国媒体科技文化代表团访问南非。那时曼德拉尽管退出了政界，但他的影响仍在。打开南非当地的电视台，常有曼德拉的新闻。不仅年长者尊敬曼德拉，年轻人甚至经常以他的名义举办烛光晚会。

曼德拉是非洲的传奇。是他创建了非国大青年团，是他为反对种族隔离政策不屈不挠；是他曾被当局囚禁达 27 年之久但意志仍坚；是他带领南非结束种族隔离制度，走向多种族的民主制度；也是他因为在推进人类和平方面的突出贡献被授予诺贝尔和平奖。1994 年 5 月 10 日，曼德拉成为南非首位黑人总统，达到他人生传奇的高潮点。

1999 年 6 月，曼德拉卸任，他参加了他的继任人姆贝基的就职仪式。姆贝基认为，由于曼德拉，南非才避免了流血冲突。有了曼德拉，南非才得到解救。

卸任后的曼德拉在国际生活中仍然十分活跃，为防治艾滋病奔走呼吁。他还参与了在刚果民主共和国、布隆迪和非洲及世界其他地区实现和平的谈判。

2004 年，85 岁的曼德拉宣布退出公共生活，之后几次在公众场合露面，大都和他发起的慈善机构"曼德拉基金会"的工作有关。

我们访问南非时，走在开普敦或约翰内斯堡的大街小巷上，到处可见曼德拉政治留下的痕迹。

我们在开普敦桌湾遥望罗本岛。当年岛上重刑犯监狱就是囚禁曼德拉的地方。睹物如见人，我们仿佛看到当年曼德拉的斗士身影。据说，曼德拉当年在狱中与其他犯人一起在采石场干苦力活，并成为他们的领头人。

曼德拉对中国充满感情，也充满好奇。他在他唯一的自传《漫漫自由路》称，在这一阶段，他阅读过《红星照耀中国》，并从中"看到了毛泽东的决心，和他非传统思想方法所取得的胜利"。据悉，1996 年 7 月，曼德拉途经喀麦隆首都雅温得前往伦敦访问，中途特意滞留一天在喀麦隆国会发表演讲，在演讲中他坦承泛非主义和早期非洲各国武装反殖独立运动对他的影响和实践，他表示，自己在策划武装斗争阶段，阅读了毛泽东、卡斯特罗和格瓦拉的书籍，并竭力了解埃塞俄比亚抗击意大利和喀麦隆、阿尔及利亚武装斗争获得独立的历史，而组织非国大的武装"我们的矛"，则系受到喀麦隆独立时期武装组织"喀麦隆人民联盟（UPC）"启发。

曼德拉是南非反种族隔离斗争的著名领袖、新南非的缔造者，也是享誉世界的卓越政治家。他不仅被南非人民尊为"国父"，也赢得世界各国人民的崇敬和爱戴。曼德拉先生是中国人民的老朋友，为中南关系的建立和发展做出了历史性贡献。作为到过南非的中国人，我们对曼德拉的逝世表示沉痛哀悼，向曼德拉的家人表示诚挚慰问。

（原载 2013 年 12 月 6 日人民网）

忆胡耀邦的一次批示

　　我在人民日报社工作以来，经历过不少的事件，有些事甚至影响了我的一生。1985年夏，我偶遇一件事，写了一篇人民日报《动态清样》内参，居然惊动了胡耀邦等中央领导高层，至今印象深刻。

　　这年夏的大约六月上旬，我还在中国社会科学院研究生院脱产就读。一个周六的晚上，我到西城岳母家看望女儿后骑车沿着长安大街往家赶，路过王府井街口时，忽然传来很大的嘈杂声。我出于好奇循声骑车到百货大楼前一看，原来是几个拿着电警棍的警察正在与黑压压的数以千计的群众发生冲突，喊声、骂声、自行车的撞击声响成一片。我停下车，问几个看热闹的人怎么回事。一问才得知事情的原委。原来，几天前北京电视台播出了一则预告新闻，说某天将在百货大楼派发部分电器票。那时，电视机、电风扇、电冰箱等电器是紧俏商品，是凭票供应，但弄一张票很难。电视播出的这则预告，一传十，十传百，使京津冀周边很多人这天特地赶到王府井排队。因人太多，考虑王府井大街的安全，有关方面直到当天才决定改在南河沿大街排队。但天已黑，人群不愿挪地方，仍然在原预告的王府井百货大楼前聚集。驻王府井警察分队派警察维护治安，劝人们走，但劝不动，就动用警棍驱赶。警民冲突加剧，甚至抓了两个年青人，抽掉他们的裤带，让他们蹲在百货大楼警卫室地下，更引起群情激愤。有人甚至高喊："把百货大楼烧了，砸了"。面对事态加剧，我找了一个投币电话（当时还没有手机），让北京市政府电话总机转政府值班室负责人。时已午夜，电话接通出奇地顺利。对方问我是谁，有什么事？我告诉他说，我是不担负采访任务的人民日报记者，今天路过王府井，看到这里出现严重事态，并抓了人，你赶紧派人来处理，否则会出现严重后果！他说，谢谢，我们很快过来处理。有人听到我在打电话，知道我是记者，纷纷向我反映被警棍击伤的情况。不一会，市政府来人放了被抓的那两个人。被放的两个年轻人很生气地边走边伸出被打伤的胳臂给我看，但因心有余悸，却不愿告知他们的名字。

人群中有些人开始散去，但大部分还在等待。我骑车回到家时已到凌晨两三点，却没一点睡意。我想，老百姓为能排队领到一张电器票，从四面八方那么远来熬夜，还受到如此不公正对待。有门路弄到票的何致如此呢？一种责任感油然而生，我拿来纸和笔，觉得今晚的事件值得写内参反映一下。内参的题目定为《北京百货大楼前的一个事件》。我在文中叙述了事件的经过和事件的严重性，并就警民冲突造成的社会影响作了一些分析。我写得很快，三页稿纸的篇幅半个多小时就写完了。我安心睡了一会，天就亮了。刚到上班时间，我就带着写好的稿件急匆匆赶到总编室情况组，把稿件交给情况组负责人肖刚，并简要介绍了情况。因肖刚前两年编过我写的不少内参稿，多篇获得中央领导批示，对我比较信得过，他爽快地说，会很快处理。

过了不到两天，下午我从研究生院新闻系9号楼回家，刚到我所住的楼下，看到四五个穿制服的警察在等我。我吓了一跳，找我干吗？把他们带到家里，坐定，为首的一个警察才讲明来意。他们是王府井警察中队的，因那天晚上发生的事他们受到上级批评，所以特来向记者介绍情况。我说，你们的人不该打老百姓呀。他们却反复分辩是在维护秩序，并没有打人。我说，我在现场亲眼所见呀。他们不大争辩了，而是改变口气，求我向有关部门说说好话。我不置可否，把他们打发走。

警察居然找到我家来求情，我意识到我写的内参可能有下文了。但我还是不相信怎么会这么快？找到肖刚一问，才知果然是上面有批示下来。他告诉我，因这篇《动态清样》（内参），反映的问题重大，当天是直接报政治局常委的，胡耀邦总书记当即于6月15日作出批示。肖刚把批件给我看，我溜了一眼，清样的题目改为《北京市百货大楼一份广告引起的事件》，耀邦批示是："锡铭、希同同志：我们的事业是在困难中前进的，一切工作都要教育干部谨慎从事，不可轻举妄动，使群众中造成不良影响。凡属不负责任的地方，都要给予适当的批评。胡耀邦。6月15日。"李锡铭同志为落实耀邦同志批示，6月22日在清样上提出了四点处理意见，并要求将清样和领导同志批示"复制送财政委、政法委"。

因中央领导直接关注这一事件，此事的处理很快。事后我得知，相关责任人得到应有处理。为避免此事再次发生，北京市政府还责成市一商局发文，今后对紧俏商品一律不准发预告新闻或广告。

这件事，使我对耀邦同志对民生的关心及亲历亲为作风有了更深的认识；也使我感觉到：作为人民的记者，不能只完成委派的既定采访任务。还有义务随时随地关注身边的人和事，为伸张正义，维护人民的利益鼓与呼。

（原载2011年2月2日人民网，此前载于人民日报《社内生活》）

跌宕起伏的李德生将军

惊悉我党我军卓越的领导人，中国共产党中央委员会原副主席、国防大学原政治委员李德生同志因病于 5 月 8 日 15 时 20 分在北京逝世，心生悲痛。

我和李将军尽管没有过密的交往，但和他见过几次面。他给我留下的印象是一个耿直、豁达，容易打交道的老将军。

1986 年 1 月 15 日，中国人民解放军国防大学在北京成立。我应解放军总政治部和总参谋部宣传部的邀请，作为人民日报社记者参加成立大会采访。大会开始前，有关方面引领我面见了军委领导和国防大学领导，在场的有中央军委副主席杨尚昆，以及穿着军服的国防大学校长张震将军、国防大学政委李德生将军等。我一一与他们握手。当我走到李德生将军面前时，感觉他对我这个年轻人很客气，一边热情地让人给我倒茶，一边说："记者辛苦了"。

当天的成立大会开得很隆重。我回到报社后对怎样写好一篇会议新闻作了些思考，决定消息导语尽量写得生动些，不要与其他媒体千篇一律。第二天的 5 月 16 日，题为《国防大学举行成立大会》的消息刊登在人民日报海外版显著版面上，消息导语我是这样写的：

"雄壮的军乐奏起来了，两名身着礼服的战士护卫着鲜艳的'八一'军旗，迈着正步走到主席台前。中央军委副主席杨尚昆接过军旗，郑重地授予国防大学校长张震。这是今天国防大学成立大会上留下的一个历史镜头……"

据当时在场的总参谋部宣传部处长窦益山后来对我说，国防大学政委李德生对这篇报道很满意。

自此时隔 13 年后，我在人民大会堂再次见到李德生将军。这时的李将军一身便装，他是应邀参加庆祝中华人民共和国成立 50 周年有关活动来到这里的。我们彼此认出后并一起合影。

从此之后，我们见面少了，但从有关史料里我了解到有关更多李将军不同凡响的人生经历。其中印象最深的是他曾遇到两次大起大落的跌宕起伏，仍豁达与大度地为党和军队忘我工作。

李将军是大别山的儿子。他 1916 年 4 月出生在大别山腹地河南省光山县柴山堡李家洼（今属新县）的小山村里。9 岁时，他母亲因无钱医病去世，留下他与父亲相依为命。3 年后，中国工农红军解放柴山堡，他加入了共产主义儿童团，被推举为儿童团长。1930 年 2 月，他告别父亲，参加红军。这时候，他还不满 14 岁。李德生在红四方面军担任过交通队员、党支部书记、政治指导员。他参加过伟大的长征，在战斗中受过重伤。

他第一次受到不公正对待是在红军时期，李德生受张国焘的极左路线迫害，被错误开除过党籍。然而，他从容背负着不公正的处分三过草地雪山。7 年的红军生活，使他历尽了磨难，但也砥砺了他的意志，增长了他的才干，他称之为"仿佛上了一次大学"，"读了一部战斗与生活的百科全书"，"打下了革命一生的基础"。

第二次从容面对跌宕起伏的是"文化大革命"后期。"文化大革命"初期，李德生率领的军队对稳定安徽的局势发挥了重要作用，受到毛泽东赏识，周总理亲自打电话要他到中央工作。他先是被任命为中国人民解放军总政治部主任，1971 年又被任命为北京军区司令员。1973 年 8 月，党的十大在北京召开，李德生独特的经历和特殊的功绩受到毛泽东青睐，并走上了党中央副主席高位。但是，时隔不久，李德生与"王张江姚"矛盾加剧。所谓"放火烧荒事件"、"反击右倾翻案风"后，李德生在中央受到排挤。1973 年底，李德生被调到东北任沈阳军区司令员。这次对调后，李德生的政治地位日渐低落。但李将军不计较个人得失，仍然忠心耿耿地为党为军队工作，1975 年 1 月 8 日—10 日在北京召开的第十届二中全会上，批准了李德生提出免除他所担任的党中央副主席、中央政治局常委的请求。在沈阳军区司令员岗位上，他一干逾10年，直到就任国防大学政治委员才回到北京……

　　从容面对人生跌宕起伏，这就是李德生将军给我留下的印象之一。

　　　　　　　　　　　　　　　　（原载2011年6月13日人民网）

孙中山与利顺德

　　12 月 10 日周五下午，临近傍晚，笔者应邀驱车到天津度周末并造访朋友。我们按天津朋友的安排，在有着百多年历史的利顺德饭店用晚餐，餐毕，朋友即安排我住宿在利顺德。

　　据悉，利顺德饭店首座楼于 1886 年建成，当时的饭店股东德璀琳与时任直隶总督的李鸿章关系非同一般。德璀琳便把饭店命名为"总督府饭店"，此后"利顺德"和"总督府"两个名称在很长一段时间交替使用。

　　在服务生引导下，笔者走过浸染着历史印记的木质长廊，刷卡进到房间。房间里，除那大屏幕的电视外，那老式家具、老式地毯、老式摆设，使人恍若走进上个世纪的老饭店。特别与众不同的是，虽然时值冬季，床边依然竖着螺旋状的蚊帐木柱，白色的蚊帐井然地罩在床的四周。服务生说，饭店并没有蚊子，这种设置只是为了保留饭店的早期特色。

　　作为中国最早的涉外饭店，在风云变幻的中国近现代史发展过程中，见证了许多重要历史事件，孙中山等众多伟人名流曾在利顺德下榻过。

　　第二天即 11 日上午，我获得饭店的特别安排，参观中国民主革命先驱孙中山及美国前总统胡佛等名人曾住过的套房。这几间被称之为总统套房的房间，平时是不开放的。

　　热情的利顺德领班张晓雪用钥匙先打开了孙中山住过的房间，房间是一套两间，并不豪华，一间是卧室，一间是会客及工作室。卧室床头挂着孙中山的像片，会客及办公用房则还保留着当年孙中山用过的桌椅、笔墨。据介绍，孙中山先生曾于 1894 年、1912 年、1924 年三次莅临天津，开展革命活动。其中第二次即下榻利顺德饭店。1912 年 8 月 23 日，孙中山应民国大总统袁世凯电邀，北上共商国是，乘船抵塘沽，下午 5 时 35 分，孙中山抵达天津的招商局码头（今营口道东头），上岸后即乘车赴利顺德饭店。晚 8 时，直隶都督张锡銮在饭店宴请孙中山。

睹物如见人。参观孙中山住过的房间，不由得追思起先生为中国民主革命所建树的的丰功伟绩。

随后，张晓雪又领我来到美国前总统胡佛在中国创业时曾住过的房间。据介绍，1898 年，胡佛还仅仅是一个 24 岁的美国年轻人，他拿着三年前从斯坦福大学获得的采矿专业学士文凭来到利顺德饭店谋求职业。当时利顺德饭店的经理墨林看中了这个充满朝气的年轻人，聘请他担任由自己创办的中国机矿公司经理兼煤矿工程师。胡佛凭借其"聪明才智"，为饭店股东在开平煤矿、细棉土厂、滦州煤矿等处谋取了大量利益，自己也从中获取巨额财富，为以后从政打下了基础。1913 年，胡佛带着在利顺德工作所积累的大量资本及从业经验回到美国，参与美国政府粮食部门的领导工作，并于 1929 年成功当选美国总统。

据悉，与利顺德饭店有渊源的，还有近代当代名人黄兴、蔡锷、溥仪等，这些名人在这里留下的故事，为这座饭店注入了厚重的经典元素。

（原载 2010 年 12 月 15 日人民网）

从巴金的自责想到的

　　周末，偶读到1986年12月5日巴金先生写给《巴金六十年文选》编者之一的李济生的一封信。当年，巴金先生在这封信里，毫不留情地解剖了自己。他说："说心里话，我不愿意现在出版这样一本书，过去我说空话太多，后来又说了很多假话，要重印这些文章，就应该对读者说明哪些是真话，哪些是空话、假话，可是我没有精力做这些事，最好的办法是沉默，让读者忘记，这是上策。"他还在这封信里讲到1958年3月应《文艺报》之约，写批判法斯特的文章的例子。他说："我对法斯特的事情本来一无所知，我只读过他的几部小说，而且颇为喜欢。刊物编辑来组稿，要我写批判法斯特的文章"，"我推不掉"，于是"揣摸别人的心思"，勉强写了一篇题为《法斯特的悲剧》的文章。在信里，他自责："今天看来，我写法斯特的'悲剧'，其实是在批判我自己。我的'悲剧'是别人把我当成工具，我也甘心做工具。"

　　巴金先生作为当代最伟大的作家，为世人留下了许多伟大的作品，其代表作有《激流三部曲》（《家》、《春》、《秋》）、《爱情三部曲》（《雾》、《雨》、《电》）及散文集《随想录》等。他是世人公认的"五四"新文化运动以来最有影响的作家之一，中国现代文坛的巨匠。他的人格魅力和其文学成就同样受到世人的称道。

　　然而，人无完人。即使像巴金这样伟大的文坛巨匠，也承认自己在非常时期写的作品有空话和假话。他对自己的解剖是多么深刻啊！

　　人，是社会中的人，不可能生活在社会之外。每个人的言谈或作品，不可能不受自身所处时代的影响，不可能不带那个时代的局限性。特别是在 20 世纪那个"人人自危"的特殊时期，巴金先生在"奉命作品"中留下违心的文字也是难免的。世界上没有一贯正确的人。那种自恃一贯正确的人，不仅是欺人，也是自欺。

自责是要有勇气的，特别是对于一个有名望有成就的人来说更需要勇气。巴金先生严于解剖自己，不掩盖自己在那特殊时期有过的教训，正是表明了自己心胸的坦荡，自我批评的勇气。这不仅不影响他的伟大文坛巨匠的地位，而且更彰显了他的实事求是的做人品行。

清朝人士朱经在《责己》一文中云："责人不肯恕，责己每自匿。"此话很有道理。遇事不看客观条件的局限性，一味求全责备别人的人，往往对自己的缺点视而不见。这种人身边很难有真朋友，终难成大事，终有一天会跌大跤的。作为一个真正心胸豁达的人，对朋友对同事，遇事应少苛求别人，多自责自己才是。

从巴金这封自责信里，笔者悟出了很多做人的道理，更悟出了"实事求是"这四个字的特别内涵。

（原载 2009 年 7 月 1 日《人民日报（海外版）》）

净慧法师的精神遗产

惊悉，中国佛教协会副会长、湖北黄梅四祖寺方丈、河北柏林禅寺前住持净慧长老于本月 20 日在湖北黄梅四祖寺圆寂，终年 81 岁。

中国佛教界于 26 日在湖北黄梅四祖寺为他举行了追思会。

笔者不大懂佛学，但两年前在黄梅四祖拜见净慧长老，当面聆听他的"生活禅"哲语，受益匪浅。今得悉大师圆寂，特致哀悼。

净慧法师是当代中国佛教高僧，有着不凡的佛道旅迹：他于 1933 年出生于湖北省新洲县。一岁半即由父母送入尼庵抚养。十四岁在武昌三佛寺拜师学经，法名宗道，字净慧，奠定超脱出世的宗教品格和献身佛教的理想。1951 年十八岁时由剃度师宗樵和尚送往广东云门寺受比丘戒，得以亲侍中国现代禅门泰斗虚云老和尚，因敏悟过人，深受器重。1952 年净慧即承接一代高僧虚云长老法脉，成为继承五家衣钵的唯一一人。

1956 至 1963 年，净慧在北京中国佛学院学习，是新中国第一批佛教研究生。1963 年他被错划为"右派"，后辗转北京、广东、湖北等地接受劳动改造。1979 年落实政策后净慧回到北京，在中国佛教协会从事佛教文化宣传工作，参与创办《法音》杂志，并任责任编辑；1984 年，开始担任《法音》主编，同年，当选中国佛教协会常务理事。1993 年当选为中国佛教协会副会长。1998 年，净慧正式就任柏林禅寺住持、河北省佛教协会会长；后任湖北黄梅四祖寺方丈。

净慧法师是热爱生活、热爱众生的高僧。他在后半生提出并推行了"生活禅"的理念。他鉴于时代已发生巨大变化，本着佛教契理契机的原则，秉承"平常心是道"的禅风，提出了具有时代意义、能充分体现"人间佛教"精神的"生活禅"理念。

"生活禅"理念要求"将禅的精神、禅的智慧普遍地融入生活，在生活中实现禅的超越，体现禅的意境、禅的精神、禅的风采。""在生活中实现禅悦，在禅悦中落实生活。"他要求众弟子们要"将信仰落实于生活；将修行落实于当下；将佛法融化于世间；将个人融化于大众。"他常劝导弟子和信众要时时存好心，说好话，做好事，并率先垂范，在办好教务的同时，积极致力于有益国家、有益于社会、有益于人民的事业。

2010年6月，笔者曾与同事晓宁到湖北黄梅县探寻"中国根祖文化"系列中的黄梅戏文化和禅文化。那天，在县委常委、宣传部部长王秋华和副部长陈健雄、外宣办主任王政等的陪同下，我们来到规模恢宏的四祖寺拜见净慧方丈。年近80岁的方丈慈眉善目，见我们来访，起身与我们热情握手。

"生活就是禅，禅就是生活。"我们在方丈室坐定，品着香茗，净慧大师用浅显的语言，叙说着他的"悟境"："佛教是管人们24小时生活的，我们说的生活禅，就是倡导以禅的精神，觉悟人生，奉献人生，对人对己对社会有益……"

净慧还回忆起江泽民夫妇对宗教的兴趣，谈起江泽民夫妇于2001年11月到访河北柏林禅寺的情形和他们之间关于生活禅的对话。他说，江泽民主席当时表示："作为无神论者，宗教也要了解一点，我每年都要到一个宗教场所去。"

净慧法师的逝世是中国佛教界的重大损失。日前，国家宗教事务局、中国佛教协会及海内外佛教界均以各种形式表示哀悼。净慧法师的精神遗产特别是"生活禅"遗产，将永垂神州。

（原载2013年4月26日人民网）

报坛巨擘 四真之境

——我眼中的范敬宜

有些事，一时难以意料。

今年初，我接到北京日报副刊部编辑朋友的电话，问我能否为副刊写篇人物。我问："写谁呢？"他说："比如写你熟悉的范敬宜。"我说，我与范总联系试试，他比较低调，能不能完成任务难打包票。于是我几经与范敬宜电话联系，开始，范总说忙，等有时间再说；再联系，他生病住院了。

更难以置信的是，11 月 13 日下午，我从朋友处突获不幸的消息，范总因病在北京医院去世。我几乎不相信自己的耳朵。打开人民网，才证实了这初冬的噩耗。

一代报人巨擘，就这样离我们远去了，我们怀念他。

1. 总编辑手记

我与范敬宜相识，是他在经济日报总编辑任上，有时京城新闻界开会，偶与在领导席上的他碰过面，走上前去向他请教。范总给我的第一印象是温文尔雅，博学多才。他不戴眼镜，稍显富态，头发浓密，脸上几乎没有皱纹，走路的节奏比较缓慢，但沉稳有力。

后来我才知道，他系江苏省苏州市吴县人士，出生于 1931 年，是范仲淹的 28 世孙。1951 年，范敬宜毕业于圣约翰大学中文系即投身新闻事业，在东北日报（后改名辽宁日报）做编辑、记者。1957 年一场反右风暴，把他打入深渊。在此后历经长达 20 多年的生活磨难与精神煎熬后，他终于迎来新闻生涯最辉煌的时期。

　　1993 年，范敬宜已逾副部级任职年限，却意外地在 62 岁时被中央任命为正部长级的人民日报社总编辑，同事们议论，中央看中的是他的才华和学识。

　　作为人民日报社总编辑，他的主要精力是抓《人民日报》这张主报，但对涉及海外版的编辑业务，他也常常予以关注、指导。记得他到人民日报就任总编辑的当年，我在海外版总编室任职，海外版举办"南方万里纪行"大型采访活动，范总在海外版上报的材料上就采访工作批示了较长一段文字，提醒参与采访的记者："深入现场"，"注意写流动的画面"。

　　1995 年 7 月 1 日是《人民日报（海外版）》创刊 10 周年，决定编辑出版一本纪念画册，江泽民等中央领导同志及邵华泽、范敬宜等社领导应邀题词寄语。范敬宜总编辑与众不同地咏诗《鹧鸪天》以示祝贺。诗云："万里风涛一炬燃，报坛树帜第十年。越洋渡海难耶易，沥血呕心苦亦甘。辨良莠，分恶善，凛然大义在毫端。春温秋肃从容写，赢得知音遍人寰。"

　　范总珍惜到人民日报工作的机会，他习惯于每天就编辑业务记笔记、作批语，后来他根据别人的建议把这些批语和笔记编辑成册，出版了著名的《总编辑手记》一书，由邵华泽社长题写书名。我写的两篇新闻作品，也幸运地得到范总的点评。一篇是我采写的纪念邓小平逝世一周年的新闻通讯《小平女儿的思念》，发表在 1998 年 2 月 18 日《人民日报》。当天范总批示道："《人民日报》四版王谨同志访邓林的通讯，写得不错，文字不长，但把伟人的普通人的生活写得有声有色。"另一篇是我和同事李德金合写的新闻特写《惊世・越——柯受良驾车飞跃黄河壶口瀑布追记》，发表在 1997 年 6 月 5 日《人民日报（海外版）》。当天范总点评道："今天海外版第四版《惊世一越——柯受良驾车飞跃黄河壶口瀑布追记》是一篇可读性很强的好通讯。它把飞越的背景、飞越遇到的问题、飞越当时的场景反映得非常具体，报道和回答了广大读者最想知道的情况和疑问。可以看出，记者在事先、事中、事后作了相当认真、细致的采访。"

　　范总对我们的教诲和鼓励，至今令人难忘。

2. "三贴近"与"三补课"

　　范敬宜作为资深新闻人，有着独特而丰富的新闻工作经历。从经济日报到党中央机关报，范敬宜与记者编辑们强调最多的是深入生活，力求"三贴近"。

中国有很多词汇被缩写，到了"三贴近"这儿，新闻工作者突然发现把这三个字的含义阐释出来却要走过那么长的一个历史空间，还要面对那么大的一个广阔的全球视野。

所谓"三贴近"，即贴近实际、贴近生活、贴近群众。这不仅是对国内媒体的基本要求，也是对对外报道的基本要求。作为党中央机关报，范总坚持让编辑记者遵循"三贴近"的原则，深入实际采访，贴近中国的实际工作，贴近生活，贴近读者的阅读需求。

2003 年夏天，我和范敬宜乘同一列火车赴吉林延边参加一个会议，列车上他给我讲了一个"三补课"的故事，借此向我说明"三贴近"之间不可分割、缺一不可的关系。

范总告诉我，1984 年初，新华社发了一条消息：我国钢产量突破 7000 万吨。在中宣部的一次吹风会上，时任中央外宣领导小组组长的朱穆之同志批评说："有些新闻单位缺乏新闻敏感性，把大事做小了，只发了条消息。"

范敬宜当时担任经济日报社总编辑，会后他忐忑不安地问朱穆之："批评的是哪个单位啊？"

朱穆之说："是说你呢。你回去看看经济日报。你们只在报眼上发了条消息。"

范敬宜有些紧张地回去赶忙打开那天的经济日报一看，果真只在报眼发了几百字的消息。于是他决定"补课"。

范敬宜马上组织记者采写了《中国实现七千万吨说明了什么？》系列报道。

当天，主管新闻的中宣部副部长徐惟诚看到报道后说："写得不错，但没有交代钢产量突破 7000 万吨给老百姓带来了什么实惠。"

接着，范敬宜再次召集记者"补课"，采写了《吃穿用行的变迁》、《吃穿用行变迁的背后》系列报道。

范总说，从这一报道事例看，一开始没有"三贴近"，后来是一步一步去贴近,文章越来越精彩。这个事例教育了编辑、记者。

范总与我谈这个"三补课"的事例时,已是过去二十多年的事了,但范敬宜乐此不疲,不止一次地向同行们讲述这个"三贴近"的经典事例,以让编辑记者悟出"三贴近"的真谛,深入实际采访。

在我们继续探讨"三贴近"这个话题时,范总不时批评新闻业中的某些积弊。比如,记者参加会议或专题采访不大记笔记,特别是一些年轻记者习惯了要会议举办方或被采访者提供新闻材料或"通稿",拿了新闻材料就走人。"这纯粹是赶场嘛,哪是采访?这样编出来的东西怎么实现'三贴近'?"说到这里范总有些愤愤然。

"是呀,过去采访哪有事先取现成材料或新闻'通稿'一说,都是靠记者现场观察、勤记笔记得来的。"我附和道。

范总说,记者能否深入现场采访,能不能记笔记,既反映出一个记者的采访作风,也体现出这位记者是否敬业。要想抓出鲜活的新闻,写出让读者叫好的报道,不深入生活,不贴近生活是达不到要求的。

范总那次在列车上的谈话,至今还言犹在耳。

3. 季羡林与《敬宜笔记》

2003年9月和2008年2月,范敬宜先后赠送给我由他签名的上下两本作品集《敬宜笔记》。第一本《敬宜笔记》收入1998年9月至2001年10月他在新民晚报"夜光杯"副刊开辟的"敬宜笔记"专栏的随笔60篇;《敬宜笔记续编》收录了2001年11月至2007年9月仍然是他发表在"夜光杯"副刊的"敬宜笔记"专栏的随笔60篇及附录8篇。这两本书的作品,主要是范敬宜1998年离开人民日报总编辑岗位到全国人大常委会科教文卫专门委员会任职后,应《新民晚报》"夜光杯"副刊之邀,在余暇有感而发写就的。

范敬宜第一本《敬宜笔记》出版后,2002年3月28日下午,范敬宜专门来到北大燕园,登门拜访季羡林先生并送书。

季羡林与范敬宜可以说是中国当今两位文化巨子,他们之间早就心有灵犀一点通,互为仰慕。

听说范敬宜要来,季羡林非常高兴,特地穿上他的"礼服"见客。所谓"礼服"，就是他在 20 世纪 70 年代做的一套藏青涤卡中山装，即使出国访问也穿上它。范敬宜与季羡林相谈甚欢。他们从各自的经历谈到"敬宜笔记"，从古典文学谈到当今散文，均有"英雄所见略同"之感。

季羡林先生当时身体并不很好，医生根据季老的身体状况，是不允许季老写任何文章的。令范敬宜没有料到的是，几天后，季老居然悄悄完成一篇《读＜敬宜笔记＞有感》的评论，托人捎给了范敬宜，令范敬宜动容了好些日子。

这以后不久的一天，我和中央报刊的一些负责人同去吉林延边市参加某一专题性的新闻评审会，范敬宜与我们同在一节车厢。我到范总的包厢去看望他时，他与我谈到季羡林先生，谈到《敬宜笔记》。他说，高龄的季羡林先生生病住院，还为他的集子写读后感，很使他过意不去。随后范总送我一份刊登在《新民晚报》上的季羡林先生所写的《读＜敬宜笔记＞有感》的文稿复印件。范总谈到季羡林先生时，眼睛中闪烁着由衷的尊敬之情。

会后，我们回京没几天，我又收到范总亲自签名送给我的《敬宜笔记》一书。我在报纸编务之余，认真看起《敬宜笔记》来，翻了几页，对范总在书中自配的画作，眼界大开。我即兴给范总打了一个电话，我问他："我看到书中配发的您的画作《孤帆远影》山水，很见功夫啊。过去怎么很少见您画画呢？"范总在电话里哈哈笑出了声，说："看来你还不怎么了解我。实际上，我现在画技大不如以前了。我在年少时，母亲差不多每天要我练字作画。青少年时期，我画的画比现在要好。"

放下电话以后，查资料我才得知，范总儿时的诗书字画功夫，是与其书香之家尤其是母亲的教育分不开的。范总的祖父范端信是范氏义庄和文正书院的主奉，父亲范承达是上海交大毕业生，与邹韬奋是同班同学，母亲蔡佩秋曾师从章太炎、吴梅，诗书字画很有造诣。正是在家庭和母亲影响下，范敬宜青少年时期对诗书字画无所不通。

我连续几天在编务之余研读《敬宜笔记》，读了一大半时，有了写篇书评的冲动。正欲动笔时，我突然想起季羡林先生所写的《读＜敬宜笔记＞有感》文稿复印件。我找来细读，季羡林先生在不长的文字里，评述到书中文章的思想性："讲问题则是单刀直入，直抒胸臆……可以称之为四真之境"；谈到范总书稿的文风："每一篇都行云流水，舒卷自如，不加雕饰，秀色天成"；谈到《敬宜笔记》的文体："范敬宜的'笔记'是他的谦称，实际上都是美妙的散文或小品文。"我读到这里，不仅佩服这位九十多岁老人的智慧光芒，也打消了写书评的想法。季羡林大师写的书评如行云流水，把读者想说或没想到的都说了，我还有什么可写的？

后来，此文经《人民日报（海外版）》转载、再传播后，更多的海内外读者直接分享到两位文化巨子的文采。

4."经历了苦楚，一切都能面对"

2006年11月，我作为当月《人民日报（海外版）》的夜班值班副总编辑，下午到办公室时经常接到范总的电话。他要么评点当天"望海楼"专栏的某篇评论，要么谈副刊"名流"中刊登的他所认识的某个人物的专访，电话交谈不长，但对提高对外报道很有启发。我于是产生哪天让实习生和我一起去采访范总的想法。我把此想法告诉他，他说："等你下夜班后再约吧。"

下了夜班，多次约与范总见面，但时间始终未能定下来。2007年2月10日晚，我把电话打到他的家里，看他哪天有空，在他住的附近一起吃便饭聊聊。他在电话中说："那就定明晚吧。我们都在家吃饭，然后到茶楼喝茶。"根据他的意见，不带实习生，非正式聊聊。

2月11日，晚8时，我如约来到万寿路的"清香林"茶楼，与范总品茗叙谈。除每人一杯好茶外，他还要了几小碟瓜子、小吃招待我。他先关心地问到海外版最近的情况，问到新班子成员构成等，然后近乎是拉家常，轮到我提问。

我谈到他出版的《总编辑手记》，我说："里面还收录了您对我两篇文章的批语呢。"范总想起来了，他说："在人民日报当总编辑的那些日子，我有每天评点重要稿件的习惯，然后在编前会上与大家交流。"他认为那几年是他一生中最忙碌、最充实的日子。"几天前，邵华泽同志给我打电话，转述当时中央领导同志的话：'邵、范是人民日报历史上的黄金搭档'。这个评价也许太高，但我与邵社长工作配合确实很好。那一段，我主持人民日报总编辑，并没有感到多大工作和政治压力。"我接下话茬说："您的从容，这是与您政治与业务的深厚造诣分不开的。"

"主要是经历了上世纪 1957 年至 70 年代我被打成右派的政治历练。"范总的语调显得有些深沉地说。"我年轻时被分配到东北日报（即后来的辽宁日报）当编辑。正当我意气风发，真想干番事业时，1957 年我时年 26 岁时被打成右派，一时间落到人生谷底；直到'文革'，我饱受政治上的不信任及生活的磨难。现在回想起来，也是人生的一笔'精神财富'。因为，在经历了那么多风雨和苦楚后，一切都算不了什么，都能够经受得住。"

我不想让范总的思绪重新坠于那苦楚的岁月，把话题拉到在人民日报当总编辑的日子。他说，在人民日报社工作时，几乎是"两点一线"，从家到办公室。邵社长抓全面工作，外面开会或与中央沟通的事，主要是邵社长出面多，我主要抓编辑部新闻业务。有时连续几星期住办公室是常有的。

谈到他离任人民日报总编辑后的工作，他说，到全国人大常委会工作这些年很愉快，学习了不少法律知识，还陪委员长出国跑了不少地方。他笑道："比在人民日报时出国多得多呢……"

我们的谈话不觉一个多小时，一看表，时钟已指向晚上 9 点半。我怕太晚影响他休息，让服务员来结账。范总连忙摆手道："不用，我在楼下刷卡就可以了。"在总服务台，我看服务生拿出一个小本子，今晚范敬宜名下消费是 144 元。我要付款，范总不让，他说："其他人来也是这样的。"

5. "吴郡范敬宜"之雅风

范敬宜善诗文书画，博学多才，但为人谦恭，即使对他的下属也多是以谦谦君子面目出现，而非以领导、专家身份示人。

1998 年，范总从人民日报离任到全国人大常委会任科教文卫专门委员会副主任，并参加每年一度的全国人大好新闻评选，我经常参加人大的会议且是全国人大好新闻评选委员会的评委之一，因而与范总面对面交流机会相对更多些。

大约是本世纪初，全国人大常委会办公厅在山东威海组织年度全国人大新闻评选，会议间隙，范总应一些评委要求写字，他有求必应，笔下那一幅幅飘逸隽秀的书法作品铺满了会客室。我走过去，笑着对范总说："有空别忘了也给我写一幅啊。"范总答："自己单位的好说，回去我再写。"

又过了些年，我见范总还是忙，不忍心再提写字的事。2007 年"两会"召开前，我已编好一本散文随笔集文稿，因入选的文稿大都是在范总任人民日报总编辑时发表的，所以打电话给范总问他是否有空为我题写书名，他爽快地一口答应："没问题，书名叫什么？"我说："就叫《如歌岁月》吧。"两天后装有题写书名的信封就通过司机送到我的案头，我打开信封，发现"如歌岁月"这几个字他居然写了四幅，以备我挑选。同一天，范总又来电话问我是否满意，说不满意可以再写。我马上说："非常好，麻烦了。"他说："一个报社的客气什么？"稍作停顿，他又说："答应为你写字的事，我没忘，你是要简单的，还是要字多点的？"我说："我不好意思耽误您太多的时间，范总您自己看吧。"

不久，以范总题写的书名为封面的《如歌岁月》一书出版，我让范总的司机给他带去一本，书中附一封感谢信，并夹了一张海外版为每个员工发的节日购物卡属于我的那份。没想到，当天范总留下书，却把购物卡原封不动地由司机退给我。我打电话给范总觉得不好意思，他笑着说："一个单位的，何必那么客气。我为同事、朋友写字多了，从来不要什么感谢的。"

这以后，我再也不好意思麻烦范总了。没想到，又过了不长的时间，来自范总的又一个大信封送到我的办公室，拆开一看居然是范总为我书写的范仲淹《岳阳楼记》长幅。范总特地在落款中用俊秀的小草字体写道："丁亥早春 恭录先祖范文正公名篇以应王谨同志雅命 吴郡范敬宜"。他如此诚信和谦虚，深深地感动了我。

范敬宜平时好称是范仲淹之后，我想，他特地选择手书《岳阳楼记》，是表示对先祖的敬重和怀念。记得 1996 年秋，我和海外版的同仁到湖南岳阳市参加特约记者及通讯员会议，会后我们登上岳阳楼，背倚洞庭湖，吟诵范仲淹的《岳阳楼记》，产生一种别样的情怀。下楼，我们又参观了岳阳楼碑廊，发现坐北朝南碑廊南面的东端有 8 块碑，范敬宜题写的碑刻赫然在目，上书："名楼时入梦，今日得登临。举目空吴楚，望远小乾坤。披襟念祖泽，吟风思杜陵。当年明月在，夜夜照国魂。"其恢宏畅达的诗句及隽秀潇洒的行书，引起我们一行的赞叹。据说，那是 1991 年夏，范敬宜赴湘开会，顺道来岳阳拜寻祖先的遗迹。一进岳阳楼，他就情不自禁眼眶湿润。是夜，他辗转反侧，难以成眠，索性披衣下床，推窗望月，思念先祖，不由得心潮澎湃，文思泉涌，于是，满怀深情地挥笔成诗。

呜呼，范仲淹当年展示了"先天下之忧而忧，后天下之乐而乐"，"居庙堂之高则忧其民；处江湖之远则忧其君"的不凡抱负；他的后人范敬宜，不也是继承了其先祖的忧国忧民思想吗？请看范敬宜《重修望海楼记》鸿篇，且引最后一段："予登乎望海一楼，凭栏远瞩，悄然而思：古之海天，已非今之目力所及；而望海之情，古今一也。望其澎湃奔腾之势，则感世界潮流之变，而思何以应之；望其浩瀚广袤之状，则感孕育万物之德，而思何以敬之；望其吸纳百川之广，则感有容乃大之量，而思何以效之；望其神秘莫测之深，则感宇宙无尽之藏，而思何以宝之；望其波澜不惊之静，则感一碧万顷之美，而思何以致之；望其咆哮震怒之威，则感裂岸决堤之险，而思何以安之。嗟夫，望海之旨大矣，愿世之登临凭眺者，于浮想之余，有思重建斯楼之义。是为记。"读此佳句，其抱负、其胸怀毫不逊色于其先祖也。

（原载 2010 年 11 月 19 日《北京日报》"人物"副刊）

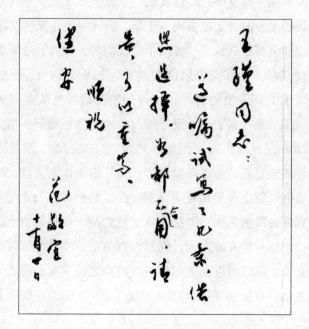

范敬宜写给王谨的信

庞中华与他的硬笔书法

"您好，我是庞中华。"带着川音的他把手伸过来，一双真诚的眼睛直视着我，笑容漾在他的眉宇和双唇上。

庞中华，这个名字在中华硬笔书法界如雷贯耳。没想到这天我们有了近距离的长谈。

当我的手和他的手紧握一起时，我打量了这位新朋友。中等个儿的他，衣着近乎随意，上穿灰色夹克衫，下着浅蓝牛仔裤，脚蹬一双休闲式皮鞋。这身便装与仅夹杂少许白发的一头黑发，使人难以相信他已 65 岁的年龄。

笔者采访庞中华，是缘自近日在中国军事博物馆开幕的"中华赤子情——庞中华书法艺术 30 周年回顾大展"。看了展览，有了与他聊聊的愿望。踯躅在书法展览大厅，人们可以检阅到庞中华 30 年来书法艺术发展的不凡历程。大厅陈列的大量丰富的作品和珍贵的实物，使观众不仅看到这位当代硬笔书法事业的开拓者孜孜不倦的艺术追求，还可以感受到一个对祖国、对人民无比热爱的中华赤子的炽热情怀。

一个地质队员的成功转身

"您是怎么迷上研究硬笔书法的?"笔者提问道。"缘于搞地质勘探，晚上空闲时间多呗。"庞中华的思绪回到了青少年岁月。

1945 年出生于四川达州山村的庞中华，从小就喜欢练字。上小学时，他突发奇想，砍下一枝拇指般粗的斑竹，截成半尺来长，一头削得像钢笔尖那模样，中间破开一道小缝，沾上墨水写字，那线条细细的竟如同钢笔尖写出来一般。他再砍下一节粗点的竹管，做成一个笔套，套住笔杆，别在小汗褂的口袋上，以便携带。人们怎么也没想到，这个赤着脚丫、用竹管做出笔的乡村孩子，在此后的岁月里，竟和钢笔书法结下了不解的缘分。他用这管竹笔，在黄色毛边纸上抄写下"地理常识"、"科学常识"、"人物常识"……抄了一页又一页、一本又一本，心中充满无边的乐趣。后来，这个山村孩子来到重庆他伯父那里，才得到他一生中第一支真正的钢笔。

庞中华在重庆读完中学，考上了重庆建材专科学校（西南工学院前身），1965年毕业分配到华北地质勘探队。地质勘探队设在山沟里，勘探生活单一而枯燥，每天就是背着行囊，手握锤子、镐头，上山穿林，敲敲打打，挖挖刨刨。山爬过一座又一座，矿找到一个又一个，帐篷支了又拆，拆了又支，始终陪伴着他的是一台手风琴和一支练字的钢笔及几本书。晚间山林里静得出奇，没有电视、报纸看，他恍如隔世，于是他拿起钢笔练字打发时间。

一开始，他利用晚上或白天队里政治学习的机会，用钢笔一篇一篇抄写报纸上的文章，一页一页描摹报纸上的各种不同字体。方块字所蕴含的丰富的文化信息和字型结构上的千变万化，强烈地吸引着这个年轻的地质队员前去探索。

钢笔作为一种书写工具而被广泛使用尽管在我国已有很长的历史，但却没有一本钢笔书法字帖可资研习。一天，他再次突发奇想："我要出版一本钢笔字帖，为汉字书写找出一些规律！"庞中华为探寻硬笔独特书写技巧和艺术规律这一宏愿所激动、所感奋，并不可抗拒地把自己推进一个新境界。他千方百计找来所能看到的毛笔字帖，用钢笔描摹王、赵、颜、欧、柳各种字体，细心钻研毛笔与钢笔在汉字结构上的共通之处，探究中国传统书法的独特美感如何在现代书写工具的广泛使用中得以传承。一种不可推卸的使命感时时在鞭策着他。工具箱成为他随身携带的书桌，读书笔记、日记、书信往来，都被他作为认真练字的机会。在别人喝酒、聊天、玩牌打发单调乏味的深山探矿生活时，在千万遍对汉字的描摹中，硬笔书法的一些艺术规律框架逐渐在庞中华脑子里清晰起来。

在山沟生活 15 年里，他和他的队员们先后带着行囊爬过华蓥山、峨眉山、大青山、大别山、太行山……15 年后，当庞中华再一次走出深山时，除人人都有的勘探行囊外，他多了一份沉甸甸的收获——一部《谈谈学写钢笔字》书稿。

一本书掀起研习硬笔书法热

"文化大革命"结束后，知识受到尊重。

走出深山的庞中华，终于敢带着书稿去找出版社了。但是对于一个无名之辈来说，出书并非易事。他拿着自己的硬笔书法作品找过多家出版社，可编辑们对名不见经传的他并不感兴趣。1979 年夏，几经周折，一位老艺术家慧眼识珠，向中国美术家协会领导推荐了这部书稿，第二年《谈谈学写钢笔字》这本书稿才得以与读者见面。80 年代，社会学习空气浓厚，《谈谈学写钢笔字》一书一出版，畅销全国。随后，庞中华也被请进中央电视台讲授硬笔书法，社会上自然形成学习硬笔书法热。

荣誉和非议接踵而来。有人说他"不务正业"，有人说硬笔书法是"舶来品"不能入书法之门。庞中华不为非议所困，他到处奔走呼号，终于得到社会的理解和支持。各地先后走进他创办的"中华钢笔书法函授中心"的学员有上百万，国内数百家高校、机关以及部队也请庞中华前去演讲。他在演讲中诠释中国文字之美，同时推展其独创的音乐快乐教学法，进一步扩大了硬笔书法的影响力。1993 年，经国家文化部和民政部批准，第一个国家级硬笔书法团体——中国硬笔书法协会宣布成立，庞中华当之无愧地当选为会长。作为首任会长，庞中华向全世界的中国人提出："写漂漂亮亮的中国字，做堂堂正正的中国人"的响亮口号。

硬笔书法走出国门

庞中华告诉笔者，近年来他常常面临一个困惑，这就是他走到哪里，几乎都有人问，电脑时代，还需要写钢笔字吗？

他说，这是一个近乎无知的问题。电脑不能代替人脑，打字不能代替手写。犹如无论多么富有营养的维生素，也不能代替大米白面、萝卜白菜一样啊。"书写是美，是享受，可以陶冶性情。"庞中华说，电脑普及固然是一个大环境，但书法不仅是一种书写的工具，还能培养大家耐心细致的品行，带来审美的愉悦，倾注书写人的情感，这都不是冷冰冰的机器可以做到的。"目前世界各地兴起学汉文化热，韩国、日本、东南亚国家都非常重视汉字书写。我们更不应该让这种文化轻易失落。我相信，我们将迎来新的硬笔书法热潮。"

如今，庞中华做得最多的就是致力于在国外传播中国书法文化。庞中华到新加坡、马来西亚等国讲学，获得这些国家教育部长的接见。他还远赴欧洲传播他的"快乐教学法"：在德国的讲台上，由于语言翻译困难，德国听众不太理解汉字书法是怎么回事，庞中华就现场拉起手风琴，用音乐帮助他们理解书法的内在韵律。

1987 年 2 月 16 日，如期飞赴日本的庞中华在日本全国硬笔书法研修大会上发表演讲：《中国硬笔书法的新纪元》——这是庞中华作为中国硬笔书法的友好使者，第一次站在异国讲坛上。通过这次演讲，日本硬笔书法界从此认识了这位来自"书法圣地"的中国书法家，认识了他带来的中国硬笔书法艺术。庞中华的硬笔书法成就，以及对硬笔书法理论的精辟阐述，赢得了他们的阵阵掌声。他们热情地称誉庞中华是"中国硬笔书法第一人"。

1989 年 5 月，一个偶然的机缘，庞中华结识了曾任苏联副外长、驻联合国首席代表、苏联科学院院士的著名汉学家费德林先生。在这位"中国通"的引荐下，庞中华来到莫斯科。在驰名世界的最高学府莫斯科大学，他应邀为东方语言文学系师生演讲中国书法。为了让"老外"们听得懂并与他产生心灵的沟通，他决定采用在国内首创的"快乐立体教学法"。他跑遍了莫斯科大街，最后从一个"二道贩子"手里觅到一部老式手风琴。持续两个多小时的演讲，他一边用俄罗斯手风琴音乐伴奏，一边讲解中国的汉字书法。尽管古老汉字的线条艺术对"老外"们来说太抽象了，但由于有音乐这种"国际语言"的引领，莫斯科大学的师生们还是理解了汉字书法那美妙"旋律"，不时报以会心的笑声。

"飞机一路歌，情向吉隆坡。蓝天白云相随，把酒乐呵呵。"这是1998年3月，庞中华写在马来西亚首都吉隆坡的诗句。他这次远赴"南洋"，是应马来西亚书艺协会会长钟正川先生的邀请，来这里作书法艺术交流。此次马来西亚之行，盛情的主人为庞中华安排了8次演讲，场所在当地著名的华人学校，其中1所小学、5所中学、两所大学。庞中华所至之处，每到演讲结束，各校校长都提出在自己学校办班的要求。后来，马来西亚华人教育总会总长莫泰熙先生亲自听庞中华讲课，并趁宴请庞中华之机，与书艺协会会长钟先生达成共识：由书艺协会、教育总会和庞中华三方携手，在马来西亚全国普及硬笔书法教育，先期培训师资，然后全面推广。

继东南亚之行后，近些年，庞中华又多次应邀远涉重洋访问欧洲，在欧洲的中文学校讲授中国硬笔书法。"目前随着世界孔子学院越来越多，要求学习中国硬笔书法的愿望越来越强烈，但仅靠我或硬笔书法协会的力量是不够的，我很希望与国家管理孔子学院的有关机构联手，做些中国书法文化的推展工作，真正让中国的硬笔书法走进每一个有华人、学中文、讲汉语的地方。"庞中华如是说。

（原载2010年10月29日《人民日报（海外版）》）

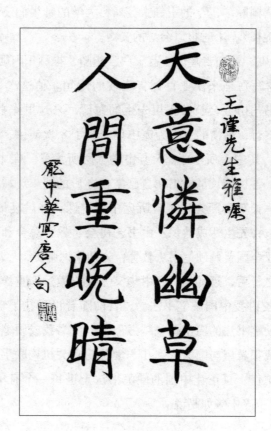

庞中华赠字

多明戈在华再赢掌声

2010 年 8 月 1 日晚，世界歌剧之王多明戈再次出现在中国观众面前。2009 年多明戈受聘出任华彬歌剧院艺术总监，并首度在华彬歌剧院进行了演出。当时，多明戈携华盛顿歌剧院的青年演员与多名中国年轻的歌唱家一起，同台献唱。而这一次，多明戈携他的合作伙伴与多名中国年轻的歌唱家一起，给中国观众带来的是经典歌剧《弄臣》。笔者有幸近距离再睹多明戈的风采．

歌剧《弄臣》是意大利歌剧大师威尔第的惊人巨作之一，与《茶花女》、《游吟诗人》并称为威尔第中期的三大杰作，也是世界歌剧十大精品之一。多明戈扮演剧中主要人物"利哥莱托"（弄臣）；艺术大师尤金·科恩担任演出总指挥。此剧展示了这样一个奇特的故事：弄臣的女儿爱上了谎称为穷学生的风流成性的公爵，弄臣为阻止他们的恋情，委托杀手除掉这个"穷学生"，不料女儿却误丧杀手剑下……中外歌唱家的完美配合，诠释了《弄臣》这个精典悲剧，赢得观众阵阵掌声。

多明戈上一次因主演歌剧进入中国人的视野，还要追溯到 2006 年。在这一年的 12 月 21 日，由谭盾谱曲、张艺谋执导、多明戈主演的歌剧——《秦始皇》，在美国纽约大都会歌剧院首演。"秦始皇"的角色据说是专门为多明戈量身打造，多明戈在舞台上，也赋予了这个他原本不熟悉的东方帝王别样的气质。

普拉西多·多明戈（Placido Domingo），著名的西班牙男高音歌唱家。他以非凡的表演天分和执著的事业心，不断塑造各种舞台角色，从最初的抒情男高音到后来的戏剧男高音及瓦格纳歌剧，均赢得观众的热爱。这些年他奔走在全球各地，从远东到南美，从美国到几乎欧洲各国频繁地举行音乐会。

多明戈与帕瓦罗蒂和卡雷拉斯被称为世界男高音三杰。2001 年 6 月，三大男高音在北京紫禁城广场首度举行演出，使神秘、古老的紫禁城伴随天籁之音向世人展现了独具东方神韵的皇家气派。这次成功的演出，也使多明戈结下了"中国缘"，与中国艺术界的交往越来越频繁。

2008 年 8 月，在北京奥运会闭幕式上，中国著名歌唱家宋祖英选择与多明戈惊艳合唱《爱的火焰》，倾倒了无数中外观众。笔者观摩闭幕式时，现场欣赏了他们的演出。

2009 年 9 月，多明戈应邀来到中国四川成都红馆举行个人演唱会，这也是歌王多明戈继北京、上海、香港、台北之后，在中国举行个唱的第五个城市。他在接受四川记者采访时说，此次与百名灾区儿童演唱《友谊地久天长》，是因为"在 1985 年的墨西哥大地震中，他失去了 4 位亲人，所以对于'5·12'大地震中失去亲人的中国孩子们的心情，他感同身受。他希望这个方式可以让孩子们感到来自世界各地的爱，拉起手来，迎接美好的未来。也希望通过歌声架起世界与成都的友谊之桥。

在欧州时兴的歌剧（opera），是以歌唱为主，同时综合了音乐、诗歌、舞蹈等多种艺术形态的一种戏剧形式。歌剧最初起源于 16 世纪的古希腊，后在意大利佛罗伦萨真正诞生和成型，并在意大利境内逐渐开始盛行。所以， 直以来，歌剧在中国都被认为是舶来品。以音乐会形式演出的歌剧，中国观众见的很少，也很难吸引观众看下去。而 8 月 1 日晚由多明戈领衔主演的歌剧《弄臣》，尽管没有任何布景，主要是以歌展示剧情，却出人意料地一直牵引着中外观众高昂的情绪，其因既在于多明戈为首的中外演员高水平的歌唱，同时剧目本身迭宕起伏的精彩情节以及远比奥地利维也纳金色大厅奢华的华彬歌剧院的欧式风格，也使观众坐得住并不时爆发掌声。演出结束后，多明戈为首的中外演员不得不在观众长时间掌声中一次次躬身谢幕。

据华彬集团业内人士向笔者介绍，作为世界三大男高音目前唯一活跃在舞台上的著名艺术家多明戈，之所以乐意与中国华彬歌剧院携手合作，不仅在于重金打造华彬歌剧院这座国际艺术殿堂，更重要的是借助华彬歌剧院这座高雅交流平台，推动国内及亚洲青年艺术家的培训及东方文化的发展。正如在歌剧方面与多明戈有着共同爱好的华彬集团董事局主席严彬博士所说，华彬歌剧院与多明戈的合作是在创造历史。二者的合作，既使国人有机会在家门口欣赏到高水平的歌剧，也将有助提升中国以至亚洲歌剧的整体水平。

（原载 2010 年 8 月 2 日人民网）

王谨看多明戈演出签名

明快康健的八载银监路

10 月 29 日下午中组部宣布了金融监管三大机构的新任命，尚福林、郭树清、项俊波分别出掌银监会、证监会、保监会。

在这三大金融监管机构中，笔者较为熟悉的是银监会和其前掌门人刘明康。年满 65 岁的刘明康因年龄原因不再担任银监会主席，但他的开拓性的领导才能给中外金融界留下深刻印象。

可以说，刘明康是中国银行业监管委员会的开拓者，银监会从无到有，他是亲历者、见证人。作为中国银监会第一任主席，他在该任上至今已经工作了 8 年。

这 8 年来，他领导他的团队建章立制，使银行业监管有章可循。实施卓有成效的监管后，原本被认为"技术性破产"的中国银行业，完成了股改、上市、跻身全球最大市值银行序列，更建立了可能比西方金融监管体系当下要求还高的资本、风险监管框架。

笔者认识刘明康是在 20 世纪 90 年代，那次我到福建采访，在一次会议上不经意间认识了时任福建省副省长的刘明康，虽然我们没有过多的交谈，但他的精明干练和儒雅风度给我留下深刻的印象。后来我了解到，刘明康经历丰富，既有当知青插队的经历，也有在英国伦敦城市大学研究生院工商管理学专业攻读硕士研究生的学习经历；既当过江苏省丹阳市总工会干部，也担任过中国银行南京分行（江苏省分行前身）干部。他在金融业领域业务能力的跨越，是在被派往伦敦担任中国银行伦敦分行贸易清算部副经理、业务发展部经理之后，从此金融业和政府方面的重要职务连连加在刘明康肩上，他均担得平稳和自信。他先后出任福建省副省长、国家开发银行副行长、中国人民银行副行长并兼中国人民银行货币政策委员会副主席、中国光大集团有限总公司董事长兼党组书记及至中国银行董事长、行长、党委书记，并先后当选为中共第十六届中央候补委员，第十七届中央委员。

2001年11月刘明康还当选为国际金融协会副主席。这是迄此为止中国人在该机构组织（全球性金融机构组织）中担任的最高职务。

本世纪初的2003年5月，北京非典肆虐之时，国务院决定成立中国银行业监督管理委员会，刘明康受命担任第一任主席。他在"五一"期间到办公室召集部下开会，言及中国银行业的改革路线图已经清晰，称未来将值得计入史册。

刘明康作为中国银行业改革的重要参与和推动者，和央行行长周小川等一起，合力主导了2003年以来最为重大的一项改革：国有银行业改革。

在国有银行成功上市之后，刘明康强调要以丰补歉，在盈利状况良好的前提下，规范经营，严守底线，做实资本、提足拨备，增厚在经济波动时期银行业的抗风险能力。在银监会的不懈坚持下，整个银行业的拨备充足率已经超过200%，而大银行的资本充足率水平也都达到11.5%以上。2005年整个中国银行业的不良贷款率高达8.6%，超过欧美银行业的水准很多，但2010年银行业同口径的不良贷款率降到了1.2%。银监会亦在2007年要求银行不良资产拨备覆盖率要从100%提到130%。2010年底则升至平均超过200%。

这样的业绩为中国的银行业在2009年美国金融危机肆虐全球时，打下了安然度过的坚实基础。

对于银行当下漂亮的财务数据，刘明康也曾向财新记者坦承：2%的不良贷款率是比较正常的水平。

2009年一季度，银行业月均放款达到1.5万亿元。公开资料显示，银监会第一个拉响了对地方融资平台的警报，认为蕴藏着很大的风险，并开始纠正地方融资平台的打捆式贷款、用票据占规模、"冲时点"等不审慎行为，4－5月起及时引导银行业从信贷超常规投放逐步转向常态，信贷投放逐渐减少，并要求商业银行全面梳理地方融资平台贷款，进行解包还原，补足抵押和还款来源。在严厉的监管之下，各家银行的平台贷款才呈现出收敛之势，但当年的新增平台贷款仍激增了1万多亿。

时至今日，地方政府、银行与监管的博弈仍在持续，由于担心风险巨大，银监会提出要求对平台贷款按照现金流覆盖情况计算资本占用，最高的达到350%，同时要求对到期的平台贷款不再借新还旧。但此举在执行过程中，不断遭到抵制和延期。

知情人士称，银监会承受了十分巨大的压力，政策推进困难重重。

一位风险条线的大行高管事后曾坦承，虽然银监会的政策很严厉，但如果没有刘明康的严防死守，地方政府融资平台恐怕根本无法控制，一旦失控后果不堪设想。

刘明康在今年年初的一次内部讲话中曾表示，地方和企业负责人动辄追求翻一番的冲动，有时候令人不寒而栗。他举例称，全国的 GDP 目标是8%，而除个别省份的目标与此一致外，多数省份都提出下一个五年要翻番。借美国金融危机后全球银行业重定监管框架之时，银监会提出要计提"逆周期超额拨备"等新资本监管框架，此举就是要防止中国的不少地区和企业"集体发疯"。

近年来，银监会每个季度都会召开由各商业银行主管行长参加的经济金融形势分析会，刘明康在形势分析会上坦率、直白地分析全世界和全国的经济走向，提示风险，每次两个半小时，信息量很大，前瞻性强。虽然这不是个公开的会议，会后的发言稿往往"洛阳纸贵"。

自 2006 年始，以银监会开放农村金融市场，鼓励商业银行成立村镇银行服务于农村经济，并开始推动商业银行为小微企业服务。刘明康是第一个厘清中小企业和小微企业概念的部委领导人。10 月 28 日，刘明康在全国城市商业银行大会上，最后一次以银监会主席的身份，强调商业银行应明确市场定位，提高小微企业金融服务水平。

可以说，刘明康在执掌银监会这 8 年中，趟出了一条明快康健的八载银监路。

（原载 2011 年 10 月 31 日人民网）

张胜友： 为开放的时代而歌

　　如同往常的每周一，我走进办公室首先要做的事是把放在案头的书信、报刊大体过目一下，再打开编采电脑开始一天的工作。这天，案头上有一封来自中国作家协会厚厚的邮件，我拆开一看，是我多年的老朋友、中国作协书记处书记、著名作家张胜友给我寄来的一本新书《行走中国》。

　　我认识张胜友兄，是在其供职于《光明日报》之时。那时他在该报当记者，我从该报上经常读到他写的带有报告文学特色的通讯，对这个名字开始刮目相看。1988 年底，我写了一篇《在西藏采访的日子》，入选由人民文学出版社在第二年初出版的《新闻的幕后——百名记者的自白》一书。收到书后，我发现书中有张胜友写的一篇题为《心路历程的自白》。读他的"自白"，才了解到他是福建省永定人士，上大学前当过农民、裁缝、通讯员、地区文艺编辑，大学毕业后到光明日报社当记者。他在"自白"中通过回顾自己的采访经历，申明他"遵奉的写作宗旨是：为人民代言。"

　　这以后，张胜友以系列文学作品在中国文坛崭露头角。我也与他在相关会议或笔会上多次见面，有了近距离的了解与观察。笔者发现张胜友无论是当记者、作家，还是后来担任光明日报出版社总编辑、作家出版社社长兼总编辑，继而担任中国作协领导职务，他都没有忘记他的"为人民代言"、"为时代而歌"的创作宗旨。

　　如果说，张胜友在散文、报告文学创作方面轻车熟路的话，那么 1988 年后他结缘影视政论片的创作，并成果迭出，同样令文学界瞩目。这本作品集正是对张胜友影视政论片解说词作品的检阅。

据作者自述，他与影视结缘，可追溯到 1988 年秋季。他和他的同窗好友胡平第一次合作撰写了反映近代变革史的五集政论片《世纪风》。今天重读收入这本集子里的《世纪风》，可看到作者驾驭政论题材的不凡功力。作者的笔触从 19 世纪中页追溯到 20 世纪 80 年代，时间跨度横贯一个多世纪，激扬文字，评点历史。作者写道："中国，必须承受太多的忧患和太多的苦难，才能在 20 世纪 80 年代，昂首挺胸地告诉世界：'历史在这里飞跃'"；作者预言："几千年来饱受创伤和忧患的中华民族，如同一只火中的凤凰，其涅盘就在这一刻，其苏醒就在这一刻"。

改革开放的伟大实践开阔了张胜友的的眼界，也给他影视文学的创作注人更多的灵感。从海南到上海浦东，从闽西到广东东莞，从厦门到福建泉州，从邯钢到行走商界……作者被改革开放后中国的变化感奋着。他行走在变革的土地上，用笔记录着，畅抒着对时代的赞美与思考，先后撰写了《力挽狂澜》、《十年潮》、《基石》、《人口纵横》、《商魂》、《历史的抉择》、《石狮之谜》、《海沧：中国热土》、《2000 奥运：光荣与梦想》、《海南，中国大特区》、《中国公务员》、《让浦东告诉世界》、《海之恋》、《崛起的海峡西岸经济区》及《珠江，东方的觉醒》等 25 部影视政论作品。

评述性地解说是影视政论片创作的基本特征，需要作者有深厚的理论造诣、历史积淀及较强的文学表达功力。张胜友在这三方面均有过人之处。如入列书中第二篇的电视政论片《历史的抉择》里，作者以极大的政治勇气和艺术魄力，正面解读了中国为什么选择改革开放，以及如何实现改革开放的成功起步等重大的历史话题。收入书中的第一篇作品《十年潮》，则从纵向和横向颇为大气地扫描了中国 10 年改革开放的历史进程，揭示了中国改革开放的历史必然性和发展的必然趋势。

《海南：中国大特区》，以近似电影推拉自如的特写与远景笔法，全面总结了在海南办大特区的经验与效应。作者预言："海南——作为中国改革开放的'社会实验区'，她的今天与明天，必将越来越引起全世界的关注。"《东莞：城市传奇》，浓墨重彩地讴歌了地处广州至深圳走廊中西地段的东莞，在改革开放之风的吹拂下，以传奇的身姿在城市化道路上迅跑。作者为这个新兴的城市发出由衷的赞美："东莞当之无愧地领受了众多的一项项桂冠"，"东莞也为时代奉献了如此恢弘的华彩乐章"。在《让浦东告诉世界》里，作者以极大的政治热情写道："开发开放浦东，是中国共产党为振兴中华民族的世纪选择。"然后，作者的笔触在全国的大背景下通过纵横向对比，将上海同率先开放的其他经济特区相对比，彰显了开发浦东是"世纪的选择"的重大主题……

张胜友之所以有着解读这个伟大时代的激情，是因为他"经受了一个时代退隐的痛苦，又领略了一个时代崛起的惊喜"。在1977年恢复高考之前，他和许多老三届一样饱尝了生活的严峻与艰辛，有了不同寻常的生活经历。为改变命运，他在社会的底层挣扎，使他走上了业余文学道路。大学毕业后，躬逢中国开启改革开放的新时代，他亲身感受到改革开放给中国带来的变化，看到了大中国的崛起，由衷地感到兴奋，从心里热爱这个改革开放的时代，并用手中的笔为时代而歌，实录这一充满艰辛而又充满希望的大变革时代的风雨烟云。

时代需要像张胜友这样充满激情的记录者、评述者。

（原载 2009 年 9 月 10 日《文艺报》）

吕梁新英雄

汽车弛出吕梁山薛公岭长达 2.8 公里的隧道，进入吕梁中阳县境内，笔者的视野开阔起来，公路两侧满目青翠。远看，几乎看不到光秃的山峦，绿色如瀑的植被，使人恍若来到江南。

作为太行山的一部分，吕梁中阳县的贫脊过去是闻名全国的。如今，这里的生态改善了，荒山变绿了。说起这些变化，当地人们提到最多的是全国绿化劳动模范乔建平。22 年中，他带领亲友和当地农民，在恶劣的吕梁深山大沟植树造林 25 万亩，成活 6 千万株，被称为"林神"。

烧钱种树

山西，作为中国能源大省，许多人靠开煤矿成为腰缠亿万的大款。乔建平也有这个机会。不过，他中途放弃了，转而干别人不愿干的事——"烧钱"种树。

2004 年，乔建平还只是一个毛头小伙子，敢闯的他在当地承包了一个小煤窑。挖煤等于是挖乌金，来钱快，时间不长，乔建平腰包逐渐鼓起来。

不巧，一年多后，当地政府整顿小煤窑，他承包的这个小煤窑被另一家兼并了，兼并方给他 2000 万元作为补偿。当时，拿这 2000 万元完全可以再和别人合伙到别处投资煤业或房地产，但他没有贸然行事。因为他在承包煤矿的一年多时间里，认识到开小煤矿对环境破坏的严重性。他甚至骂山西煤老板是在挖自己的祖宗，毁了环境。他不能再干这种缺德的事了。有朋友建议他合伙到北京或南方搞房地产，他也曾犹豫过，但最终还是觉得那不是农民干的活儿。

1989年，吕梁地区拍卖四荒，鼓励农民造林，中阳县是试点之一。当时村里开的拍卖会非常沉闷。村主任亮出拍卖"四荒"政策后半天没有人搭腔，因为大家知道，"四荒"就是荒山、荒坡、荒滩、荒地。在吕梁这个地方，即使所谓好地也种不出满意的庄稼来，何况荒山秃岭？等了好久，眼看拍卖会就要泡汤，一个高个子年轻汉子站起来，大声说："我包"。大家一惊，齐刷刷把怀疑的眼光投射过去，一看是乔建平。村长怕他反悔，手起锤落。最终，乔建平贷款8万元承包了荒凉的青山垣2.5万亩荒山，有效使用期限50年。

乔建平决定承包荒山种树，引来家人、亲戚和村民的一片反对声。家人怪他放着好好的生意不做，偏要种树，是个"二杆子"；村民怪他种树影响放牧。但乔建平认准的理儿不轻易放弃。他先说服相濡以沫的妻子，获得她的理解，继而做亲戚的工作，让他们支持并参与和他一起种树。

种树是"烧钱"，也是一时难见效益的活儿。一棵带营养钵的树苗少说也要5元，有4斤多重，整车皮地从老远地方拉来，卸下车，雇当地农民挑着树苗上山，一人也就只能挑上十来棵。上山挖坑栽下去，加上工钱，一棵树的成本就翻番了。乔建平说，这二十多年他先后买的树苗拉了近100个车皮，其可观的投资可想而知。钱从哪里来？乔建平拿出煤矿被关停所获赔偿金。用乔建平的话说，是"以黑养绿"，把煤矿收入投入到造林中；用吕梁市林业局一位领导的说法，"挖出地下黑金子，栽下地上绿金子。"

赔偿金不够用，乔建平只好贷款或到处求朋友帮忙。为种树资金的事，乔建平也没少和妻子闹别扭。几年前妻子看到左邻右舍煤老板纷纷到北京买房，也瞒着丈夫在北京soho预定了一套260平方米的复式大房子，并交了大宗定金。乔建平得知后给潘石屹写信把房子退了，因种树需要钱啊。妻子知道后因生气差点突发脑溢血。

科学与盟誓

在吕梁中阳贫瘠的荒山上种树，谈何容易？本来对乔建平承包荒山堵了放羊后路很有意见的附近村民，以复杂的心态，等着看乔建平的笑话。

乔建平尽管几乎没上过什么学，对科学知识了解不多，但是他是一个有求知欲的人。送孩儿上学，他偷偷在门口旁听一会，时间久了，他也能认识一些字，能够加减乘除了。他知道了，到处开小煤窑对环境造成的破坏，是伤天害理的事；植树造林有益改善环境，是惠及子孙的善事。"我在有生之年应多做些善事"。这是他向妻子儿女常挂在嘴边的。

通过电视，通过耳熏目染，通过实践摸索，他逐渐掌握了一套提高种树成活率的科学方法：抓住季节适时种；乔木灌木混合种；栽后检查再补种。

头一年乔建平种的树只活了两成，第二年种的树活了三成，第三年种的树活了四成……尽管活的比死的少，但乔建平没有气馁，成活率毕竟年年在提高。他年年带人补种。

后来乔建平发现，种的树成活率低固然有荒地贫瘠的因素，也有少数受雇来种树的农民干活不认真的因素。对难挖的树坑，有的不按照规定深度挖，有的甚至干脆应付只扔一棵树苗在那里，不认真封坑。此症结岂可小视？一天开工前，乔建平把所有参加种树的人召集到青山垣的最高处，杀鸡盟誓。他把鸡血滴到酒碗里，每人一小碗，喝酒发誓："我种的是神树，如果种不活，甘遭报应。"最后轮到乔建平发誓："如果哪个人认真种了树，我欠了他工资，那就死我儿子。"大家听到乔建平把话说到这份上，其他人哪敢含糊？这次盟誓后，种树质量明显提高。有的种树者看到自己承包的树坑里有死苗，主动请战补种。在二三期造林山上，乔建平拨开灌木丛，让我们看补种不久的小松树苗，说："这些，就是补种的一年树龄的树。"我们再看旁边，成林的三、四年松树则有一米多高。

创造神话

乔建平以自己的悟性和执著没有让村民们看到笑话，反而以称雄全国的造林伟业征服了周围村民的心，不少人从观望继而参与或支持他的造林事业。

乔建平的执著也感动了各级领导。2008 年 9 月，受国家林业局局长贾治邦委托，全国政协委员、原国家林业局副局长赵学敏带领几位司长，专程来中阳进行了调研，在青山垣看了种树现场后，当场赋诗一首："青山垣上翠云深，一路颠簸见故人，风雨沧桑染霜鬓，光阴荏苒树成林。宏图初展岂言老，壮志小酬更献身。"同年 10 月，时任吕梁市市长的董洪运也登上了青山垣，他看到满山满岭的树后，感慨万千："比山高的是树，比树高的是人，比人高的是精神。"

县林业局领导决定把乔建平植的树列入护林服务范围，乔建平的树种到哪里，护林员就维护到那里；对乔建平在承包范围以外种的树，按实际种树量给以适当经济补贴。

乔建平以 22 年的辛劳，造就了中国个人造林史上堪称第一的神话：他造的林延绵穿越 28 个行政村，100 个自然村，纵横 40 多公里。他植的树按山西全省人口计算，人均 1.6 棵；按吕梁全市人口计算，人均 16 棵。乔建平成为中国民间植树最多的人，也是新中国成立以来造林最多的农民。目前在乔建平林场的一期造林工程，最高的树已达十几米，成片的柏树已经成林生籽。

9 月 23 日上午，阳光明艳。笔者和参加笔会的作家一行上到青山垣瞭望台上的最高处，举目四望，只见满目青翠，绿浪滚滚，蔚为壮观。我发现，品赏那波波绿浪，其中既有柔润之美，也不乏沉雄之美。

吕梁在革命战争年代是英雄辈出的地方。作家马烽、西戎合著的《吕梁英雄传》曾影响了几代人。今天，吕梁人中又涌现了一个当代英雄，这就是造林英雄乔建平。他先后荣获"全国五一劳动奖章"、"全国绿化劳动模范"、"山西省特级劳动模范"等多项荣誉称号，还被选为山西省政协委员。

乔建平对来访的作家们直抒己见："山西的退耕还林是高成本啊。别看从太原到吕梁路边成活的这些树，一棵树成活成本少说也要一两千元。因为有的种树方法不当，大都是栽了几次才成活的。"说到这里，他沉默了一会，侧过头对我们说："如果让我当林业厅长，只要 3 年，就可改变山西还有荒山秃岭局面，该有树的就会种下树。"说到这里，他意识到有些失言："当然，这只是假设，我毕竟只是一个农民……"

这就是乔建平，一个真实站在我面前的直性汉子。

（原载 2011 年 10 月 10 日作家网）

柔情助推安全舟

"写我?"她似乎有些不好意思,一双明亮的眼睛游移着疑惑。

"我只是做了一名矿工妻子应该做的。"她补充道。

坐在笔者面前的时菲菲,一身素装,年轻秀气,她是胜利公司储运公司装运部装载工任亮的妻子。

任亮承担的工作是操作电子系统,为火车皮装煤,流水性作业,安全性要求高,稍稍打盹或精力不集中,就会铸成大的事故。为此,2011 年储运公司装运部与任亮、时菲菲签订了家庭联保协议书,时菲菲被聘为家属安全协管员。

时菲菲与任亮是山东省东营职业大学的同学,他们的相识相爱缘于篮球。1.85 米个头的任亮是学校男篮的主力队员,清秀的时菲菲是学校女篮队员。

大学毕业后,山东姑娘时菲菲本来可以留在山东,但爱情之线牵系着这一对男女来到锡林浩特高原。

当你爱一个人,你会爱他的工作,爱他的一切。尽管任亮所担负的装车操作员的工作又脏又累,经常黑白颠倒,但时菲菲没有嫌弃。看到自己所爱的人相守在身边,任亮的工作保持着安全、高效。

时菲菲后来在汽贸公司找了份工作。任亮上夜班多,有时直到深夜 12时后才回家,但无论多晚,任亮每次回来,迎接他的不仅有妻子关爱的问候,还有可口的饭菜。

时菲菲在生活中承担了三种角色:利来汽贸公司员工、神华胜利公司下属储运公司装运部安全协管员、储运公司装运部装车操作员任亮的家属。她把这三种角色都扮演得很到位。

请听时菲菲怎么说：

"我深知作为一名矿工家属的重要性。我始终将争当一名安全贤内助、当好安全协管作为自己的一项职责与不懈追求。"

"家属协管员是矿工身边最贴身、最温情、最可信赖和最容易达到亲情教育而有实效的人。家是幸福的港湾，家庭幸福是每对夫妻共同的愿望，为亲人创造一个和谐的家庭环境，是家属协管员最基本的职责。"

在时菲菲看来，爱丈夫，就要爱丈夫的工作，以贤内助身份保障他安全工作，安全回家。时菲菲原来并不懂煤炭安全生产知识，任亮与煤炭打上交道后，学习安全知识成了时菲菲生活的一部分。她迷上了单位组织的安全知识考试，并每天自觉给丈夫转发"今日安知"短信，督促任亮上班注意安全。当丈夫下班回到家，她既想方设法使丈夫睡好、吃好、心情好，同时不忘察言观色，了解他的工作，常吹安全枕头风。

2012 年冬的一个周末，任亮值晚上 12 时至第二天早晨 8 时的班。到后半夜任亮困盹得睁不开眼，操作装载时一不留神多往车里装了一吨煤，车皮上的煤出现"鼓包"状，必需停车卸下多装的煤。为此，任亮很懊恼。回到家，时菲菲发现丈夫今天的气色不对，一言不发，第一感觉使她意识到丈夫一定在工作中遇到不顺心的事情。她知道此时急于询问丈夫不会有好效果。她热心地为任亮端来饭菜，然后让他好好睡一觉。在丈夫起床之前，她通过电话与装车班组沟通。任亮的同事安慰时菲菲，任亮工作一直表现出色，只是昨晚出现点"鼓包"。知道真相后，等任亮睡好正吃午饭时，她循循善诱，进入正题，开导他，提醒他，上班时千万注意安全。在温情脉脉的妻子面前，任亮连连点头说："为了我们这个家，我也会吸取教训的，放心吧。"

时菲菲不仅爱她和任亮共同建起的这个"小家"，更爱神华胜利公司这个"大家"。她说："与姐妹们齐心协力为神华安全生产托起一片天，是自己的一份责任。"每逢工会组织"心系职工情、情暖职工心"的公益活动，总会看到她忙碌的身影。在夏季高温天，她和其他职工家属协管员及部分职工家属大汗淋漓地走到一线职工中间去，为他们送去解暑的绿豆粥、冰镇矿泉水以及水果……当新春佳节即将到来，家家忙着准备过年之际，时菲菲又积极和其他家属协管员一道，开展为除夕值班的职工包饺子活动。从当天早上8时一直包到晚上19时，经她手里包出的饺子有多少她已数不清了，她只感到累得直不起腰，手指麻木，但看到一线职工吃上香喷喷饺子的笑脸，她觉得再苦再累也值得，分享到集体的快感。

　　这就是时菲菲，一个家属安全协管员的剪影。她和众多家属安全协管员一起，以柔情，以微力，以纤纤之手，助推着神华胜利公司的"安全之舟"。

　　　　　　　　　　　　　　　　　（原载 2013 年 6 月 26 日《神华能源报》）

陆　血浓如水

王谨短暂军旅生涯（1973 年摄）

母亲的洋铁瓶

又到清明。此时我不禁撩起对父母往事的回忆。其中，上初中时，母亲让我带在身边的那装满优质农产品小吃的洋铁瓶，在眼前又浮现出来、灵动起来。

天下母亲，有一个共同点，那就是伟大的母爱。我母亲生前的勤劳与贤惠、是非分明的正义感，特别是在日伪时期勇敢机智地救助被追捕的当地党的负责人，做事不愿张扬，在我老家的邻里间是出名的。她生育多名子女，含辛茹苦，以母爱的乳汁将我们兄弟姐妹养育成人，馈予社会。

记得上世纪50年代末60年代初，处于鱼米之乡的老家，不用化肥的农产品优质而新鲜，但由于人为地在全国搞大跃进，办公共食堂。"鼓足干劲生产，放开肚皮吃饭"成了口头禅，人人吃饭不要钱，几年的存粮吃完了，加之遭遇三年自然灾害，老百姓吃饭成了问题。那时候我还小，尚处于幼年。母亲总设法不让我们挨饿。每次她做好了饭菜，总是让子女先吃，等我们吃得差不多了，她则以剩饭剩菜应付自己的口腹。那时，全家饱吃一顿大米饭是奢侈，吃糠咽菜是常事。但母亲总是以她那高超的炊艺，把和着糠的米饼烙得香喷金黄，大家都乐意吃，不致挨饿。

三年困难后期，我上了镇上的初中，因在学校驻读，我每逢周六回家，周日返校。我和停前中学的驻读生按定量吃集体伙食。学校伙房做的饭菜，米是当地新上市的稻米，菜是学校菜园当天采摘的或从镇上现采购的，青翠欲滴，没有安全之忧。学校集体伙食按粮票定量，我时常觉得不够吃。母亲怕我吃不饱，虽然家里经济状况拮据，母亲省吃俭用，每周当我从家中返校时，总将装满一洋铁瓶的零食让我带上。洋铁瓶其实就是老上海糖果商店展卖糖果的薄铁皮瓶子，宽高比一本杂志稍大，容积足够装一周的零食。这些零食包括自家做的麻糖、苔果以及逢年过节亲友送的当地特产"片糕"、脆饼、"雪枣"、"五香豆"等点心。所谓麻糖就是当地人用红薯做的板糖，掺上芝麻，晾干切片而成；所谓苔果，则是将蒸熟的红薯（当地也叫红苔）切片晒干，然后用锅烘炒，吃起来香而脆。麻糖、苔果是当地人待客的美食，尤其是孩子们的最爱。学校定量三餐，对于长身体的我来说确实达不到能量需要。因有了母亲的小铁瓶，每当我感到饥饿身体乏力时，就利用课间休息，到集体宿舍打开洋铁瓶，尝上一两块麻糖、苔果或其他"小吃"，见到同学，也让他们分享。课间"添料"增强了我身体的能量，我学习精力充沛了。初中三年中，我除完成正常的学业外，积极参加课余"政务"，担任学校学生会主席，学习成绩也进步很快，最终以优异成绩考上县城第一中学高中部。应该说，母亲的小铁瓶，确实为长身体的我给力不小。

在初中三年，我几乎没有离开过母亲给的小铁瓶，小铁瓶里总是装着母亲特为我备的"添能量"小吃。

普通的一个洋铁瓶，盛满了妈妈伟大的母爱，成为我少年时代记忆的永恒。

后来，我接着上学，参加工作来到北京，才没有带那个小铁瓶。我感到愧对母亲的是，因为在单位工作太忙，加之我那时年轻，全国各地的跑，但几乎很少回老家，差不多只是每逢十年才回乡看望父母一次。每次离家，我几乎不敢看母亲满含泪水倚门送儿的眼神。随着劳碌一生的父亲去世，母亲年纪愈大，病痛多了，我托人把母亲接到北京居住，但她过不惯都市几乎家家封闭的生活，没住几日就要求回去。我这才把回乡看母亲的时间缩短。但我为母亲所尽的孝仍然有限。

母亲垂暮之际，中风并不幸骨折，痛苦地在病床上煎熬半年，年逾90而终。我经常想，按她的好体质和旷达性情，我们作子女的如果尽孝尽到位的话，她能活到一百岁。

清明时节，日温月明，万物清朗，可母亲不在身旁。我在心里默默呼喊着母亲，感恩着母亲……

（原载 2014 年 4 月 5 日《人民日报》）

来自家乡的年货

辞旧迎新，又到农历新年。

在农历小年前后，中国的城乡就开始到处漫溢着过年的气氛。

买些家乡风味的年货，是年根儿家庭的节目之一：用上好的糯米精粉做的糍粑、用精选的绿豆黄豆和着新大米磨制的豆粑、用生态湖里的鱼肉和着米粉做的鱼面……这些来自家乡带着土味的农产品，尽管不是什么名贵之物，但看到这些年货，家乡的年味扑面而来，思乡之情油然而生。

在中国，农历新年称大年，每家每户都早早准备年货，以示对过去一年的庆祝，对新的一年的祈盼。在家乡鄂东地区，有些年货颇具代表性。

糍粑，又称年糕，是鄂东一带流行的美食，人们习惯在农历腊月制作，是过大年的必备之品，象征丰收、喜庆和团圆。凭儿时的记忆，人们先把上好的糯米磨成粉，经过搅拌、揉压，再放到蒸笼里蒸熟，取出晾干，然后放到有水的缸里保存，做年夜饭时或平时待客，拿上几个或蒸或炒，放点糖，成为餐桌上的一道佳肴。

豆粑，也是鄂东一带颇具特色的美食。原料用的是黄豆、绿豆、大米，经过磨浆，调匀，用大铁锅烙成薄薄的饼子，铲起，晾干，再切成卷丝状，晒干后保存。过年时或和肉炒着吃，或和鸡汤及别的汤煮着吃，再放点青菜，美味又营养。记得儿时，年根烫豆粑，是每家的一大盛事，烫豆粑高手成为争抢的热门人物。我家是大户，人口多，每年的豆粑制作往往准备得早，农历小年还没到，妈妈就早早泡上黄豆、绿豆、大米，第二天让年长的儿女轮流推石磨将料磨成浆，傍晚时分请手艺好的堂兄来掌勺烫豆粑，父亲母亲则轮流在灶间添柴火。烫豆粑是个很细的活儿，一则往锅里抹油放浆要匀，二则要掌握火候。只见堂兄一手拿着油刷，锅烧热时，给锅抹上一圈薄薄的油，另一只手则用勺舀上豆米浆在锅里一淋，伴随着"哧哧"声响，一张薄如蝉翼、晶莹透亮的豆粑就烫好了。他用两手各牵着豆粑一角，把豆粑熟练地拎到旁边的筐里，接着又制作下一张。一张张乳白色豆粑在他长满老茧的手上翻飞，尽管周而复始做着同样的动作，但堂兄的脸上洋溢着别人无法替代的一种权威的自豪感。每掀起一张豆粑，父亲、母亲饱经沧桑的脸庞在柴火的映衬下也现出快慰的光泽。姐姐则将稍放凉的一张张豆粑卷起切成丝，而我那时尚小，高兴地在灶房和堂屋间跑来跑去。有时堂兄还拎起一张刚烫好的热气腾腾、香味四溢的豆粑奖给我，妈妈则帮我卷上炒鸡蛋或肉末酸菜，偏心眼地让我先品尝美味。我玩累了、吃饱了，就在暖烘烘的灶房柴火旁打盹，妈妈立时拿一件棉衣盖在我身上，我就在灶火的映照下睡着了。等揉眼醒来时，天已蒙蒙亮，豆粑丝已切了好几箩筐，大人们正在美美地享受着肉片炒豆粑的早餐……

　　随着岁月的更替，家乡的一切在变，但过年的风俗仍然没有变。年味十足的年货，不仅是当地百姓家必备之物，也成为年末岁尾游客争购的美味特产。尽管我久居北京，离乡千里，但每到年根，或有乡亲给我带些年货来，或我直接到北京特色市场采购，以满足新春佳节的口腹之欲。

（原载 2009 年 1 月 24 日《人民日报（海外版）》）

王谨家庭三人照（2010 年）

在母病榻前七日

庚寅年岁末，突接电话，母病危。我匆匆起程，急乘被浓郁年味气氛裹挟的列车驰回鄂东黄梅。年三十上午到老家，放下行李，急奔母病榻前探视。母亲被棉被捂得严实，只露出稀疏的白发和憔悴的脸。二哥对母喊："老三从北京看您来了。"母微睁昏花的双眼，但没有往常看到我的兴奋，似乎还没有认出我，口中喃喃自语，但听不清说些什么。我这才意识到母亲病得不轻，双眼不觉涌出泪水。

母姓周，生于 1921 年，今年农历二月即满 90 周岁。她先后生育多名子女，为养育子女，施乳沥血，辛苦劳作，但七八十岁仍身体硬朗。她热爱新社会给她带来的一切，支持子女们各自的工作。父亲先她而去之后，我曾多次要求她随我生活，她也先后来京三次，最长一次住过近半年，但还是留不住她，她仍习惯在那老屋里起居。只是近年来她连遭疾病突袭，生活才不能自理。

大年三十，正是各家以盛宴庆祝团圆之日，我和二哥国良却在母亲病榻前忙活。因二嫂在忙年夜饭，且儿孙多，照顾母亲的琐事就主要靠我和二哥承担。二哥让我将一个苹果切成小块，放在一个小碗里，经开水烫后，喂给母亲吃。我坐在床沿，一小勺接一小勺地精心地喂。母亲尽管神志不太清，但胃口恢复得还好。看到她吃完一勺，张开嘴等待下一勺的情形，真像一个待哺的小孩。

吃完大半个苹果后，母亲入睡了。二哥和我才腾出手贴春联，装饰大厅，打扫房前屋后。过了一个多小时，传来母亲痛苦的呻吟声。母亲醒了，二哥知道该是给母亲喂止痛药和抱母亲下床方便的时候了，我及时跑上前去配合。

快到吃午饭时，我用吸管让母亲吸一瓶"太子奶"，也许久病没有力气，母亲吸了近半个时辰，才喝了半瓶。

还不到傍晚5时，性急的左邻右舍陆续点燃起鞭炮，顿时噼里啪啦的鞭炮声不绝于耳，五颜六色的礼花映红天空，街邻们吃年夜饭的时间大大提前了。半个小时后，大侄子也应其母的指派，催我和二哥去吃年夜饭。我不忍心留下母亲，二哥说，那我们先喂好母亲再去。我们为母亲煮了一小碗易消化的鸡蛋豆面，喂给母亲后，我才和二哥一起去吃团圆年饭。当侄儿们在饭前燃放近半个小时的三大团万鞭和焰火以示庆祝之后，我在餐桌旁接受侄孙们轮番的热情敬酒时，我脑子里仍然是躺在病榻上的母亲，食无甘味。我想，病榻上的母亲能听到贺年鞭炮的鸣响吗，能听到子孙们的新年祝福吗？

正月初一，已是辛卯年，阳光明艳，天气出奇得好。左邻右舍开始成群结队地踩着房前屋后留下的厚厚的红色爆竹屑，入户拜年。母亲在小镇是受尊敬之人，上门拜年者络绎不绝。拜年者总是要到母亲病榻前致意，但母亲还是不认识人，几乎没有面部反应。我和二哥除招待来拜年的客人外，还要按时给母服药、喂食，帮助母亲方便。当日下午，趁拜年者少些时，我让二哥去稍事休息，我则用炭火小炉为母亲熬煮大米红薯稀粥。晚饭时，给母亲喂了一碗大米红薯稀粥，从母亲不时发出的咂嘴声音看，很合她的口味。

正月初二上午，居于浙江嘉兴市的两个妹妹雪枝、国枝赶回老家。看到母亲的病状，她们不禁哭出声来。她们擦干眼泪，顾不得旅途劳顿，即为母亲擦洗身子，清洗衣被。我和二哥从此轻松了不少，但喂药喂食和排便时仍然搭搭下手。

这天傍晚，母亲突从被子里伸出左手叫喊着，口中发出含混不清的"叽叽"的声音。我以为是母亲哪里难受，走上前握着母亲的手，给她左臂膀按摩。但她抓着我的手直摇，嘴里仍然喊着含糊不清的"叽叽"。我不知其故，让大妹来分辨母亲需要什么。大妹过来大声问母亲哪里不好？

母亲仍然是伸出手急躁地发出"叽叽"的声音。大妹没有办法，只能喊二哥来。二哥听了两遍，猜想母亲似乎是在担心她养的鸡。他拨开众人，让母亲的视线能看见厅堂门口，指了指外面说："放心，鸡都按时回窝了。"母亲这才安静下来。

正月初三，鞭炮声早早扯开清晨罩在方圆几里的小镇上空的薄雾，我刚起床不久，二哥和镇医院的潘主任已来到母亲床前。潘主任为母复诊后，给母亲开了两服骨折敷膏，并告之护理事项。潘主任走后，来拜年的亲友坐满了一厅堂。按我的意思，二嫂和两个妹妹特地为来拜年的亲友准备了两桌盛宴。餐毕，送走亲友，我和二哥及两个妹妹仍然按时给母亲喂药、喂食。

这天中午，母亲又烦躁地从被子里伸出左手叫喊着，口中再次发出含混不清的声音。我仍然不知其故，让小妹来分辨母亲哪里难受。小妹一番安抚仍然无济于事，只好再次喊来二哥。二哥分辨出母亲似乎还是在惦记她养的鸡。他拿过喂鸡的稻谷盆，对母亲说："鸡刚喂过了，您看这是刚喂的谷子。"他还拿来两个鸡蛋说："您看，鸡都生蛋了。"一番话，母亲终于安静下来。我在佩服二哥对母亲声音分辨能力的同时，也深深对一生勤勉的母亲感到愧疚。为养育子女，她吃尽了人间之苦。特别是20世纪60年代的三年困难时期，每顿吃饭，母亲总是把好点的食物让子女先吃，自己吃剩下的，或吃糠咽菜充饥。尽管后来她的子女都先后大了，自食其力了，母亲完全不必劳动，不必养鸡，但让她不做事吃闲饭很难很难。

正月初四，县人民医院何院长应我之约，派外科宗大夫乘救护车前来巡诊。他给母亲骨折的右腿做了用活动圈固定、悬吊牵引处理。母亲痛苦减轻，睡去了；但下午母亲却喊叫不止，其因是腿长期牵引而难受。我们只好解开固定圈，放下牵引的右腿。因为对一个高龄的病人来说，目前只能是尽量减轻其痛苦，治愈骨折的可能性很小。

正月初四晚上到初五一整天，我和两个妹妹让二哥休息，护理母亲的琐事主要由两个妹妹和我承担。初五上午，小妹出门走亲戚，细心的雪枝在给母亲喂食、喂药及方便之后，趁母亲熟睡之际，把厨房、大厅及母亲的卧室很好地清扫了一番，我当下手。下午，按时给母亲喂药、喂食和排便，母亲相对安静。

初六一大早，又是一个艳阳天，二哥从外面休息回来，准备去参加一个外孙的乔迁之喜。他得知我要按预定的时间返回北京，递给我当晚他在一片红纸上写的留言，大意是他一人承担护理母亲身心疲惫，与二嫂矛盾升级，让我离家返京前，或协调一下他与二嫂的矛盾，或改变护理办法，另请人护理，他也分摊护理费用。我安慰他，肯定他为母亲所承担的一切，称两种意见均可考虑。我先与二嫂谈，二嫂表示同意继续配合二哥就近照顾母亲，我这才放下心来。

当日下午4时，接我返程的车子来到家门口，我步履沉重地走到母亲病榻前告诉母亲："我要回北京了，今后再来看您。"母亲并没有听清我说些什么，仍然是微睁着双眼。我正欲大声再说一遍，小妹摆摆手予以制止，说："她要明白您要走了，会伤心的。"我只好一边朝外挪步，一边目送着病榻上的母亲，心里默默地为她祝福，泪水从眼眶渗出……

（原载2011年3月24日《北京日报》"作品"副刊）

王谨特写（2007 年 10 月）

母亲最后的影像

6月6日，正值农历五月初五，系端午节。清晨我刚吃过粽子不久，突接老家电话，母病趋危，已更衣。我匆匆订票起程回鄂；6月7日晨我赶到母亲病榻前，只见母亲脸颊已不见血色，但依稀还有呼吸；眼睛膜已呈浑浊状，而眼帘仍不时眨动。她穿着自己早已备好的一套黑缎面对襟衣，脚登一双绣花黑色软底布鞋，静静地躺在那里。看到母亲留下的生命垂危的最后影像，泪水立时充溢我的眼眶。二嫂哭着对着母亲喊："老三从北京赶回了，您其他的儿孙也正在往家里赶，您就放心吧。"但母亲的眼帘仍然不肯关闭，期望她在新疆工作的大儿子周记在视野中出现。

从清晨到下午，病榻上的母亲接受了络绎不绝闻讯赶来的亲友及四邻们的最后致敬。下午5时50分，小弟国际见母亲眼帘已合，静静地躺在那里，用手在其鼻孔前探试，发现已没有气息，用手捻母亲脉博证实已停止跳动。在母身边一直守候的二哥和大姐金枝、二姐佳枝及我，也证实母亲的生命特征消失了。她没有痛苦的呻吟，没有发出任何异样的声响，就这样安祥地"睡"去了。我们及后来纷纷赶来的亲友们都哭出声来。

母姓周，名秀英，生于1921年农历二月十一日，今已步入91岁。她生于鄂皖交界的周家榜，不到18岁就嫁入停前镇所属王老屋，与以理发师为业的父亲王木火相濡以沫，先后生育多名子女。我原以为母亲只不过像全国许多普通妇女一样，善于勤俭持家、养育子女罢了。殊不知她有不为人所知的思想进步的一面。据当地政府6月10日（农历五月初九）为她宣读的悼词中称，周秀英青年时期就积极参加党的进步组织妇救会活动，并多次掩护抗日人士脱险。一次，当地党的区委书记被日本鬼子追杀，在危急关头，是她及时把书记带到家里掩护起来。此事她一直没有对别人讲过，直到 20 世纪 80 年代已担任重要领导职务的王书记到我家当面向母亲表示感谢，才为人所知。新中国成立以来，每次上级领导机关干部下基层蹲点，我母亲家常常是驻点干部乐意挑选的住户。

母亲为养育多名子女，默默地施乳沥血，任劳任怨，成年劳作。她热爱党和新社会给她带来的一切，即使在 20 世纪三年困难时期，也对党和社会不发埋怨之言，教育子女相信一切会好起来；她积极支持子女们各自的学习和工作，从不因家事拖子女后腿；她乐于助人，主持正义，与四邻相处和谐，成为广受尊敬的老人。父亲先她而去之后，我曾多次要求她随我到京生活，她也先后来过北京三次，最长一次住过近半年，但还是留不住她，她仍习惯在那老屋里起居。由于勤劳成习，她七八十岁时仍身体硬朗。只是近年来她连遭疾病突袭，特别是今年初突患中风且右腿骨折，才使她瘫痪在病床上。鉴于其生活不能自理，且搬动会给病人带来痛苦，根据医生建议在家设家庭病房护理。

在母亲生前，我曾先后为她摄下不少照片，慈祥的笑容是她留下的各种影像中的共同特征。她是一个平凡但不凡的母亲，是一个四世同堂广受尊敬的长者。为此，在追悼会的现场，在她居住了几十年的老屋门口，我草书了一幅对联，上联：勤俭持家引领佳风，下联：教子有方垂范四代，横批：悼念慈母。

（原载 2011 年 6 月 14 日人民网）

柒 人生感悟

人民日报社原社长邵华泽为王谨题词

走过天安门随想

久居北京，无数次走过天安门，尽管已缺乏第一次走过前的憧憬。但如今的天安门，在自己心目中就是北京的象征、祖国的象征、党中央的象征，特别是每离开北京到外地或出访国外，天安门的情节难以割舍。我曾站在华盛顿白宫广场的草坪上，站在巴黎的香舍丽榭大道上，站在莫斯科红场的鸡卵石上，但占据我心目中主要位置的，仍是北京，仍是世界无与伦比的天安门广场。

在孩提时代和中学时代，我就梦想着能有一天到北京读书、工作，在天安门前留影。直到 1966 年 11 月初，我和同学从家乡湖北黄梅步行到武汉，再乘免费的火车到北京。到北京正值晚间，按北京红卫兵接待站安排，我们直接从车站乘公共汽车到北京师范大学附属中学住宿。我们睡大通铺，吃馒头和大白菜。当时北京的气候已开始冷起来，而我只穿了一件毛衣，加之北京气候干燥，我一时难以适应，到北京的第二天我的嘴角和鼻翼旁起了不少火泡。

我到北京的第三天，一大早即从北师大附中门口乘车来到天安门。因已进入初冬，加之刮起寒风，我只穿薄毛衣的身上感到阵阵寒意。从天安门旗杆下朝我一直向往的天安门城楼望去，它尽管显得巍峨庄严，但在寒风中显出几分清冷。广场和金水桥周围也难得看到绿色，在一片水泥地的衬托下，天安门给人灰蒙蒙的感觉，没有令人震撼的辉煌印象。

几年之后，我有了到北京参军、读书、工作的机会，无数次地走过天安门广场。随着国家形势一年年变好，天安门在我心目中的形象也愈益高大起来。1984 年，我得以近距离地看到时任军委主席的邓小平检阅三军和群众游行的宏伟场面，真正感受到簇拥在绿树、鲜花和人民欢呼声中的天安门，是强大祖国的代名词，心里涌起真正的激动。

1999 年 10 月 1 日，是新中国成立 50 周年。这是共和国成长中一个很重要的年轮。从八九月开始，北京就早早开展了各项准备活动。我作为人民日报社的一名记者，关注着北京的变化。国庆节前的两天，即 9 月 29 日，我在《人民日报（海外版）》上发表了特写《北京的九月》，以欢欣的心情赞美共和国华诞前的北京，我写道：

9 月，是收获的季节、金色的季节；

9 月，是风轻日爽、花团锦簇的月份；

今年的 9 月，是共和国 50 华诞前首都加紧装扮的日子……

记者赞美北京今年的 9 月；同样，众多的北京人或近期到过北京的中外人士，也都在赞美北京今年不同寻常的 9 月。

在这个金色的 9 月，北京将她孕育已久的热情、美丽，捧给日益临近的共和国 50 年大庆的盛典……

这是我从心底发出的真情实感。我之所以赞美共和国华诞前的九月，还有个因素，我在北京大学读书的女儿王婷被选为在国庆之夜到天安门联欢并表演节目的大学生代表。我们全家为她高兴。

10 月 1 日这一天，天安门前盛大的阅兵和群众游行活动再次吸引了世界人们的眼球。我分享了身在北京天安门的各界人士的欢乐。当晚，我早早坐在电视机前，观看各界人士在天安门广场联欢的场景，尤其是关注北大、清华、人大等北京大学生团队的联欢节目，因为那里有我女儿的曼舞身影，她也是代表我全家对共和国表达祝福啊。

岁月的年轮又过去 10 年，新中国将迎来 60 岁华诞。庆祝共和国 60 岁生日的盛典将在 10 月 1 日上演。我们不日将听到 60 响三军礼炮在天安门广场轰鸣，盛大的被检阅的队伍从天安门前走过……

（原载 2009 年 9 月 8 日《北京日报》"作品"副刊）

回望是为了前瞻

共和国 60 周年的庆典，至今还在国人心中复映。

10 月 1 日在天安门广场上空轰鸣的 60 响礼炮声，引起世界各国民众对天安门的热望。北京庆祝中华人民共和国成立 60 周年的盛典，使世人重新认识了这个位居东方的大国。

阅兵、花车、方队……长安街成为检阅这个伟大国家 60 年成就的长廊。回望这个长廊，中国人——无论是老年人、中年人、青少年，他们都在这个长廊中找到了自己曾经经历过的岁月，找到了自己的人生影子。

对于中老年人来说，当反映 60 年不同历史时期的游行方队从视野中走过，他们也许想起自己曾经经历过的人生：在共和国这块热土上，他们有过梦想，有过奋斗，有过折难，有过眼泪，有过成功，有过欣喜。每一个中国人，无不为自己的国家取得的成就欣喜。但不可否认，共和国在巨变过程中有过阵痛，有些人甚至经历了难以言状的痛楚。然而，当共和国母亲的日子一天天变好，并以温情抚慰有过伤痕的子女时，他们对祖国母亲的依偎情怀更为热烈。曾经在上世纪 50 年代受过政治上非难的王蒙先生在一篇文章中写道："在中华人民共和国成立 60 年的时候，我想起了我以中央团校学员、腰鼓队员的身份参加过的 1949 年开国大典，我想起了毛泽东主席的'中国人民站起来了'的宣告，我想起了 60 年光辉同时不乏坎坷的历程。我要说一句当年曹禺先生的一句口头禅：'真不容易呀！'"我想，王蒙先生的这段话，在受过折难的国人中很有代表性。

回望是为了前瞻，是为了明天更美好。我们不能只陶醉于过去 60 年的成就。我们还应清醒地认识到，60 年中我国尽管取得骄人的成就，丢掉了贫弱的帽子，跻身世界强国之林，但是我国毕竟还是一个发展中国家，人口多、经济欠发达、地区发展不平衡、国民平均收入和发达国家相比差距还不小。我们还有今后 5 年、10 年、20 年、50 年，乃至 100 年的发展目标有待实现。我们走过的 60 年征程，只是民族复兴万里长征的第一步。这就需要我们居安思危、永不懈怠、艰苦奋斗、埋头苦干，在新的历史起点上继续向前奋进。正如胡锦涛主席 10 月 1 日在庆典上发表的重要讲话中指出的："历史启示我们，前进道路从来不是一帆风顺的，但掌握了自己命运、团结起来的人民必将战胜一切艰难险阻，不断创造历史伟业。"

（原载 2009 年 10 月 19 日《中国经济周刊》）

学会挑战自我

作为一个非体育工作者，在自己的家门口看奥运比赛，除感受到场内外的奥运激情外，还从看比赛中得到诸多启迪，其中之一，就是要学会挑战自我。

各国选手在每个比赛项目中你争我夺、不轻言放弃的竞争风貌让人印象深刻。特别是 8 月 11 日晚北京奥运会男子举重 62 公斤级比赛，中国选手张湘祥挑战自我的一个个镜头定格在我的脑海里，久久挥之不去。

这次比赛一开始并不轻松，确保抓举优势之后，在接下来的挺举中，张湘祥稳稳地把开把成绩调整为 169 公斤，轻松完成了第一次试举。尽管他还有两次试举机会，但已经提前锁定了这枚奥运会金牌。然而此时的他没有放弃挑战世界纪录的机会，张湘祥在第二把成功举起 176 公斤后，最后的一次试举直接把重量增加到了 184 公斤。虽然有些兴奋的张湘祥最后一次试举没有成功，但他的那种挑战自我的精神赢得了观众热烈的掌声。

张湘祥已经稳拿金牌，但还不放弃对更高目标的冲刺，这件事至少给我们三点思考：一是凡事要有目标。有较高目标才能发挥自己的最大潜能。二是有目标才有动力。目标定了，就会产生力达目标的冲动，并制定达到这一目标的举措或最佳方案，使自己的工作和生活有更多亮点。三是在力达目标的尝试中可以享受到人生乐趣，努力了就不会遗憾人生。

奥运会本身就是一个挑战自我的平台。奥运之父顾拜旦当年在巴黎索邦大学作复兴奥林匹克运动的著名演讲（即后来名为《奥林匹克宣言》）中指出："最完美的人性是努力遵循公平、喜爱艰难事业、勇于挑战困难，如此而已。"他把"勇于挑战"作为完美的人性要素之一，显然是很有道理的。从1892年顾拜旦发表这篇著名的《宣言》至今100多年来，五环旗下，不同国家、不同信仰、不同肤色、不同种族的人们，为了"更快、更高、更强"的目标，在公平的原则下，各自上演着挑战自我的好戏。当他们的身影在跳台上凌空飞跃，在泳道里劈波冲刺，在绿茵场上带球如风，在跑道上闪电飞奔，那种力度、速度、韵律，演绎着人类挑战自我之美。我们作为非体育人士，也从中受益良多。

（原载2008年8月13日《人民日报》）

坚强是金

令人恋恋不舍的北京 2008 年残奥会落幕了。12 天里，国人在家门口观看残奥会赛事，关注的不仅仅是各个赛项奖牌的争夺，更多的是增添了对残疾人选手坚强意志的敬佩。

残奥运动员的竞技场面，应该说比起健全人的赛事更令人动容。你看，无臂的选手在泳池里劈波冲刺如同飞鱼，无腿的勇士借助义肢创造了跑道上的神话，失去右手的运动员用牙齿咬着箭梢射箭居然箭无虚发，戴着眼罩的盲人借助声响在足球场上健步如飞……这些难以置信的奇迹，诠释了生命的坚强。可以说，所有参加本届残奥会的选手，都以自己的出色表现，获得了一块意志的金牌。

有坚强的意志，才能产生面对生活的勇气。参加残奥会的各国选手，在面对自身残疾的时候，都有着重拾自信的过程。有一个外国残疾运动员接受记者采访时透露说，遭受车祸失去双腿时曾计划自杀，经朋友帮助，才走出自卑阴影，并投身体育事业，自强不息。从自卑到自信，靠的是什么？靠的是树立起坚强的意志。

有坚强的意志，才能演绎人生的壮美。过去，我们习惯看健全人的体育竞技，对残疾人的竞技不甚了了。这次近距离观看残奥赛事，许多不可思议的竞赛项目，在身体残疾的运动员之间近乎白热化的拼搏中，竟是如此激情四射，动人心魄。他们成功的微笑是如此灿烂，令人击掌。我们过去只知道，维纳斯雕像尽管断臂依然绝美，现实中的残奥选手们，不正是在北京赛场上各自演绎了他们的壮美人生么？

　　坚强的意志，是人类共同的精神支柱。一部苏联小说《钢铁是怎样炼成的》曾打动了许多中苏青年。今天，在北京的各个赛场上，世界残奥健儿又以他们积极参与的态度、不屈不挠的斗志，为我们上了"意志"一课。不是吗？残疾人面对身体的残缺需要树立坚强的意志，健全人在克服工作或生活上的困难时，也需要挺立起意志的脊梁。

（原载 2008 年 9 月 18 日《人民日报（海外版)》）

拥抱北京的秋天

几场秋雨，彻底浇灭了北京的秋燥。傍晚，在习习凉风中，走在大院的林荫道上，脚下时而飘落几片发黄的树叶。一叶知秋，噢，秋天真的来了。

我喜欢北京的秋天。尽管北京的秋天比夏冬短暂，但北京的秋色之美令人拥抱不舍。

秋天，往往把温情传递给北京的市民和中外朋友，一簇簇鲜花，点缀着北京的大街小巷；带紫的藤蔓，爬在一些四合院的围墙上，和院里几棵树上泛着紫光的果子，相得益彰，温文儒雅地礼赞着中秋和国庆这两个常常几近相连的节日。

秋天是风轻日爽的季节。诚然，北京这些年受到雾霾的裹挟，好天气甚少光顾。但在秋季，特别是在北京雨后的秋阳中，大多能看到几近透明的苍穹，心情在天高云淡、风轻日艳的景观中也变得清澈起来。

秋天是享受收获的季节。秋天是金色季，秋天的金色，熏熟了累累的果实，给人们带来收获的快乐。新上市的粮食和水果，带着新一年收获的喜气，盛满了北京大小商店。

秋天是放开心情的季节。夏天燥热，冬天寒冷，只有秋天纯熟、温和、稳重。在不冷不燥的秋色里，一家人到郊外任何风景点静下心来，度一个周末，都会赏心悦目，其乐融融。

秋色是美丽的，但秋也给恐惧"人过中年"者带来丝丝秋凉。初秋过后，绿枝上开始出现发黄的叶子，如同人过五十华发中夹杂的几丝白发。

古往今来的墨客，多有对秋抒发的感伤。看着飘然而下的秋叶，一些依稀的人生影子仿佛出现在飘浮的朦胧里。叶影幻移，低首回味，不免叹息着流年的过往。

一位将过中年的朋友说，岁月，掩盖了太多牵强的微笑，却掩盖不了秋叶留下的痕迹。沿着落叶的瘢痕，把淡了的思念系在枝头，用一缕秋风吹散那些逝去的印迹，去抚平那些往日的忧伤吧。

这话说得何等好啊。都说秋天是令人伤感的季节，其实，很多时候，秋却有着别样的明媚。唐代诗人刘禹锡诗云："自古逢秋悲寂寥，我言秋日胜春朝。"台湾女作家罗兰说："秋天的美，美在一份明澈。有人的眸子像秋，有人的风韵像秋。"是的，秋色之美，只有春天与之媲美。当一个人漫步在秋的林荫道上，或倚在棱角分明的某个角落里，拈一片落叶，细细品味，眼眸所见的秋的芳姿是那么明澈美丽，那么令人浮想联翩。此时的心绪和念想，不知不觉地就会萌发出很多斑斓的幻影。这是人生中难得静逸的幻影，也是人生中美丽的幻影。回味这幻影，有助人生下一轮的作为。

如同季节，有春夏就有秋冬，人生年轮也有夏秋之分。过了激情勃发的青年时期及一往无前的中年时期，必然会到收获成果的人生秋分。人生秋分也有她的可爱之处。秋分时期，会使人变得温婉持重，在收获中享受快乐。基于此，我们何不对秋天持拥抱态度呢？

（原载 2013 年 10 月 22 日《人民日报（海外版)》）

怀念冬天

　　冬天离我们远去了，新一年的春天向我们走来。春天是国人最喜欢的季节，因而中国的政坛"两会"多选择在春色里启幕。实际上，与春天接壤的冬天，也有其难忘之处。人们喜欢聆听春天的童话，冬天的童话也令人浮想联翩。笔者与冬天招手再见的同时，心中不仅涌起怀念的情思。

　　我怀念冬天的严寒，严寒磨砺人的意志。正是严寒彰显了松、柏、梅花的傲骨。何况，冬日的寒冷可以抵御，即使工作在室外，朔风阵阵，但添衣加棉，包裹身体，体内是温暖的；不像在夏日的室外，即使脱去一层层衣裳，也无法彻底剥去燥热。中国北方冬日的室内温暖如春，减去外衣，或伏案工作，或喝茶聊天，不失其乐融融。

　　我怀念冬天的飞雪，飞雪可以雕琢新的世界。在神州中南到北方，一年中总会迎来几场飞雪。那雪花飞舞的日子，给大自然带来特有的美感。纷纷扬扬的大雪漫天飞舞，不一会儿就铺满了屋宇、街道、马路、山峦、树稍，世界被银色柔软的粉末堆积着，任由带风的银色雕刀雕琢成银色的无际盆景，那么晶莹，那么洁白。特别是笔者久居的大院，雪后的世界更是千姿百态，那蘸冰雪的红柿子，那披雪装的劲松俏柏、那挂冰凌的紫色屋檐、那涂银色的公园凉亭，增添了雪后神韵，不仅孩子们喜欢，大人们也体味到冬日的美丽与圣洁。

　　我怀念冬天的清冷，清冷使人的大脑变得清醒，有益于阅读与思考。清冷保鲜，燥热生腐。季节何尝不是如此？夏日，人们往往容易昏昏欲睡，有时会用湿毛巾擦擦额头，清醒神志。在清冷的冬日，大脑保持着昂扬的清爽。除去讨厌的雾霾时日，每遇清朗的早晨，万籁寂静，我推开卧室窗户的一条缝，清冷的空气欢快地跳跃进来，我思考着这一天该干些什么，思辨的大脑屏幕上，清晰得像置于清泉上的一页宣纸。

四季轮回，冬去春来，这是一种规律。遵循规律，世界才有序。

（原载 2013 年 4 月 2 日《人民日报（海外版）》）

粥伴人生

从讨厌吃粥，到想念喝粥，这其中多少品味到人生的甘苦、岁月的年轮。

不久前某晚，有朋友发短信邀我小聚，我回复道："没有富贵命，但愿有粥喝。"朋友收信大乐，调侃道："哈哈，我们乡下人想吃肉，你们城里人却想喝粥。"我再复："爱喝粥的才是乡下人呢，你们城里人爱吃海鲜和肉啊。"他大乐，再回一个"哈哈"。

这不只是朋友之间有趣的调侃。想喝粥是我真实的想法。朋友还真给我面子，当晚特意让服务员熬了一小锅粥端上餐桌。

喝粥差不多伴随了我大半个人生。我老家在南方，中午吃主食后有吃稀粥或锅巴粥的习惯，小时候受此影响对粥情有独钟，饭后无粥就觉得缺点什么。但到了三年自然灾害时期，因粮食供应受限，母亲常常煮粥当正餐，我那时刚到入学年龄，爱和小同伴们蹦跶，上午或下午不到用餐时间就觉得饿了。因没像样的主食搭配，我对粥的兴趣淡然了，总是期待着隔三差五的有白米饭有肉吃的改善伙食的日子早早到来。

三年困难时期过去，粥当正餐的日子也翻过去了。后来我从读书到工作，对餐后喝粥的兴味又逐渐恢复。但华北与南方不同，喝的大都是玉米面和小米粥，我刚到北京时为此开始不习惯，后来才慢慢适应，喜欢喝上小米粥了。夫人受我的习惯影响，也经常在就餐时备上一小锅粥。

这些年国人生活好了，城乡餐桌上鱼肉海鲜应有尽有，因吃得太好太精而致脂肪肝、痛风等疾病的人多起来。如何有限进食、科学搭配成为健康专家研究的课题，杯光酒影的频繁宴会令一些人退避三舍。

古人养生很注意饮食的节制，《史典·愿体集》云："食可饱而不必珍，衣可暖而不必华。"人们在长期的饮食实践中发现，粥，具有不同寻常的食疗价值。明代名医李时珍《本草纲目》中就讲，粥"与肠胃相得，最为饮食妙品"。现代人在古人研究基础上又根据人体在不同的季节研究出有利于人体健康的不同的粥，例如，冬天喝"八宝粥"、鱼肉粥，温胃健脾；夏天喝绿豆粥、木瓜粥，解热消暑；春天喝"菊花粥"、红薯粥，养肝解毒；秋天喝"银耳粥"、百合粥，滋阴润燥。而我最爱的是什么都不添加的清淡粥。我以为，一个人经常吃些清淡点的食物，经常喝些粥，有益健康。正因如此，粥难以离开我的生活。

（原载 2009 年 6 月 1 日《人民日报（海外版）》）

返璞归真

进入湿热的夏季桑拿天，上周日，把衣柜里的衣服抖落出来晾晒，不经意中发现上世纪七八十年代时兴的两件的确凉衬衫，赶忙拿出作淘汰处理；再找出两件棉麻短袖衬衫，备穿。

同日，一朋友从外地来京，笔者作东请朋友吃饭，坐定，问朋友想吃点什么？答曰，想吃农家菜，以素为主，什么棒子面贴饼小鱼呀，包括有红薯、玉米、芋头、南瓜等四样的"大丰收"呀，等等，是他的兴趣所在。至于大鱼大肉、生猛海鲜之类一概拒绝；问喝点什么饮料？他对有添加剂的饮品一概排斥，答曰要一杯茶或白开水。我说，"您替我省钱了"。他笑答："这些可都是健康食品啊。"

衣食足，则百姓安。人类的生存离不开衣食住行。人们在社会实践中，不断的为改善衣食住行条件而努力。人类从石器时代过渡到铁器时代，从农业社会过渡到工业社会，人类随着生产力的发展，衣食住行条件也不断得到提高。但人类在社会发展中也带来不小的代价。比如现代农业生产粮食、蔬菜用上了化肥，工业化生产的罐头食品，为提高保质期在原料中添加防腐剂，这些实际上对人体的健康带来危害，所以现在的人们更愿意吃原生态的绿色食品；又比如，棉麻本来是人类早期的原生态保暖、护体的原料，但随着工业化学原料成分的添加，尽管在衣服的耐穿和洗烫上有其优越性，但较之全棉麻面料服装，对人体皮肤或多或少的带来负面作用，特别是全部用聚乙烯纤维生产的确凉衣服既不透气，也不耐寒。所以人类似乎又回到原点，愿意买全棉或全麻服装了。

人们从穿棉麻面料衣服，到追求看似光鲜的确凉衣服，再又回到喜欢穿全棉或全麻面料衣服；从吃苞谷粗粮，到羡吃大鱼大肉、生猛海鲜、罐头食品，再回到喜欢吃原生态绿色食品，这就是一个从认识到再认识的过程。这不正像一种理论的升华，有一个从认识到实践，再认识到再实践的过程么？

看来，社会发展的路径也不是直线的，而是呈螺旋式发展的。

不是吗？人类正是通过实践、认识、再实践、再认识，越来越感悟到返璞归真的重要。去掉外在不必要的甚至有害的装饰，恢复原有质朴状态，才是人类真正需要的。

（原载 2009 年 7 月 31 日《人民日报（海外版)》）

父爱重于山

春节之后，为送女儿节后按时回单位上班，年过60的父亲为女儿扫雪30华里；为保证开车新手回家过年的儿子安全返回重庆，年已花甲的父亲一路护送儿子3000多华里；摇滚乐歌手为治疗有先天性心理障碍的儿子，一别歌坛10年，专心陪伴儿子……这就是中国式父亲。

这些父亲，尽管是平凡的父亲，他们非高官也非富豪。他们不能像一些贪腐者一样，以自己的位权之便，为子女谋取金钱或官位，而是以默默地奉献，履行着一个平凡而且伟大的父亲的责任。他们的行动，体现了父爱重于山，闪现了人伦之美、父爱之光。

古人云："养不教父之过，教不严，师之惰。"父爱，往往体现在对子女的教育上。但随着世纪的推移，对子女的教育和呵护，母亲担当得则更多一些。进入20世纪80年代后，我国实行的独生子女政策，导致不少父母将过于溺爱取代对子女的正常教育。

溺爱是不利于孩子成长的，但家长对孩子的呵护是必要的。由于母亲扮演家庭和子女教育的责任相对比为父者承担得更多一些、更细心一些，因而对子女印象更深，在我国的宣传报道或文学作品里，母爱的主题也往往比父爱的主题更令人动容。

其实，父亲对子女的成长也担当着重要的角色。只不过父爱相较母爱显得稳重而深沉，常常像一座被掩隐的高山，藏而不露。父亲为子女的成长同样付出了许多。有一位曾不怎么了解她父亲付出的大学生这样描述她后来理解的父亲："你永远都看不明他眼里不经意闪过的忧伤是什么。被风雨垒起的岁月刻在父亲的额角上，深深地勾勒出智慧与人生。落花意已去，父亲的风采不再依然，逝去的痕迹盖满了遍地枯叶，萋萋芳草早已销声匿迹。"是啊，子女成人了，父亲也老了。父亲的默默付出，只有理解父亲的子女才知道。

　　写到这里，我眼前浮现出二十年前在报社大院里看到的一个画面：这是一个秋天的上午，丝丝的雨帘中，在我前面一位头发花白的老人正推着一个坐轮椅的女孩，向社里原为中国日报老址的那座楼走去，因这座楼里新设了专门安排残障人福利工作的一个小单位。我那天在院里从北往南走，没有带伞，但定睛远看，再从老人和女孩说话的声音中，我认出是原人民日报文艺部主任、著名作家田钟洛（笔名袁鹰），这天雨中送他女儿上班。我问候一声"老田好"，他转过一张憔悴的脸回答"你好"。我在轮椅车后不好意思过多地打扰他，只是默默地望着在雨帘中穿行的背影，但感动的泪水却和着雨水流下我的脸颊……

（原载 2014 年 3 月 31 日人民日报社《社内生活》）

代后记
贴近，再贴近些

—— 《人民日报（海外版）》副总编辑王谨谈对外报道中的"三贴近"

地　　点：人民日报海外版编辑楼 305 室

采访者：《对外大传播》记者　申宏磊　于　淼

他在一个报社工作了三十多年，生活的轨迹与他所钟爱的新闻事业紧紧地相扣在一起；他一路行走一路沉淀，其发表在《人民日报》或《人民日报》（海外版）的大量新闻作品及蕴涵真知灼见的专著《大门打开之后》、《西行纪闻》、《南部写真》等书及长篇论著《论会议新闻及其改革》等，多次获得全国性的新闻奖项，深得业界好评；他在任职人民日报海外版副总编辑后，仍然深入基层实地采访，最近他和同事贺勇为采写《走进"林都"伊春》，冒雨探访汤旺河林场伐木劳模的情景令陪同的宣传干部感动；尤其是听他对"三贴近"的解读，让人感到一个新闻人的实践与思考是那样宝贵。

收到本刊"与总编面对面"栏目的邀请，王谨在忙碌中愉快地接受了专访。一个下午，在他的办公室里我们开始分享他在对外宣传上的思考……

王谨毕业于中国社会科学院研究生院新闻系，获法学（新闻）硕士学位。在人民日报社从事新闻工作至今已有 32 年，发表新闻作品两百多万字。

贴近读者，海外版改版

"世界，每天用中文阅读中国"，这短短的一句话，其实是《人民日报（海外版）》办报人不懈的追求与理想。作为中国共产党中央委员会的机关报和中国面向海外发行量最大的中文报纸，创刊于 1985 年 7 月 1 日的《人民日报（海外版）》已经走过 23 个年头，如今已成为中国面向海内外公开发行的最主要媒体之一，在北京编辑，每周一至周六出版，周日无报。

《人民日报（海外版）》主要读者对象是海外华人、华侨、港澳台同胞、中国在各国的留学生和工作人员、关心中国情况的各国朋友以及来华旅游、探亲、进行学术交流和从事经贸活动的各界人士。针对特定的读者群，从 2003 年开始，《人民日报（海外版）》相继走上改版之路，作为编委、副总编辑，王谨参与、策划了改版的全过程。特别是 2006 年、2007 年以来《人民日报（海外版）》改版力度更大。

采访中，翻阅王谨办公室桌上的几份《人民日报（海外版）》，明显看到，较之早些年栏目设置，在不失庄重的情况下，更多了一份活泼，多了一份市场感。在文章内容方面注意多用事实背景作说明，做到内外有别。

以 2007 年 9 月 15 日出版的《人民日报（海外版）》为例，排版由原来的两栏改成了三栏，这不仅是与海外报纸风格靠近，同时也可增加头版的信息量。浏览当日头版中间大标题。可以看出，对会议消息、领导活动在头版作了简化处理。华人、华侨、海外学子、海外人士、台湾问题等各种涉及国计民生的问题都给予了突出提示。

针对业界几年前曾有的"要不要办《人民日报（海外版）》"的疑问，王谨则说："改版就是要有置于死地而后生的味道。一个媒体如果不为读者服务就会被读者所抛弃。"

王谨还坦言，2000 年左右是《人民日报（海外版）》的低潮时期，那时报纸在使馆积压多，浪费了读者的期待。而据我们所知，海外版当时的情况也是整个外宣读物的缩影。他还介绍说，2006 年 12 月《人民日报（海外版）》实施晨会制度。实践证明晨会在通信息、出主意、抓落实等方面发挥了重要的作用。晨会抓当天重要新闻选题，快定题，快出稿，使海外版的新闻"人无我有、人有我特"，如晨会上陆续策划了《中国政府力保海外公民安全》、《中国需要什么样的留学人才》、《什么样的"海归"容易成功》等系列报道，这些内容都是海外华人华侨、留学生关心的话题，真正抓住了读者的心，从而使海外版的"海味"越来越浓。

当《对外大传播》记者问道："我们注意到，改版后的海外版开办了'海归创业'栏目，很有'海味'的特点，很贴近读者。在这个栏目设立的时候，做过哪些调研工作？”

王谨介绍说，海归可以说是中国一个历史时期的特殊现象。2006 年他去参加凤凰卫视在北京市海淀区举办的一个"走向欧洲"的研讨会，在会上碰到清华创业园的人士，这些人认为，创业园成功的因素之一就是吸收了高尖端人才。但这位创业园的创始人告诉王谨，现实中令他很惊讶的是，留学回国的人找工作很辛苦，有的海归找工作比那些国内大学毕业生还难。

王谨了解到海外留学生归国存在的创业困惑，同时受到创业园的启发，就想在海外版"海外学子"版上搭建这样一个针对海归人士的交流平台，可以在这里展示海归人士回国创业成功的事例，给刚刚回国的海外学子以借鉴。

王谨的想法得到了编委会的赞同。为打出"海归创业"的独家品牌，编委会决定专门辟出"海归创业"版。2007 年 7 月 7 日，海外版"海归创业"版正式推出。作为分管编委，王谨为此倾注了不少心血，从第一期的选题策划、稿件采写、标题制作、版式设计，王谨亲自动手和编辑们一起完成。王谨回忆该特色栏目设置之初时的情景说："当时有许多海归并不热衷于被媒体采访，所以我们除组织采写了《清华科技园的海归创业者们》去寻找有代表性的归来者现身说法，同时，策划了《五代海归：不同的时代，同样的选择》的特稿，回顾了从 19 世纪末清政府派出的第一代留学生到 21 世纪第五代留学生对中国社会发展所发挥的作用。这个栏目版块推出后，给刚刚留学归来想创业的人以很好的借鉴。现在该栏目版块在责任编辑齐欣的苦心经营下，已受到海内外读者广泛的好评。"大家公认改版后的《人民日报（海外版)》更具"海味"，中宣部阅评也对"海归创业"版专门撰文，给予充分肯定。

王谨介绍，为落实"三贴近"，使海外版办出自己的特色，人民日报社领导主持了多次改革、改版。

《人民日报（海外版)》改版引起了海外读者的热烈反响，纷纷来函来电表示极大的关注，并提出了诸多有益的建议。

旅居加拿大多年的华侨周先生在电子邮件中说："《人民日报（海外

版)》是我多年来的精神伴侣,它的一举一动都叫我十分牵挂。元旦开始,《人民日报(海外版)》大变样了,版面好看,内容也更值得一读。"

侨居美国的张女士在电子邮件中也掩饰不住自己喜悦的心情:"多年在国外生活,对于祖国的每一个变化都喜在心头。祖国现在越来越强大,越来越富裕,在国际上的地位越来越高,这是所有海外中国人的骄傲。《人民日报(海外版)》是反映祖国变化和传递祖国声音的很好的载体。今年以来,我欣喜地看到了这一变化。祝愿《人民日报(海外版)》越办越好!祝愿祖国越来越强大!"

王谨说:"过去海外读者对中国的印象比较抽象,现在的海外读者不仅需要了解中国的大政方针、各地的政治经济形势即"宏观"、"中观"的中国,还需了解这个国家的某一乡村某一城市或农、工、商、学某一行业,即具体的、鲜活的"微观"的中国。海外版的记者和民工同吃、同住、同干活;和棚户区居民整天生活在一起;穿上制服,和列车员一起干活、一起挤在小小的值班室里……这样的报道不仅触摸到了过去从未有过的深度,也锻炼了海外版的记者,使纸质媒体扬长避短,把文字的功能和魅力发挥得淋漓尽致。

他还介绍说,海外版的两个要闻版也将一般会议的报道进行简化处理,而对海外读者感兴趣的,如涉外婚姻、"洋打工"在中国、星巴克咖啡店是否应搬出故宫等国内外关注的热点话题,通过海外版的平台进行突出的处理和报道。

在《人民日报(海外版)》创刊20周年的纪念画册上,有胡锦涛总书记于2005年6月28日作出的批示:"希望《人民日报(海外版)》进一步贯彻党的对外宣传的方针政策,全面客观报道我国改革开放和现代化的建设进展情况,充分反映海外中华儿女的共同心声,更好地办出自己的风格和特色,真正成为我国对外宣传的重要阵地,成为世界了解中国的独特窗口。"王谨说,胡总书记的指示蕴涵的意思丰富深远,实际上是对外宣工作"三贴近"作的具体阐述。

"三补课" 与 "三贴近"

中国有很多词汇被缩写，到了"三贴近"这儿，新闻工作者突然发现把这三个字的含义阐释出来却要走过那么长的一个历史空间，还要面对那么大的一个广阔的全球视野。

所谓"三贴近"，即贴近实际、贴近生活、贴近群众。这不仅是对国内媒体的基本要求，也是对对外报道的基本要求。作为党中央机关报，遵循"三贴近"的原则，深入实际采访，贴近中国的实际工作，贴近生活，贴近读者更为重要。

2003 年夏天，王谨和人民日报总编辑范敬宜乘同一列火车赴吉林延边参加一个会议，列车上他给王谨讲了一个"三补课"的故事，借此说明"三贴近"之间不可分割、缺一不可的关系。

"在我们继续探讨'三贴近'这个话题时，范总不时批评新闻业中的某些积弊。比如，记者参加会议或专题采访不大记笔记，特别是一些年轻记者习惯了要会议举办方或被采访者提供新闻材料或'通稿'，拿了新闻材料就走人。""这纯粹是赶场嘛，哪是采访？这样编出来的东西怎么实现'三贴近'？"王谨说，范总说到这里显得有些愤愤然。

"是呀，过去采访哪有事先取现成材料或新闻'通稿'一说，都是靠记者现场观察、勤记笔记得来的。"王谨附和道。

范总说，记者能否深入现场采访，能不能记笔记，既反映出一个记者的采访作风，也体现出这位记者是否敬业。要想抓出鲜活的新闻，写出让读者叫好的报道，不深入生活，不贴近生活是达不到要求的。

在对外报道中，外宣媒体不能只是简单地满足"三贴近"的某一个方面。王谨对此说："有个例子很说明'三贴近'之间相互关联的关系。比如，最近南方淮河流域一带遭受水灾，我们记者的镜头不能只对准某个局部，报道某一个家庭灾后的生活状况如何，还应该对当地的抗灾全局，如当地政府如何组织救灾工作，救灾工作的效果如何等进行报道，只有点面结合，才能达到'三贴近'的要求。"

王谨转述海外版前任总编辑杨振武的话更令人感到字字精练：《人民日报（海外版）》，要努力用中国视角报道世界，用世界视角介绍中国。"

要尽力贴近新闻现场

实践"三贴近",记者就要到新闻现场去采访。用"脚"去写新闻,是中国老新闻人恪守的原则,也是党历来所倡导的好传统。中国著名新闻记者、新闻学家范长江的《中国的西北角》,就是在四川和西北进行了两年的实地采访而完成的。著名战地摄影记者罗伯特·卡帕那句在业界流传甚广的名言:"如果你拍得不够好,是因为你靠得不够近。"更是对深入新闻现场的诠释。

王谨说,在人民日报社工作多年,报社有个传统,就是新闻采访要到现场。

1986年,王谨到广西桂林去参加一个会议。开完会后,想到中越边境了解情况。原定人民日报广西记者站的同志来接站,但王谨下了火车,看到一辆大巴车上贴着"防城港",那就是采访的目的地,他提包就上了车。颠簸了4个多小时的山路,到达那里已经是凌晨。接待站的人很奇怪,又是查证件又是打电话核实。王谨讲的故事带有戏剧性,但也说明在他心里,记者到新闻现场采访一直是他的追求。从1986年到1991年之间,王谨靠着吃苦耐劳的精神,或坐长途汽车或坐火车,先后采访了西藏、新疆、宁夏、青海等条件较差的地区。在新疆,为赶时间,他甚至乘坐卡车到兵团采访。深入的采访,给他带来难得的第一手材料,先后在《人民日报》发表了《四千里路云和月》、《从拉萨到亚东》、《今日北疆》、《宁夏:大门打开之后》等有影响的作品。

在王谨看来,网络信息的鼎盛和传媒手段的进步,使有些记者不深入到新闻现场,所以才会发生前阶段影响恶劣的"纸馅包子"假新闻事件。如果到现场去看看,去调查一下,就不会出现这种情况。无论现代传媒技术如何发达,记者到新闻现场的传统都不能丢,要到新闻现场去观察、去报道。

同时王谨还认为,即使到了新闻现场,如果光凭地方发的材料,编编改改写出来的新闻也是很难有可读性的。好的报道需要进行补充采访,捕捉些有现场感的东西,使新闻活起来。他说:"现在的网络媒体十分发达,新闻发布会的数量也越来越多,但仅依靠新闻事件中相关单位发给记者的通稿，很难实现'三贴近'。"

20世纪90年代初，王谨曾担任海外版机动记者组负责人，现在他即使是在副总编辑的岗位上，尽管编务繁忙，仍有很强的新闻采访欲。

在2007年8月4日的《人民日报（海外版）》上，有这样一篇文章《走进"林都"伊春》，这是王谨和同事贺勇去伊春市时采写的。谈到那次采访经历时，王谨说："到一个地方采访，除了听当地政府介绍情况，还要实地走一走，看看老百姓是怎么想的，到现场取证。记得有一天伊春市下着大雨，道路很不好走，我要求到林场工人家去看看他们的生活情况。林场工人生活不容易，他们过去伐木，现在从事多种经营，生活水平好了，就会从心底里拥护政府的政策。如果不到现场，没有这些鲜活的事例，写出来的文章就会很苍白。"

网络的发达和信息的爆炸，好像便捷了写作，其实那是表面现象，独家新闻稿更不容易写了。新闻采写不拿出独到的、看家的本领，就不会达到想要的影响。所以在传媒技术高度发达的今天，依然要呼唤好的传统、遵从规律，深入到新闻现场。今天作为海外版领导成员的王谨，似乎完全不必靠双腿深入到现场采访了，但在他心中仍有一个作为新闻人要一直行走在路上的坚定信念。今后他还希望争取机会，继续行走，多到百姓和生活中去，因为他自己也是百姓出身中的一员。

尾声：王谨的新书《岁月如歌》即将出版，可以说这既是对他新闻人生的一个回顾，也是对中国改革开放的礼颂。在和王谨副总编辑的交流中，有一个很强烈的感觉，他谈问题非常直接，能够针对某一点直奔表达的主题，让人能感受到在他身上实践的热度与思考的深度的紧密结合。

（原载《对外大传播》2007年第10期，收入本书时略有删节）